涅墨西斯的使者

ネメシスの使者

〔日〕中山七里 著

段白 译

天地出版社 | TIANDI PRESS

图书在版编目（CIP）数据

涅墨西斯的使者 /(日) 中山七里著；段白译. —
成都：天地出版社，2024.4
ISBN 978-7-5455-7320-6

Ⅰ. ①涅… Ⅱ. ①中… ②段… Ⅲ. ①推理小说 – 日
本 – 现代 Ⅳ. ①I313.45

中国版本图书馆CIP数据核字(2022)第200855号

NEMESIS NO SISHA by NAKAYAMA Shichiri
Copyright © 2017 NAKAYAMA Shichiri
All rights reserved.
Original Japanese edition published by Bungeishunju Ltd., in 2017.
Chinese (in simplified character only) translation rights in PRC reserved by Rentian Ulus (Beijing)
Cultural Media Co., LTD., under the license granted by NAKAYAMA Shichiri arranged with
Bungeishunju Ltd., Japan through East West Culture & Media Co., Ltd., Japan.

著作权登记号 图进字：21-2022-328

NIEMOXISI DE SHIZHE

涅墨西斯的使者

出 品 人	杨　政
作　者	[日]中山七里
译　者	段　白
策划编辑	王　玉
责任编辑	王笃竹　杨　露
责任校对	张思秋
封面设计	刘　颖
内文排版	刘　颖
责任印制	白　雪

出版发行　天地出版社
　　　　　（成都市锦江区三色路238号　邮政编码：610023）
　　　　　（北京市方庄芳群园3区3号　邮政编码：100078）
网　　址　http://www.tiandiph.com
电子邮箱　tianditg@163.com
经　　销　新华文轩出版传媒股份有限公司

印　　刷　北京文昌阁彩色印刷有限责任公司
版　　次　2024年4月第1版
印　　次　2024年4月第1次印刷
开　　本　880mm×1230mm　1/32
印　　张　11.25
字　　数　242千字
定　　价　49.00元
书　　号　978-7-5455-7320-6

目录

染着血的指尖微微挨着墙壁。

在这上方大约二十厘米的地方，

赫然写着一行血字。

那是横着排开的四个片假名。

字迹有些弯弯扭扭、断断续续的，

但依然能清晰识别。

1

平成二十五年 ① 八月十日，上午七点三十二分。

渡濑走出宿舍，瞬间感到一阵黏稠的热浪将全身包裹住了。虽然还在早通勤的时段，太阳却早已升了起来。他想起今早看的新闻，天气预报说今天依然会是酷热的一天。

门边不远，古手川正在警车中等待。距渡濑收到发生杀人事件的警报，时间过去了五分钟。毕竟是突发案件的第一次现场调查，古手川来得还勉强称得上及时。

"早上好。"

"地点在熊谷。"

"是，听说是在佐谷田。"

---

① 昭和元年为 1926 年，平成元年为 1989 年，平成二十五年即 2013 年。本文中年份表述依此类推，除特殊情况外不再赘述。

听到熊谷市佐谷田这个地名，渡濑的脑海里立刻浮现出一幅典型的郊外风景。常年勘查现场的警员，对当地的地理人情的熟悉程度能比肩房地产中介。说得好听一些，这似乎是他多年来严格地勘查现场所带来的额外好处。不过等到退休了，这点特长恐怕也很难成为再就业的优势。

"受害人户野原贵美子，六十五岁，受利器刺伤致死。尸体在受害人自己家中被人发现。目前我们掌握的信息就是这些。"

"家人呢？"

"还不清楚。但她是一个人住的可能性很大。"

"为什么？"

"好像听说她被杀之后过了好几天才被人发现。在自己家被害却过了这么久才被人发现，应该是一个人住吧。"

"不要妄下判断。"

虽然对方的推测多半没错，渡濑却没有忘记提醒他。而古手川是那种比起受表扬，受批评更能快速成长的类型。

"也不能忽视和她住在一起的人正是凶手这个可能性。"

"这样的话就太好了，找凶手就简单多了呢。"

渡濑没有忽视他语气中的不耐烦。

"怎么了？"

"没什么。案发现场不是在熊谷吗，那个，想到尸体的腐烂情况……"

"呵，原来如此。"

熊谷市原本就号称是全日本最热的城市，进入八月后更是保持着连日的酷暑。吹向熊谷市的南风在经过东京都时因为"热岛效应"而变得炎热无比。而西风在越过秩父山后，变成了高压的下沉气流，使气温升高，形成所谓的"焚风效应"。这两种现象共同造就了熊谷酷热的气候。城市的知名度因为这酷热的气候而有一定的提高，这倒不失为一件好事。但那是在连日超过三十摄氏度的高温天气里，被放置在没开空调的室内环境下的尸体，也难怪古手川会受不了。

"不管是新鲜的还是过期的，尸体就是尸体。尸体是不会突然跳起来袭击人的，你放心好了。"

古手川有些不满似的撇了撇嘴。这个男人即使坐在上司身边，还是会像这样不小心把情绪表露在脸上。这是他的缺点。倒并不是因为年轻，而是他的本性使然，因此恐怕不是一朝一夕改得掉的。不过，对一名刑警来说，这总归不是什么好习惯，就算多花点时间也应该改掉。

一阵沉默之后，古手川像是突然想起了什么似的开口说道：

"我在案件现场也见过不少尸体了，被分尸的啊，一半化成了尸蜡的啊，被夹在压力机里的啊之类的。更不用说，我最近还去浦和医大的法医学课堂参观了好几次解剖现场，早就不会害怕区区尸体了，不过……"

"不过什么？"

"虽说我们就是干这行的，我看习惯不了的东西就是永远也习惯不了吧。按理说尸体不过是没有生命的物体，我却很难把它单纯当物体来看啊。"

古手川意思是自己不愿意逐渐变得冷漠，把尸体看作无生命的物体。这话听上去倒还有几分像样。

"无论外形如何崩溃、不成人形，尸体上一定还残留着受害者被残忍杀害的怨念。只要不忘记这点就好。"

对这话，古手川不知道是接受了还是没接受，他带着几分不满似的低声念叨了几句，就再没说什么了。

车开过荒川，远远地能看见一排排低矮的住宅楼。那就是佐谷田地区，跟渡濑记忆里上次来时相比没有一点变化。住宅楼分布在铁轨两旁，后面是一片田地，有一些正处于休耕中，显然是房地产开发到一半就终止了。

穿过高崎线继续往前开，两人的视线中出现了一片包裹着蓝色塑料膜的区域。在一栋两层住宅楼附近，警署的搜查员和鉴证科警员正在来回走动。

一拉开车门，一股桑拿房一样的热气就从脚边涌了上来。开着冷气的车内瞬间显得像是天堂一样。

负责现场指挥的是熊谷市强行犯科①的丰城。丰城看见渡濑后，一时间似乎有些畏缩，不过很快就点着头走了过来。

"辛苦了！这次的案子是渡濑先生您负责啊。"

"也不知道什么时候才能换换别人……话说回来，这次是什么情况？"

---

① 隶属于日本警视厅刑事部的小组，主要负责杀人、抢劫、拐卖人口、放火等重大暴力案件的调查。

"比起由我解释，恐怕您亲自去看看更好。"

说着丰城便把二人引向案发现场。

"正好鉴识 ① 和检视 ② 都刚做完。"

"检视是谁负责？"

"是鹫见检视官。"

啊，是那个认死理的家伙。渡濑的脑海里立刻就浮现出了对方的脸。那个男人说得好听是踏实稳重，说得不好听简直就是顽固。

"尸体是和被害人同一居民会的主妇发现的。据说那名主妇今天早上在居民会打扫卫生，她之后轮到户野原贵美子打扫，但到了时间人却没有出现，于是想去叫对方一下，结果就发现了尸体。"

"被害人是死在了自己家里吧？也就是说，那名主妇还特意进到被害人屋子里了？"

"她看见门口放着好几天的晨报，想着对方不会明知道要值日还去旅行了吧，于是往门那里看了一下，发现门锁被玻璃刀一样的东西开了个洞。她下意识地开门一看，就闻到一股惊人的恶臭，而被害人穿着睡衣倒在走廊上。当时是七点二十分。"

发现尸体的时间是七点二十分，警局在七点二十三分接到报

---

① 日本刑事侦查中的一个环节，由专门的鉴识科人员到现场保护案发现场、拍摄照片、搜集物证等。

② 日本刑事侦查中的一个环节，根据日本刑法规定，在凶杀案或疑似凶杀的案件中，必须由专门的检视官（即法医）对尸体进行检查。

案，时间上目前没有什么可疑的。

"那名主妇现在还在吗？"

"您要直接询问证人吗？"

"可以的话就麻烦你了。"

丰城脸上露出了一丝不太高兴的表情，转瞬即逝。

渡濑不是不信任分局的搜查能力，但总归想亲耳听听第一发现者的证词。

他也清楚，自己的这种做法无疑会让分局的警员感到屈辱，是在县警总部和分局之间制造矛盾。不过，他的做法实实在在地提高了破案率，正因如此，倒没有谁抱怨过什么。渡濑也不是没有告诫过自己，但一到了案发现场，他那点顾虑就消失得无影无踪了。他想，警局一直不让自己升职，或许倒是个正确的决定。

一进玄关，一股猛烈的腐臭味就向渡濑的鼻腔涌来。本应习惯了这种臭味的古手川慌张地捂住了口鼻。

正如证人所说，死者身穿睡衣倒在走廊里，越靠近越能闻到扑面而来的强烈恶臭。刺激性的气味甚至使人的眼睛都觉得刺痛。

房内的热度也相当惊人。几人不过刚进来数秒，额头和耳后就已经挂上了汗滴。这里的体感温度早就超过了人的体温。这种室温环境会加速动物蛋白的腐败，最适宜蛆和微生物繁殖。

尸体向下呈趴卧状，因此看不见脸。但是，从两只手腕和侧腹的膨胀中不难看出，尸体的组织已经分解，体内产生并累积了气体。仔细观察的话，可以看到无数的蛆虫正在尸体耳穴中进进出出。血液从侧腹流出，在木质地板上形成了大片的血迹。数量惊人的苍蝇聚集在这里。恐怕伤口就在侧腹部吧。

一个男人蹲在尸体旁。察觉到渡濑等人后，他起身站了起来。

"哎呀，渡濑警部，县警总部这次派您来了呀。"

"我们一科总是人手不足嘛。对了，鹫见检视官有什么发现？"

"把尸体翻过来就能看到，尸体的胸部和腹部共有两处较浅的伤口。因为伤口不深，恐怕都不是致命伤。这两处伤口都有生活反应 ①，想来死者是正面先被刺中的。"

也就是说，犯人是先从正面袭击死者的。

"遇袭后死者转身背对凶手，紧接着凶手从后方用凶器深深地刺入死者的右侧腹。这道伤口长且出血量大，推测这就是致命伤。从伤口的形状来看，凶器应该是单刃的锐器，类似出刃菜刀 ②一类的东西吧。"

渡濑重新看向丰城，用眼神询问他案发现场是否发现凶器。丰城无力地摇了摇头。看来凶手应该将凶器带走了。

"另外，从死者衣服凌乱的样子，能看出死前发生过打斗的痕迹，但是死者的指甲里连一丝对方的皮肤组织也找不到。即使这里发生过打斗，恐怕也是犯人对死者单方面的殴打。"

"推测死亡时间是？"

从体表观测推算死亡时间最好用的办法是看尸僵的程度。但

---

① 法医学中指机体在生前发生的反应，根据生活反应可以确定受伤当时人还活着，在一些情况下甚至可以推断出损伤后存活的时间。

② 一种日式菜刀，有尖锐的刀尖，常用于刨鱼、切肉等。

是一旦死亡时间超过二十四小时，尸僵就会开始缓解，也就无法从这方面做判断了。

"准确时间要进行司法解剖检查胃内容物才能确定。不过尸体的角膜已经完全形成白浊，加上蛆虫的生长情况来看，已经死亡至少有一天了。"说完，丰城又补充道，"门口放着没拿的早报是今天的和昨天的。"

也就是说鹭见的判断有一定的可信性。

"法医鉴定会拜托给浦和医大的光崎教授来做。"

"哦？光崎教授的话一定是手到擒来了，他绝不会遗漏一丝信息。"

鹭见带着十足的讽刺意味说道。

渡濑十分相信光崎的头脑，因此法医鉴定大多会交给浦和医大来做。县内的检视官基本都知道这件事。

不过那又如何？渡濑心想。怀疑自己身体出了问题的人，必定要找最好的医生来检查。这是理所应当的事情。县里那群检视官莫非指望着他随随便便地去找那些蹩脚法医吗？

"现场取证有发现什么吗？"

丰城打圆场似的回答道：

"我们搜集了房屋内的毛发和灰尘。现场的打斗痕迹里，应该能够找出犯人的足迹。"

"被害人的家庭成员不多？"

"被害人本来是和母亲住在一起的，但今年春天她母亲也住进了养老院，之后她就是一人独居了。听邻居说她平时就格外爱

10

干净，家里打扫得很勤，所以现场搜集到的体液、毛发和足迹几乎都是她本人的。"

"那可真是太好了。这个呢？"

渡濑指了指尸体附近的墙壁。旁边的古手川一副也想问这个问题的样子，连点了好几下头。

尸体以一种不自然的姿势伸长着右手，仿佛竭尽全力后终于支持不住地落在地上，染着血的指尖微微接挨着墙壁。在这上方大约二十厘米的地方，赫然写着一行血字。

那是横着排开的四个片假名。字迹有些弯弯扭扭、断断续续的，但依然能清晰识别。

涅墨西斯

"这是被害人写的还是凶手写的？"

"呃，这个还不能确定，还没有做过指纹鉴定呢。"

这次轮到鹫见插话道：

"从致命伤的深度和出血量来看，可以推测被害人几乎是当场死亡。很难想象她能自己把手抬起二十厘米，还写下这些字。"

鹫见这个器量狭小的检视官，这话说得却还有几分道理。这些死亡信息一样的血字如果是被害人还活着的时候自己写下的，凶手没有道理坐视不理；如果是凶手逃走之后才写下的，那被害人受伤之后能否有体力坚持这么久也很值得怀疑。

于是，就只剩下了一个可能：是凶手用被害人的手指蘸着鲜血写下了这行信息。

"班长，"古手川有些害怕地问道，"'涅墨西斯'是什么？"

"希腊神话中一位女神的名字。"

"女神……"

"是生有羽翼的女神。神明因凡人的无礼而震怒，据说这位女神是神明怒火的拟人形态。她的名字源于希腊语中的'义愤'这个词，也有人将它误解为'复仇'。"

"复仇女神……也就是说，受害者要么是有什么渎神的举动，要么是遭人怨恨？"

"不知道，这点恐怕只有直接去问凶手了。"

但是，有一点古手川理解得对：希腊神话中的涅墨西斯女神，常常是神罚的代行者。

"这凶手还真会胡说八道。"听得出鹫见的声音有一丝轻微的改变，"什么涅墨西斯……我最讨厌这种充满无聊的自我表达欲的家伙。"

鹫见一面充满愤怒地理解着，一面从渡濑等人的面前走过。看来他是认定了"涅墨西斯"的血字是凶手留下的信息。

"我听说您很擅长抓这类犯人，请务必不要手下留情。"

鹫见说完就绕过封锁带离开了。

"这家伙还真是较真，不知是优点还是缺点。"

古手川目瞪口呆地目送着对方离开。

"就算现场留下了死亡信息，我们也不能根据这个直接断定凶手的目的吧。"

"这位……古手川先生，那么您认为这个信息有什么意义呢？"

丰城如是问道。

古手川像是听见了什么麻烦事似的，抬手挠了挠头。

"不，关于凶手的自我表达欲，我倒不是要否定这种可能性。不过也有另外一种可能吧，这只是一起普通的入室抢劫杀人案，凶手为了误导我们才故意留下这些惊悚的血字。"

"恐怕，至少这不是一起普通的入室抢劫杀人案。"

"啊？"

"根据刚才我们的搜查，被害人的家里既没有什么值钱的东西失窃的迹象，也没有被翻找过的痕迹。凶手的目的一定不是来偷东西。"

"那会不会是为了遗产呢？"

"这栋房屋是被害人母亲名下的。如各位所见，家里都是些二手东西，没什么值钱的好东西。土地本身也值不了太多钱。她母亲入住养老院时恐怕还花了一大笔钱呢。"

够了。——渡濑不想在这个问题上继续思考了。现在不是解谜的时候，如今应该把精力集中在初期搜查①上。

"我想和尸体的第一发现人聊聊。"

"请这边来。"

---

① 日语原文为"初动搜查"，是日本刑侦流程中的一个专用术语，指警方接到报案后第一次前往案发现场进行初步的调查取证。

渡濑和古手川跟着丰城来到了旁边一间房子。这间房子明显比被害人的家新不少。渡濑要找的证人正瑟瑟发抖地坐在玄关的台阶上。

"这位是尸体的第一发现人，上园康江夫人。"

渡濑在康江的对面坐了下来。康江周围有一股浓烈的空气清新剂的味道，想必是她自己往身上喷的。

"我是县警总部的渡濑。关于您发现的尸体，您确定那就是户野原贵美子吗？"

"是的……刚才警察给我看了她的脸。"

也许是想起了尸体的样子，康江一副马上要吐出来的表情。她断断续续地讲述了发现尸体的经过，与丰城刚刚说的像是对过答案似的几乎一模一样。

"请问您最后一次见到还活着的贵美子小姐是在什么时候？"

"是前天……八号那天我买完东西回家时见过她。"

"那时是几点钟？"

"大概是一点吧。"

"那之后直到今天早上，户野原家里有什么可疑的说话声或者奇怪的声音吗？"

"好像没有……"

"那么被害人最近有遇到什么麻烦事吗？有没有跟谁吵过架？附近有听说过跟踪狂之类的人吗？或者有没有什么人会对被害人心怀怨恨？"

"这个我也不清楚。贵美子小姐平时就不太出门。"

康江看起来不像隐瞒了什么，之所以回答得如此含糊，恐怕是因为她平时就不怎么关注受害者。即使是住在附近的邻居，人和人要是亲近不起来，那也是没有办法的事情。

"您平时和她接触多吗？"

"这个……以前她父母都在时我们还接触得比较多。先是她父亲生病去世，那之后我们就来往得不多了。今年春天她母亲也进了养老院，就更没什么机会聊天了。"

"看来您和贵美子小姐本人接触得不多是吗？"

"这边是贵美子小姐的娘家，但是她四十多年前就出嫁了，过了很久之后才回到这边住，所以我们不是一直是邻居。"

"她离婚了？"

"嗯，听说还改回了母家的本姓。"

"她离婚回到娘家大概是什么时候的事？"

"呃……应该已经有差不多十年了。可能是因为这些事吧，她平时也不太愿意和附近的邻居打交道。"

"她有孩子吗？"

"没有，不过这些都是她的私事，我想没人详细打听过。"

据康江所说，被害人四十年前结过婚，结婚三十年之后又离婚了。不管怎么样，有必要调查一下这三十年里被害人的生活情况。

渡濑的沉思似乎引起了对方的误会，康江慌张地继续说道：

"那个，这么说的话听起来好像我们在排挤贵美子小姐，其实不是这样的！"

康江已经完全进入了为自己辩护的状态。这种情况下只要不紧不慢地放任她继续说下去，她就会源源不断地把知道的事情说出来。

"其实是贵美子小姐在主动疏远邻居……虽说已经离婚了，但是毕竟是死了人。想想她的孩子做了那样的事情，她会把自己封闭在家里也是在情理之中的吧。"

渡濑注意到了她话中奇怪的地方，看来自己之前犯了一个很大的错。

康江不是不清楚户野原家的事，而是知道却不愿意说出来。丰城恐怕也想到了同样的问题，用羞耻又狼狈的眼神紧盯着康江。虽说现在初期调查还在进行，现场搜证还没有结束，因此有疏漏也属正常，但是当着地方搜查员的面，被总部来的警员指出这一点，仍然是一件尴尬的事。

"毕竟她丈夫的死法……因为孩子干了那种事而自杀。我也能理解她为什么要改回原名。她回到这儿前，整天都被记者、电视台的人追着到处跑呢。她刚回来时也会，我们这儿也闹腾了好一阵呢，不过，俗话说闲言不长久，不知道从什么时候起就没人提这些事了。不过，想必贵美子小姐还是会在意旁人的眼光吧。"

"贵美子小姐家中有人犯过法？"

"是的。说起来那可不是什么普通的案子，而是震惊了整个日本的大事件。贵美子小姐回了娘家仍不想见外人也很正常。"

如果是轰动一时的大案子，自己应该也会有些印象。恐怕正是因为贵美子改了名，自己听到户野原这个姓氏才没有联想起来。

"不好意思，请问您知道被害人结婚后的姓氏吗？"

"当然记得。轻部，贵美子以前的姓是轻部。她就是那位轻部亮一的母亲。"

轻部亮一。

听到这个名字，渡濑终于想了起来。丰城也是一副震惊的表情，眼睛眨也不眨地盯着康江看。古手川恐怕什么也没想起来，只是一脸不知所措地呆在原地。

也不奇怪。渡濑想。轻部亮一的案件发生于平成十五年，那是古手川调到一科来的六年前了。他没有印象也很正常。

当时轻部亮一犯下的那起案件——

那是一起随机杀人事件，有两名女性惨遭毒手。

2

一离开上园家，古手川忙不迭地问道：

"班长，刚才说到的轻部亮一事件是？"

即使古手川不问，渡濑也准备告诉他。

"就算不记得犯人的名字，浦和站随机杀人事件，这个名词你应该有印象吧。"

古手川想起来什么似的点了点头。

"那个我倒是有点印象，好像有两个人被杀了？"

"嗯。"

"不过，这可真是大意了。"

跟在古手川后面的丰城从刚才起就一直像念咒似的念叨着这句话。

"警部您认为凶手的动机是报复吗？当年那起案件的受害者的确有可能怨恨着轻部亮一的母亲，有充分的杀人动机。"

渡濑沉默着没有回答。诚如丰城所说，既然贵美子是那个轻部亮一的母亲，不排除她有受到儿子牵累的可能。如果这起凶杀案和轻部亮一的案子有关，那么现场留下的血字"涅墨西斯"的含义也就不言自明了。

浦和站随机杀人事件发生于平成十五年年尾。十二月五日，下午五点三十二分，时值晚高峰，浦和站的检票口挤满了放学、下班的人。轻部亮一（时年二十六岁）于此时突然出现在人群中。他一头杂乱的头发，穿着白 T 恤，看起来虽然有些奇怪，但在人群中也不至于太过显眼。晚高峰的车站里人人都急着回家，谁也无暇留意他人。

越靠近车站大厅，人流量就越大，正常走路时也会碰到对面行人的肩膀。

轻部悄悄地拿出了藏在 T 恤底下的刀。当时走在他后面的目击证人回忆到，他当时的动作就像把手机拿出来一样自然流畅。刀是他几天前在自家附近的商场买的，是一把出刃菜刀，刀身长六寸五分（约一百九十七毫米）。轻部紧握刀柄，朝走在他身前的女大学生一之濑遥香（时年十九岁）背后捅去。

这时周围的人都还没有反应过来发生了什么。直到轻部拔出菜刀，鲜血喷溅出来时，人群中才响起了目击者的惊呼。

身中第一刀之后，一之濑遥香并没有立刻倒下。恐怕此时她甚至还没有反应过来自己被人用刀袭击了的事实。摇晃了两三下之后，她才前倾倒在地上。

轻部骑在遥香的身上，在她相对柔软的颈部和腹部连续刺入了好几刀。他身穿的白T恤沾染着喷溅而出的血，变得血迹斑斑。

以他为中心，半径三米内的人全都条件反射般地飞快后退，急忙逃开。发出尖叫的人的数量也开始急速增加。

晚高峰时段拥堵的人群引发了新的灾难。急于逃跑的人把周围的人推倒在地，人群一片混乱。

有女人被袭击了。

有人拿着刀。

救命。

叫警察。

在人们只言片语地传递着消息时，轻部已经发现了第二个猎物。那是本已逃开却被后面的人推倒在地上的小泉玲奈（时年十二岁）。轻部顺势骑在玲奈背上，将刀刃横在她的颈动脉附近，割开了一道约五厘米的口子。轻部在后来供认自己的罪行时，曾经回忆这个时候的触感："她的脖子就像水管一样柔软。"

从颈动脉中喷涌而出的鲜血，将轻部的脸染成了一片红。根据检视官的检查结果，这一击是致命伤。玲奈死前应该没有感到太多痛苦，这恐怕是唯一能令人好受一点的事实。

也许是溅到脸上的鲜血刺激了他，轻部仰起头，发出了如同野兽一般奇异的嘶吼声。目击证人对这声音的印象各不一样，有人说像鸡鸣声，也有人说像是狗吠声。

在这起发生在车站大厅内的事件里，唯一的幸运之处是，因为年底需要加强安全管理，当天有两名警察正在车站内巡查。加贺健史和三轮博敏两位巡警听到车站大厅传来的惨叫，迅速赶到了现场。此时，轻部刚刚从玲奈的身上离开。

加贺巡警用警棍击飞了轻部手上的凶器，紧接着三轮巡警从背后反剪住了他的双手。这时两人不约而同地产生了一个想法：作为酿成车站内惨剧的凶手，眼前这个人实在是过于孱弱了。他一边惨叫一边反抗，但反抗的气力非常微弱，想必是挨了一记警棍而手痛的缘故。

轻部于下午五点四十五分被两名警察控制住。这场噩梦仅持续了十三分钟。

"两名被害人虽然立刻就被送上了救护车，但都在去医院的途中抢救无效死亡。两人基本都是当场毙命。"

"轻部当时有使用什么药物吗？"

"不，他被捕后立刻接受了尿检，结果是阴性。"

"他随机杀人的动机是什么呢？"

"呵，那也称不上什么理由吧。"

被两名警察控制住以后，轻部安静得像变了个人一样。他前后变化之大让目击者都瞠目结舌。

从惨剧发生的浦和车站到浦和警署，轻部一直低头不语。被捕后轻部一度保持沉默，直到当天半夜，他突然开口说了自己的姓名和住址。听完后，据说整个浦和警署的警员都陷入了震惊之中。因为轻部亮一的父亲轻部谦吉是著名的教育评论家，县内的教育委员会中也有他的席位。沉着的举止、率直的言论，使他在电视节目中也很受欢迎。这样一位人物的独生子，究竟为何会堕落成杀人犯呢？轻部在看守所待了一晚上，就断断续续地将自己杀人的缘由和经过说了出来。

随便杀谁都行，轻部说。

如愿考入了想上的大学，却跟不上课程的内容，三年不到就退学了。找工作时总觉得这个也不适合自己，那个也不适合自己，每一份工作都干不长久。辞去最后一份便利店打工的工作后，他便一直待在家里。

这个时候，网络的发达助长了轻部不愿出门的情绪。现实世界中再卑微、再没有发言权的人，在网络世界里也可以随心所欲，想做个贵族也行，做恐怖分子也可以。轻部完全沉溺于这个虚拟的世界，无法自拔。

作为著名评论家的儿子，他比起旁人本就有一种天然的优势。轻部把父亲的荣光当成了自己的荣耀，在网上显得桀骜不驯，因此遭到了网民的猛烈攻击。网络虽然是虚拟世界，可网络带来的伤害却是真实的。轻部认为，如果没法成为比父亲更有名的人，自己的人生就没有任何意义了。对轻部来说，现实世界没有什么太大意义。他对这个万事都不遂自己心意的世界毫无兴趣。轻部的行动只依循一个原理：他要成为网络世界的英雄。

越不成熟的人越是急于求成。为了尽早出名，轻部选择走上犯罪的道路。而且，犯罪的方式一定要越华丽越好，如果能成为载入史册的罪犯，那就再好不过了。

所以，人流量巨大的车站是合适的场所。

只杀一个人绝不够。要杀两三个，不，不再多杀几个的话，是没法成为特殊的罪犯的。

为了杀更多的人，需要挑选比自己弱小的猎物。成年男性反抗起来可能会给自己带来危险。那么就应该在女人和孩子里挑选下手对象。

这就是轻部所交代的他在犯案前的全部心路。其中看不到对两名受害女性的一丝愧疚和反省。动机、物证、人证、目击者的证词以及犯人的供认书都齐全了，于是浦和警署将案件提交到了地方检察厅。

埼玉地方检察厅首先对轻部进行了起诉前鉴定。为了能够进行公审，必须确认他具备完全承担刑事责任的能力。检方请来的专业医生也确认了这一点。

但审判还没有开始，社会上对轻部的声讨已经掀起了轩然大波。即使不看轻部那不成熟的想法，他那任性随意的杀人动机，挑体弱的女性下手的理由，没有丝毫羞耻、完全以自我为中心的态度，也足够引起世人对他的猛烈抨击。

他的父亲轻部谦吉也成了舆论攻击的对象。各大电视台立刻宣布了终止与谦吉合作的决定，教育委员会也对外宣布了他因为"本人意愿"而辞去职务的消息。俗话说，登得越高，摔得越重。不久前还整天跟在谦吉后头，试图从他嘴里套出几句评论的媒体，立刻掉头开始指责他，要求他作为犯人的亲属向社会道歉。

"著名教育家的儿子竟然犯下如此残忍的罪行，真是可笑。世人的称赞一夜之间就化为轻蔑。从结果来看，轻部谦吉似乎不是个能适应这种巨变的人。"

"他自杀了吗？"

"没法断定。他的家人对这件事守口如瓶，只知道他深夜开车撞上了高速路的防护栏，至于到底是自杀还是意外，就没人知道了。不过，他一死，世人那用舆论做审判的祭坛上就没有了祭品，于是社会的关注都集中到了轻部亮一的官司和他的母亲贵美子身上。贵美子至今还没有正式对受害者家属道歉。站在贵美子的角度想想，儿子犯下那种大案，丈夫又刚自杀，她恐怕还顾不上向受害者家属道歉。"

案件的公开审理于第二年夏天正式开始。检方负责的检察官是当时埼玉地方检察厅的三席检察官①岬恭平。他是个严谨正直的人，被地方检察厅视作王牌。

而为轻部辩护的是第一东京律师协会以"人权派"闻名的堤真吾律师。这位律师正是因交通事故去世的轻部谦吉给儿子留下的最宝贵的礼物。

堤真吾律师走的第一步棋，是让轻部亮一写下谢罪的书信，交到一之濑和小泉两家人的手上。信上表明了轻部的悔改之意，希望能够以此获得减刑。当然，两家人都拒绝了这封信。但是堤律师向邮局申请了证明，证实这封书信的确寄到了被害者家属的住址，并把寄信这件事作为证据上呈到了法庭。虽说是常用手段，但辩护的律师这种刺激受害者家属的行为无疑让世人更加厌

---

① 日本中小规模的检察厅中实行"检事正"（即地方检察厅的最高长官）、次席检察官和普通检察官的三级分级制度。所谓的三席检察官是指普通检察官中最资深、最专业的一位检察官，因此被称为仅居次席检察官之下的"三席"，一般负责当地的重大案件。

恶轻部了。

"战前的法律对被告的权利几乎没有任何保障，所谓的治安维持法什么的就是典型代表。新宪法出台后，维护被告权利的呼声日益高涨。所谓的人权派律师，就是这群人中最右翼的一部分人。"

"不过，起诉前的司法鉴定不是已经得出了轻部具有完全刑事责任能力的结论吗？既然如此，他无论如何也找不到什么借口了吧。何况被害者都是少女，应该罪加一等才对。"

"大体来看是这样。检方对法庭提出了判处他死刑的诉求，公众也对检方的要求表示大力支持。毕竟有两名无辜的少女因为如此随随便便的理由而惨遭杀害，对他处以死刑合情合理。"

如今，对是否实施死刑的裁决主要参考昭和五十八年七月八日最高裁判所下达的死刑适用基准——也就是通称的"永山基准"，考量的要素大致如下：

犯罪的性质；

犯罪的动机；

实施犯罪的手法，尤其是杀人手法是否残忍、偏执；

是否造成重大后果，尤其是被害人的数量；

是否对被害人家属的感情造成额外伤害；

社会影响；

犯人的年龄；

是否有前科；

犯罪后的认罪态度。

实际上，判处一个人死刑并不需要他完全满足这九项内容，相反，即使九项全都满足，也并非一定会被判处死刑。其中尤其微妙的是第四项中提到的被害者数量，按惯例来说，杀害了三人以上一定会被判死刑，杀害两人的情况则需要综合考虑是判处死刑还是无期徒刑。

也许是为了表现良好的认罪态度，律师让轻部在法庭上表示了自己后悔的态度和希望赎罪的念头。在公审的最终陈词阶段，轻部对本案的两名被害人致辞道：

"我想连同一之濑小姐和小泉小姐的份一起活下去，一直活着向两位谢罪。"

如果被害人家属听到这番陈词，必然会被触怒，实在没有让法官网开一面的道理。加上本案已满足前面说的九项内容中的许多项，在世人看来，轻部被判处死刑已是板上钉钉的事情。

但是，一审判决的结果却出乎所有人的意料——是无期徒刑。

本案中担任审判长的是涩泽英一郎法官。他认为，本案件虽然犯罪性质、犯罪动机恶劣，严重违反社会道德，但是被告轻部亮一思想尚不成熟，且无前科，被害者数量又仅有两名。"本案犯案手法的残忍程度和被告的犯罪倾向，尚不足以支持法庭做出死刑的裁决。"涩泽法官基于如上理由做出了裁决。

警方当天就对判决结果提出了上诉。所有人都以为轻部亮一肯定要被判死刑。更何况，为了制止类似的恶性事件再度发生，警方必须让轻部被处以极刑，以儆效尤。

"这场官司虽然也帮堤律师扬名了，但真正一举成名的是涩泽法官。一般来说，审判长的名字是不太会被人记住的，这次却恰恰相反，也正说明了这次的判决结果有多么出乎市民的意料。"

"这位审判长不会是什么废除死刑论的支持者之类的吧？"

"有一段时间很多人都是这么猜测的。涩泽法官虽然一次也没有亲口表示过支持废除死刑，但是面对死刑和无期徒刑的裁决时，往往都不会判处犯人死刑。有人偷偷在背后喊他'温情法官'。不过，这种温情恐怕不是死者家属所能接受的。被害者一之濑遥香和小泉玲奈的家人公开对媒体表达了对涩泽法官的怀疑。媒体和社会大众受此刺激也开始大举声讨起他来。如果能证明他确实是废除死刑论的支持者，那么为了确保判决的公平正义，他恐怕会被要求免去审判长的职务。可是人心隔肚皮，谁又能看穿人心里真正的想法呢？法务省和涩泽法官本人一直保持沉默，于是对他的声讨也渐渐偃旗息鼓了。"

"二审的结果如何呢？"

"当时的司法中，除非提出的证据中有明显的错漏，或者审判过程中有违宪的行为，否则推翻初审判决结果的情况极其罕见。二审的结果是维持原判。也许是认为再上诉也是自取其辱吧，二审后警方就没有继续上诉了。于是，轻部的判决被定为无期徒刑。"

古手川一脸不快。这个什么都挂在脸上的家伙有这种反应也很正常。

"被害人家属就这么接受了吗？"

"怎么可能。"

渡濑立刻回答道。在自己所属的县警总部的眼皮子底下出了这么大的案子，渡濑当然不会毫不关心。不光是渡濑，对轻部和被害人家属后来的情况感兴趣的大有人在。

"一之濑和小泉两家人以集体诉讼的形式进行了民事诉讼。因为已经裁定了轻部的刑事责任，这次的审判很快就有了结果。法庭裁定，轻部需要对两个受害者家庭做出总额八千五百万日元的赔偿。但轻部本人已经入狱，这笔赔偿只能用他父亲谦吉的遗产来支付。但遗产因为支付律师费已经消耗了大半，最终被害人家属也没有得到一分钱的赔偿。"

"……当时贵美子已经离婚了吧。"

"准确地说她是在丈夫去世的时候顺便退籍了。因为时机太过巧妙，不少人认为，这也是谦吉选择自杀的理由之一。总之，轻部贵美子改回了原姓户野原，回了娘家。此后，再也没有人能承担起这起案件的责任，轻部事件就此落下帷幕。"

听完渡濑的话，古手川陷入了沉默之中。丰城也苦着脸，不知道是不是又想起了那段时间。

别说他了，就连渡濑那段时间也时常觉得气恼。因为得不到其他人的认可，就像三岁小孩似的无理取闹、大发脾气，以如此莫名其妙的理由杀害两名少女，这样的男人，至今还在监狱里好好活着，和自己呼吸着同样的空气。渡濑身为司法人员，自然不会质疑法庭所作的裁决，但是内心深处对这样的结果难以释怀。他尚且如此，年轻的古手川就更不用说了。

良久，古手川才再次开口：

"那场民事诉讼之后，两家人怎么样了？"

"又能怎么样？"

渡濑从记忆里翻找出那篇后来采访两家人的报道。每想起一次，他就像活吞了一只苍蝇一样恶心。

"一之濑遥香也好，小泉玲奈也好，她们都是有着大好前途的花季少女。她们突然遭遇飞来横祸，被一个毛头小子杀害，家人内心一定有令人难以想象的悲痛。但是法庭却没有为他们提供丝毫的安慰。被害人家属能得到的补贴金额最高不到三千万日元。这点钱显然不足以填补失去宝贵的女儿后，家人内心产生的缝隙。而出现裂缝的家庭会变成什么样子，你应该再清楚不过。"

古手川用力抿紧了嘴唇。少年时期，他的家庭因为父亲欠下的债务闹得四分五裂，所以他比任何人都清楚亲情的温暖和脆弱。

"那些杂志上写到，两个家庭后来都产生了一些问题，但再后来的事情就没有人报道了。事到如今，两家人是各自修复了彼此的关系，还是就此走向决裂，除了当事人，恐怕已经没人清楚了。"

听到这里，一直沉默着的丰城插话道：

"渡濑警部，您觉得这两家人有嫌疑吗？"

他的眼睛看起来就像发现了猎物的猎犬。

"对这两家人来说，贵美子就是他们在世上剩下的最后一个仇人。他们的家庭被轻部彻底摧毁，如果他们想要复仇，除了贵美子，也没有别的对象可以选择了。"

的确，这么一来，"涅墨西斯"——复仇女神，这句留言就解释得通了。

"另外，检视官也说过，杀害贵美子的凶器是出刃菜刀，正好和轻部当年使用的是同一种凶器。用凶器反复刺入被害人身体致死的杀人手法也和轻部当年一模一样。凶手用同样的凶器袭击了十年前那起案件的凶手的家人，这不是很明显的报复杀人吗？"

丰城的音调略微上扬，透露着一丝兴奋。他的想法虽然有一定道理，但毕竟只是猜测。

"丰城，你的推测我们稍后再说，不过，'涅墨西斯'这件事最好还是先对媒体保密吧？"

听罢丰城也点了点头表示认可。"涅墨西斯"这个词一旦公之于众，敏锐的人立刻就会联想到"复仇"。加上户野原贵美子这个名字，他们只怕立时就要找出几个嫌疑人来了。要是发生这样的事情，警方的调查无疑会受到影响。

"明白了，这件事我会让所有搜查员严格保密。"

"还有一件事，麻烦把一之濑和小泉两家人的照片找出来，让警员在附近查探一下。"

"如果有人在附近见过他们，就可以确定他们有重大嫌疑吧。那我先告辞了。"

丰城扔下这句话，就急匆匆地往搜查员们那边去了。古手川目送他离开后才开口，语气中带着几分怀疑：

"关于被害人家属报复行凶这个想法，您不会觉得是真的吧？"

"什么真的假的，毫无可能性的话难道我会让地方警署的同事白白地干活儿吗！"

"不过，班长没有把心里想的全都说出来吧？"

古手川笃定地说道。

呵，看来这小子也学会了一点察言观色的本事。

"真是家属复仇的话，事情就再简单不过了。"

"啊？"

"杀人动机明确，嫌疑人的范围也很小。只要深究这些人的不在场证明，谁是真凶早晚会水落石出。但是，如果'涅墨西斯'的意思不是复仇，而是其正确的语义——义愤呢？跟轻部事件没有直接关系的局外人出于义愤，要对犯人的家属举起正义的铁锤，那么又会如何呢？嫌疑人的数量会一口气上涨两位数。毕竟那些道貌岸然、自诩正义的家伙可是要多少有多少。"

"可是……真的会有人为了声张自己的想法，就去杀害毫无关系的人吗？"

"如果没有，那轻部亮一是怎么回事？那家伙为了维护自己的一点自尊心，就去杀害了两个自己完全不认识的人。就算出发点有些许不一样，可他们的心理动机是完全一致的。而这个混蛋现在正潜藏在某个地方。"

古手川苦恼地晃了晃脑袋。

"这样的话，我们究竟该从什么地方查起啊？"

"把被害人遗体送到浦和医大去，请光崎教授来做解剖。他也许会发现什么线索。"

"那班长你要去做什么？"

"去一个个排除所有的可能性。"

3

几天后，渡濑收到了浦和医大法医学教室寄来的解剖报告，不过里面并没有什么值得惊讶的新发现，只是明确了根据胃内容物可以推断死亡时间是八月八日晚上十点到第二天凌晨一点之间。

从死亡时间来看，凶手应该是计划好了趁贵美子睡觉的时候进入她的房间。但是尸体却倒在走廊上，依据这点可以推测当时的情况是这样的：

案发时分，凶手用玻璃刀切开玄关拉门的玻璃，从里面打开了锁。从他尝试侵入房间内的举动推测，当时房里关着灯的可能性很大。凶手一定认为贵美子已经睡着了，所以潜进了房里。

贵美子从玄关进门后就直接去房间里睡觉了，不知道她当时是醒着还是已经入睡，但是无论如何，她显然察觉到了凶手的入侵，于是逃出了房间。但是她显然没能成功，在走廊的拐角处正面碰上了凶手。贵美子的胸口和腹部被凶手用刀各捅了一下，但是伤口都不深。这时，贵美子出于条件反射转身试图逃离，于是背后受了致命的一刀，因此身亡。以上这些都是基于地板上留下的脚印做出的推断。

行凶后凶手一定趴在地上观察了一会儿贵美子。因为他在墙上留下血字时，应该等待了一会儿，让血流得更多。

在墙壁上留下血字后，凶手没有翻找任何财物就径直离开了。这一点也可以从地上的脚印判断出来。也就是说，凶手的目的正是杀害贵美子，而不是入室盗窃。

由于贵美子年纪已经不轻了，凶手的行凶过程极为短暂。贵美子几乎没能进行任何有效的反抗，连叫出声都没能做到。不，也许她发出了叫喊，但邻居没有一个人听到任何声音。

凶手可能戴了手套和帽子，现场没有找到贵美子以外任何人的指纹和头发。另外，警员在户野原家半径五百米的范围内进行了搜索，目前尚未发现凶器。

根据鉴识科的报告，凶手对贵美子刺出那致命的一刀时，他自己身上应该也溅到了喷出的鲜血。不过由于当时已是深夜，借着夜色的遮掩，他穿着染血的上衣在附近走动应该也不会太过显眼。

当然，搜查总部的人已经检查过从熊谷站到户野原家这段路上的摄像头，但是也没有发现任何可疑的人。基于这一点，有的搜查员认为凶手应该对当地十分熟悉。不过，听说现在市面上也有那种能看到附近的摄像头位置的软件，所以现在下结论为时尚早。

另一方面，对证人的取证也没有取得什么进展。正如上园康江说过的那样，贵美子的交际圈极小，除了和居民会的人有一些基本的来往，她和其他人都只是点头之交。考虑到浦和站随机杀人事件的影响力，她这么做也可以理解。邻居里知道她儿子就是轻部亮一的人并不少，她自然不会主动和这些人有什么交集。

由于交往不深，贵美子和邻居也没有结什么怨。知道贵美子和轻部关系的人也没有主动排挤她，就算当初刚知道这件事时还会因为好奇而对她有点兴趣，这点兴趣过了十多年也会自然消失殆尽了。

搜查总部特意把贵美子的母亲从养老院请到了案发现场，让她确认家中财物有无缺失。得到的证词果然是没有少任何东西。至此，可以完全排除盗窃杀人的可能性。另外，由于养老院有门禁时间，贵美子的母亲也绝不可能在案发时间到现场来。

随机杀人。

凶器是类似出刃菜刀的刀具。

被害人身上多处受到刀刺。

案件正如丰城所说的那样，越来越接近于模仿轻部事件的这个可能性。虽然得益于严格的封口令，"涅墨西斯"的血字还没有被外界得知，但记者里有一些鼻子极灵的家伙，所以绝不能掉以轻心。

有个叫"涅墨西斯"的家伙盯上了罪犯的家人，如果这件事被曝光了，应该怎么办？渡濑一直在心里思考着这件事。

渡濑被里中总部长叫出去时，心里想的正好也是这件事。

被县警的最高领导越过科长和刑事部长直接叫出来，这样的事以前还从没发生过。他想，恐怕是要奖励自己或者批评一下吧，但是上次自己被总部长点名批评不过是因为搜查时太过独断专行而已，这次应该也不会有什么大事。

总部长的办公室在县警总部的顶楼。

渡濑常常想，不知道为什么，每个组织的上位者似乎都更喜欢高处的房间。有句俗话是"只有傻子和烟才喜欢高的地方"，他们都不知道这句话吗？

一进门，就看见里中已经端坐着正对自己。他要是觉得这样就能威慑到对面的人，那还真是好笑。

"报告，渡濑到了。"

"坐下吧。"

此时如果渡濑客气推托一下，总部长对他的印象多少会好一些。但不巧的是，这个男人丝毫没有这方面的想法。渡濑连一句道谢也没有，直接在里中的对面坐了下来。

"您叫我来是有什么事？"

"我想问问你带的班负责的那起熊谷市的杀人事件。"

哎呀，渡濑心想，难道是案子出了什么意外？

在渡濑看来，里中是个彻头彻尾的功利主义者和权威主义者，他从不主动承担责任，而是习惯于逃避。这样的人绝不会随随便便主动提出亲自去现场进行调查，之所以叫自己来，多半是想用上位者的身份给自己施加压力。

可是轻部亮一的案子既非冤案，警方和检方也绝没有什么遗漏。应该说，这是一场背负着舆论期待的诉讼，检方却没能让犯人被判死刑，等于打了一场败仗。事到如今还会有什么麻烦吗？

"查到的信息，科长和刑事部长应该向您报告过了吧。"

"我说得严重一点吧，我不觉得栗栖科长那边收到的就是全部的信息。"

"怎么会，这种事不太可能吧？我们一科的搜查员都很老实，不会有人敢有什么隐瞒。"

"除了某个人。"

说的是我吧，渡濑想。如果是这样，那装傻充愣看来也不能蒙混过关了。

"有一些没有确切证据的消息，我认为随意上报的话，反而是给搜查工作添乱。"

"哼，你倒是机灵，知道那些会惹出乱子来的消息。"

"但我确实不擅长看人脸色。"

"这话轮不到你自己说。算了，不提这个。现在虽然已经下达了封口令，但是私下还是有人在议论着复仇之类的话题。"

"复仇不过是其中一个可能性。也有可能是凶手为了掩人耳目而故意布下的疑阵。"

"别胡说八道了，如果真是这样，你又何必让他们下什么封口令？"

里中笑了，看起来有几分阴险。令人不可思议的是，这个笑得一脸阴险的家伙，居然常常被别人夸奖有人情味儿。

"不过，下封口令这步棋走得对。所以，我也不打算责备你。这次约你谈话，也不是想让你束手束脚，应该说，我的目的恰恰相反。"

"相反……您叫我来是特意想激励我，让我放手去做吗？"

"总之，我希望你尽快破案。"

嘴上说着希望，男人用的却完全是命令的口吻。

"浦和站随机杀人事件……听说这次的被害人是那个犯人的母亲？"

"是。"

"所以，'复仇'也和那次的事件有关吗？"

"也有人这么认为。"

"如果有人这么觉得，那就更需要尽快解决这件事情。毕竟我国的法律可绝不认可复仇这种行为。"

里中双手合十，像在祈祷一般。这是他习惯性的小动作，他想向部下传达他的观点的正确性时总会做这个动作。

"和很多国家一样，这个国家里也不允许杀人这种行为。但实施死刑是例外。因为死刑是基于法院的判决结果，由法务省实施的一种行政行为。"

渡濑强忍住打哈欠的冲动，继续听着对方的发言。这段话甚至不是里中自己的观点，而是引用了前法务大臣中村正三郎在一次谈话中的发言。

"所以，不论有任何理由，如果肯定了其他形式的杀人，法律的秩序就会崩溃。听说现场留下了寓意'复仇'的留言，我们绝不能放任这种行为不管。"

里中的言论总有哪里让人听起来不太舒服，因为他只会讲些表面上的大道理。

"您是受到了来自哪方面的压力吗？"

"什么？"

"我只是在想，堂堂县警总部的总部长，应该不会专程来对我这个不良警察讲这些大道理吧。"

里中陷入了沉默，只是直直地盯着渡濑不放。那是等着对面的人走下一步棋的眼神。

也好，渡濑想，那就让自己先翻一张底牌吧。反正里中早已经知道这张牌的存在。

"关于现场墙上的留言'涅墨西斯'，您应该也知道。涅墨西斯是希腊神话中的复仇女神，但是它正确的语源不是'复仇'，而是'义愤'。也就是说，杀人的动机也可以解释成是出于义愤。"

"……那是什么意思？"

"亲近之人的复仇可以被称作发泄私愤，而义愤的执行者则是和事件没有关系的第三人。"

"你是说凶手是正义的一方？"

"不，这不过是滥用私刑罢了。关于义愤，还有一种更麻烦的可能——凶手报复的对象是整个法务省。"

里中依旧沉默着，但看起来并没有感到太意外。果然，他早就知道这种可能性，所以才把渡濑叫来。

"轻部亮一本来肯定要被判死刑，却因为律师的奸计和检察方的无能而逃脱了死刑。负责这件案子的法官似乎不支持死刑制度。如果法院不愿意判他死刑，就应该由自己代为动手……也有这种可能。"

连渡濑自己也觉得，这简直像某种夸张的妄想桥段。为了给被轻部杀害的两人报仇——这种可能似乎同样像是某种妄想。不过法院和法务省作为当时负责这起案子的司法机关，对此的看法则大不一样。

"比起推测，倒更像是吹牛时的胡说八道。"

"是，可是那些恶意揣测着'涅墨西斯'含义的人恐怕都会联想到这一点吧。"

如果凶手的行凶原因真的是对判决有所不满，那么不管他是不是思想太过偏激，问题都会变得复杂。恐怕这件事会逐渐演变成一场对司法制度和死刑制度是否正确的讨论。这是法务省绝不会期待发生的事。

不允许任何动用私刑的报复。这句话实际上是在说，不允许任何人挑战国家所制定的法度。所以里中上头的那些人对这件事心怀不安，也是可以理解的。

"不管是吹牛还是恶意揣测，这都是针对司法制度的谋反。无论如何，这件案子你要尽快解决。"

里中一锤定音道。似乎话题结束在这里正合他的心意，他满足地点了点头。不仅保住了自己的颜面，还顺利地驯服了不听话的下属，他的心里想必充满了自得。

"看来你也清楚事情的严重性了，那么就请你以粉身碎骨的觉悟，继续努力吧。"

渡濑报以沉默，心想，骨头碎掉之前，自己的腰恐怕要先碎掉了。

回到刑事部，早就充满好奇的古手川立刻跑过来问东问西。

"听说您被总部长叫去谈话了？到底都问了您些什么呀？"

"批评式激励，什么国家兴亡在此一战之类的。别废话了，走了。"

叫上完全听不懂什么意思、一脸困惑的古手川，渡濑坐上了车。

目的地是千叶监狱。

如今，日本全国各地共有六十二所监狱。其中 A 级监狱关押犯罪情节不严重的犯人，而 B 级监狱则关押那些犯罪情节严重的犯人。另外，根据是否初次服刑、刑期是否在十年以上等条件，又可以进行如下的细分：

初次服刑、刑期在十年以上的犯人关押在山形、千叶、长野、冈山和大分监狱中。

初次服刑、刑期在十年以下的犯人关押在带广、山形、黑羽、市原、横滨、长野、静冈、东京、福井、名古屋等监狱中。

非初次服刑、刑期在十年以上的犯人关押在旭川、岐阜、熊本、德岛等监狱中。

非初次服刑、刑期在十年以下的犯人关押在网走等监狱。

医疗监狱——八王子、冈崎、大阪、北九州医疗监狱。

女子监狱——枥木监狱、笠松监狱等。

外国人监狱——横须贺监狱分所等。

而渡濑他们此次前往的千叶监狱正关押着轻部亮一。

登记完后，两人便在会面室等待。十五分钟之后，一个身穿灰色狱服的男人出现在了被亚克力板隔开的对面。

这个男人正是轻部亮一。

他肩膀有点塌，微驼着背，中等身材，但是看起来有些体弱。虽然他今年已经三十六岁了，脸上却依然留有二十多岁的年轻人的痕迹。他小心翼翼地抬头看人时，让人不由得联想到一些小动物。正是这个人残忍杀害了两个人，恐怕大多数的人听了都会觉得奇怪。

渡濑报上姓名，轻部听后露出了有些惊讶的表情。

"埼玉县警？可是当初抓我的不是浦和警署的人吗？"

"今天我们来找你，是为了另一起事件。"

"另一起？和我有关系吗？"

"前天早上，你的母亲于自己家中被人杀害了。"

轻部一瞬间睁大了眼睛。

"……是真的吗？"

"我没有必要为了骗你而专门跑到千叶来。她遇害时是八号的深夜，目前看来应该是有人潜入家中袭击了她。"

看来千叶监狱的警官没有发现户野原贵美子和轻部亮一之间的关系。轻部脸上的震惊和疑惑绝不是装出来的。

"凶手已经抓到了吗？"

"还在调查中。"

轻部抬起头，短暂地叹了一口气。

"看来是真的，母亲她真的被杀了。"

他用干巴巴的语气说道。

"你听起来很平静。"

"你需要我哭的话我也可以哭出来……不过，还是算了。那种虚假的哭戏，演出来你应该也不想看。"

"哭不出来吗？"

"她不是个好母亲。"

"她倒也没有虐待你吧？"

"对自己的孩子毫无感情，这本就形同虐待。如果我能感受到真正的爱，也许我就不会做下那样的事。渡濑先生，你读过我的口供了吧。"

"嗯。"

"那你应该知道，我的家庭环境是什么样子。父亲他虽然是有名的教育家，但在生活中却并不是一个合格的家长。事实上，他对我相当冷淡，只会命令我做这个做那个。如果他那也称得上教育，那监狱也是优秀的教育机构了。"

轻部说这话时，一旁的看守正冷冰冰地盯着他看。即使是面谈的场合，公开批评监狱显然也不是一个合适的话题。不过这次似乎还勉强在能睁一只眼闭一只眼的范围内。

"你父亲可是在你被捕后不久就死了啊。"

"哈，所以我就应该心怀愧疚吗？那不过是逃避责任罢了。

亲儿子是个教育中的失败品，身为教育家的他没法向世人解释，所以决定去死罢了。他根本没有负任何责任。既没有向社会道歉，也没有反思自己以往的名声不实，更没有向被害人家属谢罪，他只是把这一切都抛之脑后，用死亡来逃避罢了，这是最差劲的死法。"

轻部冷笑着说道。渡濑也有些怀疑他是不是虚张声势，但他的笑看起来的确丝毫不像是演戏。

"我可不是逞强，也不是演戏，听说那老家伙出车祸死了的时候，我在监狱里都开心得跳起来了。"

"我没有怀疑你。不过，既然父亲对你这么冷淡，按理说母亲应该格外照顾你吧？"

听了这话，轻部忍不住笑出了声，为了憋笑甚至弯下了腰。

"渡濑先生，看来你对家庭这东西似乎抱有不切实际的幻想呢。"

"很奇怪吗？"

"所有的母亲都会无条件地爱自己的孩子，那不过是一种幻想罢了。我母亲不过是我父亲的一个仆人，一个负责监视我有没有好好听从父亲的命令的仆人罢了。"

一边听轻部说话，渡濑一边在记忆中寻找当初媒体对贵美子的报道。她似乎一次都没有在公审时出席旁听，也没有在任何一个公开场所发表过任何意见。

"渡濑先生，那个女人不过是在扮演一个贤妻良母的角色罢了。温柔的妻子、慈爱的母亲，都是表演。结果她的儿子却成了杀人犯，丈夫也因舆论所迫自杀了，所以她就只能逃走了。你看，判决下来，我被关到这里以后，她不是一次也没来看过我吗？连信也只来了一封，里面就说些她改回了旧姓，让我也要迎接新生活好好活下去之类的废话。笑死人了！被判无期徒刑的人能有什么新生活。真是装模作样的女人。啊，那女人被杀了？哈哈太好了！我一定要好好感谢那个凶手。"

说这些话时，轻部看起来一点也不像个三十六岁的男人。

渡濑想，这个男人被关进来之后，恐怕只有肉体的年龄在增长，精神却没有跟上。日复一日地只跟同样的囚犯和看守打交道，人的精神大概确实会退化。

听说，服刑结束后从监狱里出去的囚犯，在离开监狱的一瞬间会觉得自己仿佛是浦岛太郎①。看着现在的轻部，渡濑更加觉得那不是假话。不仅是不了解电器、流行语这些表面的问题，监狱内外仿佛时间的流速都截然不同。

渡濑看了一眼旁边，古手川正晃着自己的膝盖，一副忍不住要说点什么的样子。渡濑瞪了他一眼，制止了他。此时和轻部起冲突，对己方没有好处。

"你就这么讨厌自己的母亲吗？"

"不是喜欢或者讨厌的问题，我只是单纯地看她不爽，就像自己家里进了蟑螂一样，她被人杀掉我才会心情舒畅。差不多就

---

① 日本古代传说中的人物。此人是渔夫，因救了龙宫中的神龟，被带到龙宫，并得到龙王女儿的款待。临别之时，龙女赠送他一玉盒，告诫不可以打开它，太郎回家后便打开了盒子，盒中喷出的白烟使太郎化为老翁。

是这么一回事。"

"你们关系这么冷淡的话，有些话我们就好说了。那我就直接问了，你觉得有什么人会憎恨着你母亲吗？"

"恨着她？什么，不是强盗入室杀人吗？"

"家里没有任何财物失窃。"

"啊，所以才要查私人恩怨。顺便问一句，那个女人是怎么被杀的？"

"你问这个干什么？"

"这还用问吗？当然是为了想象她死时的那副样子，以后反复回味了。"

渡濑对轻部的忍耐已经差不多到了极限，但是总不能中止取证。约定的面谈时间只有三十分钟，冲动只会浪费宝贵的时间。

"我不能详细说，这是刑侦证据，需要保密。不过，我可以告诉你的是，凶手行凶的残忍程度丝毫不亚于你当年杀死一之濑遥香和小泉玲奈时的手法。"

"哦？原来如此，是这样啊。"

轻部一副饶有兴致的样子，

"我已经不记得我那个时候具体干了什么了，不过，既然是用刀捅死的手法，确实应该考虑凶手跟她是不是有恩怨。不过啊，渡濑先生，我可不知道有什么人会恨着那个女人。"

"她不是那种会被人怨恨的人吗？"

"完全不是。只有足够强大的人，才会被人怨恨，对吧？怨恨是爱的反面。那个女人既不会爱别人，也不会被别人怨恨。你看，连我身为她的亲生儿子都是这副样子，其他人就更不用说了。我跟亲戚和邻居也不算熟，所以我也不知道有谁跟她关系特别好或者特别差。"

"是吗？那你自己呢？"

"我？"

"有什么人会恨你恨得想杀掉你吗？比如说你在拘留所和监狱里的时候有没有收到过恐吓信？"

"噢，是这样？也就是说这个人可能恨的是我，但是不方便对我下手，所以就杀了我的母亲？听起来虽然有些不可思议，不过不得不说有一定道理。"

轻部一脸轻松地笑了。

于是古手川露出了更加不高兴的表情。又瞪了他一眼后，渡濑继续等待轻部的回答。

"但是说到憎恨我的人，那可是多得数不过来了。虽然他们从来没给我看过那些新闻，不过我从后面进来的新人那儿听说，那件事可是成了大新闻。听说现在不适应社会的人比我那个时候更多了，所以那些躲在网络的各个角落里、自诩正义的家伙都有嫌疑。我待在监狱里倒是最安全了。"

"监狱里的生活如何？"

轻部有些得意地一笑，把脸靠近了亚克力板，看来是想悄悄告诉渡濑。

"服刑又不会逼你干什么太重的体力活儿。再说了，就算是无期徒刑，如果被评为模范犯人，还是有机会出狱的。"

"最近假释可是越来越难了，听说是因为出狱的人再次犯罪的概率太高了。"

"也许吧，不过出不去也无所谓。在这儿一日三餐都有人提供，生病了也有医生看。再次犯罪的概率高，可能是因为在监狱里过得比在外面还让人舒心吧。"

很久以前就有人统计过，社会上的犯罪行为有六成左右是由出狱的囚犯再次犯下的。监狱已经渐渐失去了教化犯人的功能，看着眼前的轻部，渡濑真切地感受到了这一点。即使他心里清楚，犯人并不都是轻部这副样子，但是眼前的一幕还是长久地留在了他的记忆之中。

他突然对一件事产生了兴趣。

"轻部先生，你还记得你在最终陈词时说过的话吗？"

"欸，等、等一下。十年前自己说过的话谁还会记得啊！"

"你当时说的是'我想连同一之濑小姐和小泉小姐的份一起活下去，一直活着向两位谢罪'。"

轻部的表情凝固了一瞬间，转眼又换成了一副笑脸。

"啊，我想起来了，想起来了。说起来，我确实说过这种话呢。"

"所以，你只是随口说说的吗？"

"怎么会，我是真心的，真的。那个法官也是相信了我是真心的，才判了我无期徒刑嘛。哎呀，我可是真的很感谢他，让我不用受死刑了。托他的福我才能活到今天，一直为死去的两人祈祷呢。"

就在轻部双手合十，摆出祈祷姿势的同时，看守开口了：

"时间到了。"

"哎呀，已经三十分钟了吗，欢乐的时光总是如此短暂呢。"

"你开心就好。"

"下次再来跟我讲些有趣的事吧，那么，再见了。"

轻部稍微低下头，跟着看守消失在了门的另一侧。

房间里只剩下了渡濑和古手川。渡濑正准备站起来时，古手川突然开口了：

"班长。"

"怎么了？"

"到现在，还有人在支持废除死刑吧？"

"有的。"

根据内阁最近发布的"关于基本法制的民意调查"显示，八成以上的国民支持死刑。相反，希望废除死刑的人还不到一成。但是，全世界都裹挟在废除死刑的大潮中。二〇〇七年五月，联合国禁止酷刑委员会对日本发出倡议，希望日本停止执行死刑。

"我觉得，要是能让这些人来跟轻部谈上三十分钟话就好了。"

4

　和轻部的面谈虽然令人恶心，但确实替渡濑排除了一个可能性。下一步渡濑准备着手调查浦和事件中的被害者家属。

　第一位被害人一之濑遥香是一名大学生，在埼玉县上学，老家在长野县上田市。

　碰巧古手川去调查别的案子了，所以渡濑孤身一人前往了上田市。在大宫换乘新干线的话，差不多一个半小时就能抵达上田。

　一到当地，渡濑就立刻赶往一之濑家。如果他们还住在资料上的地址，那么一之濑家应该距离市区不远。

　渡濑租了辆车，离开市区行驶了几十分钟，到了一片充满田园气息的郊外。渡濑看了一眼事先准备好的地图，这一带似乎有不少大宅子，分散排布在田地之间。一之濑家也是其中之一。

　一下车，一之濑家如渡濑预料一般地映入眼帘，那是一栋充满名门气息的宅邸。昔日威风凛凛的大宅子，如今已经和周围的风景彻底融为了一体。

在门口告知了自己的来意后，渡濑等待了一会儿。不久之后，一个老妇人出现在了门口。

"远道而来您辛苦了。我是遥香的母亲，佳澄。"

对方的样子让渡濑感到了一丝疑惑。她满头银丝，腰也弯了，脸上满是深深的皱纹。根据资料，她应该才五十多岁，这副样子倒不像是一之濑的母亲，反而更像是祖母。

不知道是渡濑的想法表现在脸上了，还是已经习惯被人这样打量，佳澄满不在乎地微微一笑。

"您是为了遥香的事情来的吧？请先进来坐吧。"

渡濑跟着佳澄走过长长的走廊。从走廊的长度也能看出这栋房子的确很大，但令人意外的是，这么大的房子里，除了佳澄，似乎看不到一个人影。

"您的家人……"

"今年春天，我的小儿子在外面找了份工作，搬出去了。我现在是一个人住。"

到了客厅，两人面对面坐下。当只有两个人坐在三十多平方米的大房间的正中间时，这所宅邸所携带的旧日气息就更加浓郁了。

"我看过关于十年前那起事件的资料。除了您儿子，当时您丈夫应该也在？"

"我丈夫早就去世了。"

佳澄保持着恬静的微笑说道：

"他曾经是个身体极好的人，可是自从遥香被人杀害，一切都改变了。他日渐消瘦的样子，真是让人不忍心看。"

"您丈夫他一定极其疼爱遥香小姐吧。"

"有句话不是叫'含在嘴里都怕化了'吗，他对遥香真的就是那样。他第一次和遥香吵架就是在遥香想要去埼玉上大学的时候。但是因为遥香强烈希望去，最终他只能不情不愿地答应了。那件事发生之后他后悔得不得了，觉得自己那个时候就应该坚决反对……他一直责备自己，觉得哪怕强迫也应该让遥香留在本地，这样她就不会被杀了。"

佳澄的脸笼罩在一片阴影之中，

"我觉得这样不对。明明遥香是被人杀死，为什么心怀愧疚的却是我们。"

佳澄的话让渡濑心中一堵。能够切身感受到被害人家属的悲痛的，往往只有在一线调查的警员。而当嫌疑人被逮捕之后，法庭却丝毫不会看到家属的悲伤。最近被害人家属虽然也被允许上庭，但是也仅限于能向被告或证人提问，参与被害人申告和求刑 ① 环节而已。这与法庭赋予被告的权利相比简直不值一提。

"我们家和小泉家都希望法庭能判轻部死刑。毫无理由地杀害十九岁和十二岁的女孩子，只是因为她们体弱，容易下手，这样的人绝对不能原谅。我们都坚信他会被判死刑，结果却是无期

---

① 日本法庭在重大刑事案件的审判中，判断是否对嫌疑人判刑及量刑的轻重时，会允许被害人及其家属进行陈词，参考他们的意见。

徒刑。我现在还清楚地记得，那个叫涩泽的法官宣布是无期徒刑的时候，轻部和那个律师立刻相视一笑，那是胜利者的笑容。你知道那个笑容有多令人憎恨吗？"

说着这些话时，佳澄的语气很平淡。

渡濑却觉得仿佛全身都被什么无形的东西束缚住了一般，动弹不得。

"我们当时受到的冲击很难用语言表达。你们警方当时也十分愤怒，当天就提出上诉了，但是最高法院没有推翻原判。当时负责的警察先生也很无奈，还对我们低头道歉了。我丈夫从那天起眼见着就衰弱了下去。他每天都诅咒着轻部和那个法官，于是日渐消瘦，身体也不好了。都说怨恨伤人身，看着他那个样子，我就觉得这话实在不假。我丈夫临死之际留下的最后一句话是'我死后还能见着遥香吗'，他直到最后一刻都在后悔，觉得自己没用，觉得自己对不起女儿。"

"您家人后来又发起过民事诉讼吧？"

"因为我们实在不甘心。但是法庭也只判了八千五百万日元的赔偿金，这又有什么用呢？说得难听一点，难道两条人命就只值八千五百万吗？不是钱的问题，我们希望的是轻部和他的家人能负起相应的责任。"

"我听说轻部给您和家人寄了一封信？"

"到快开庭了他们才好像临时想起来似的，寄了那玩意儿来。我们觉得这种没有任何诚意的东西，打开都是脏了自己的手，所以直接拒收了。反正轻部也好，他家里人也好，由始至终就没有任何想要负起责任的意思。"

"您没想过直接去找轻部的家人吗？"

"当然想过。虽然我们心里知道，杀人的是轻部，不应该责怪他的家人，但是心里怎么可能真的不怪他们？不恨他们的话我们自己恐怕就会疯掉了。但是警方严令禁止我们接触轻部的家人。警察告诉我们，绝不能进行私人性质的报复，如果这么做了，那我们就不再是正义的一方，反而会陷入不利的局面。"

这件事让人难以接受，却不得不接受。虽然被害人家属也是受害者，但当他们把矛头对准凶手以外的人时，同样会化身为加害者。

"遥香走了，丈夫也去世了，这个家一下变得格外冷清。说来真是不公平，我们明明是受害者，附近的人却觉得我们不吉利，全都疏远了我们。没人和我们家来往之后，家里自然就更热闹不起来了，就连我儿子也不大愿意回家。等我死了，这个家恐怕就彻底散了吧。"

说完，佳澄轻微地叹了一口气。

此刻渡濑终于明白了，佳澄之所以看上去比实际年龄苍老许多，恐怕是因为她已经失去了支撑她活下去的几样最重要的东西。

悲伤会夺走人的生命力。

"对了，警察先生，事到如今您又为何还来问这些旧事呢？"

"因为事情有了新的变化。您最近有听说什么关于轻部家人的新闻吗？"

"这个……我不太清楚。"

她看上去不像在撒谎。

"前几天轻部的母亲被人杀害了，而且杀人的手法十分凶残。"

"呀！"

佳澄惊讶地用手掩住了嘴。她的动作看上去自然极了，不像是在演戏。

"我听说……她好像是回了自己娘家？"

"回了老家，还改回了旧姓，夫人您没看到这条新闻恐怕也是因为这个原因。"

"您刚说她……被人杀害了，这是真的吗？"

"是，更奇怪的是，她被人杀害的方式，跟遥香小姐当年一模一样。凶手现在还没抓到呢。"

佳澄的眼睛弯出了一个奇异的弧度。

"我明白了。警察先生，您怀疑我就是凶手，所以才来这里调查，是吗？"

"我没有怀疑您。"

"以您的立场，的确只能这么说。"

"八月八日那晚，您在做什么？"

"不在场证明吗？"

"只是例行询问，每个有关人士我都会这样问上一遍。您就把这个当成一次问卷调查吧。"

"还真是场生硬的问卷调查呢。八月八日……我和平时一样，看电视看到晚上十点，然后就上床睡觉了。家里只有我一个人，所以没人可以证明。不过……"

“不过什么？”

“我们家虽然在这样的乡下地方，我却没有车呢。要去上田的车站的话，只能叫出租车或者坐邻居的顺风车。也就是说，如果我去了车站，一定有谁会知道的。”

佳澄说得很有道理，而且渡濑也不觉得她有用玻璃刀破坏门锁、潜入户野原家杀人的能力。

“您刚才说行凶的手法很残忍，请问具体是什么样子呢？”

“我只能告诉您，和遥香小姐那时一模一样。这也是我今天来拜访您的原因之一。”

“恨入骨髓……是这样的手法吗？这件事轻部本人知道吗？”

“我已经亲自告诉他了。”

“轻部是什么反应，惊讶吗？有痛哭吗？”

渡濑没有回答，只是轻轻摇了摇头。

佳澄突然抬起了头，望着天花板。

“您怎么了？”

“我只是心里有些复杂。一直以来我都憎恨着轻部和他的家人。但是突然听说他的母亲被杀了，我心里竟然有一些同情那个母亲。可能我只是觉得有点寂寞吧。”

“寂寞吗？”

“因为这样一来，我能恨的人就又少了一个，只剩下轻部一个人了。但是那个家伙就算进了监狱，肯定也是一副愤世嫉俗的样子。不问您我也知道，就算自己的母亲被杀了，那个家伙也不会哭的。对他来说只有自己的命才重要。”

这时，佳澄的语气里才第一次流露出了一丝怨恨，

"那个，警察先生，您觉得凶手是因为太恨轻部了才对他的母亲下手的吗？

"那凶手可真个大蠢货。母亲被人杀害这种事情，对那个毫无廉耻的男人来说根本是无关痛痒的事。我说句不好听的，他母亲就这么没有任何意义、没有任何价值地被杀了，真是白送死。"

原来如此，"同情"原来是指这个。

"我真的不甘心。也许是迁怒吧，就算凶手的母亲被人杀了，我的心里还是不甘心。恐怕直到轻部死在牢里的那天，这份怨气都会一直驻扎在我心里吧。"

渡濑一句话也接不上来。

"渡濑先生，遥香被杀了，我丈夫心力交瘁去世了，这个家四分五裂，现在轻部的母亲也被人杀害了，但是一切的罪魁祸首——那个轻部，他现在还生龙活虎地活着呢，是吧？"

"是。"

"我知道这么说很过分，但是，如果那个时候轻部被判死刑，至少遥香以外的其他人，就不会落得如今这个下场了吧？为什么要让那个男人活到今天？反正他一辈子都要待在监狱里，也没有任何未来可言，为什么要为了他浪费税金和人力呢？"

渡濑无言以对。

小泉玲奈的家在浦和区岸町。渡濑决定在回警署的路上顺便去拜访小泉家。

岸町一带有很多新建的高层公寓。除了本地的居民，近年来也有很多年轻人在这里组建家庭，所以人口有一定程度的增长。

小泉家在一所幼儿园的背后，这栋房子在夕阳下似乎散发着柔和的光芒。

按了门铃，渡濑又等了一小会儿。门开了一个缝，一个看起来像高中生的少年出现在了门后。

"你是谁？"

这孩子的眼神里有一丝胆怯，也许是因为自己的长相看起来有些凶恶？强行假装亲切、露出微笑的话，这孩子恐怕反而会更加害怕。这一点渡濑过去已经深有体会了，于是他只是沉默着亮出了警察证。

"欸？你是警察？"

"你家人在家吗？"

"爸爸他不到十点是不会回来的。妈妈在打工，还有三十分钟左右就回来了。"

"我可以等。"

"好吧，谁让你是警察呢。不过，你是来调查什么的？"

"一些以前的案件。"

"难道是轻部那件事？"

对方的态度一下子冰冷了起来。

"我是玲奈的弟弟，英树。"

的确，资料上提过玲奈有一个弟弟，当时七岁，他到现在也差不多该上高中了。

“姐姐那件案子的话，跟我也有关系，不如你问我吧。”

　　渡濑不认为当时只有七岁的孩子能掌握什么有用的信息，但是英树显然不会轻易放过自己。渡濑一边摇着头一边迈进了门。

　　英树带着渡濑到了一个大约十平方米的客厅。墙上到处都贴满了家人的照片，但渡濑很快就发现了一个问题：这里没有任何一张照片属于小泉玲奈。

　　“我们已经摘掉了不少了，那个。”

　　英树一边不太熟练地招待着客人，一边开口说道。

　　“什么？”

　　“姐姐所有的照片。因为母亲说看到姐姐的照片总会难过，所以就全部收进相册里了。”

　　“那件事发生的时候你七岁，是在上小学一年级吧。”

　　“虽然年纪还小，但我可是记得清清楚楚。因为我从小就最喜欢姐姐了。十二月五日，下午五点三十二分。我没有一刻忘记过这个时间。”

　　“那时候你在什么地方？”

　　“我和姐姐都在浦和站，但是我在车站大厅外面，没有和姐姐在一起。”他的语气里充满懊悔，“那时候如果我和姐姐在一起，也许姐姐就不会死了……每次想起这一点，我就觉得心里很痛，到最近才觉得好了一些。”

　　“你们在一起的话，也许连你也会死呢？”

　　“那样更好。”

　　“为什么？”

"比起我这个不争气的儿子，如果姐姐还活着，我父母一定会更高兴。"

"你这种想法很不健康，而且这种假设也根本没有意义。"

"但是真的是这样。我还记得那个时候，姐姐被那个男人捅伤之后，全身都是血地被送进救护车里，却死在了去医院的路上。我那时一直在救护车上陪着姐姐，看着医生拼命抢救她。"

坐在渡濑对面的英树始终低着头，也许是心中仍然怀有愧疚的缘故。

"到了医院，医生确认姐姐已经死亡，就在她脸上盖上了白布。我那时完全不知道发生了什么，只知道一直哭。之后我父母就赶来了……母亲对着我劈头盖脸地一顿骂，父亲则一边哭一边拦着母亲。我是第一次看见父母那个样子，心里害怕极了。我现在偶尔还会梦见那个时候的场景呢。"

"这也不意味着你死掉他们也无所谓。"

"我姐姐是个让父母骄傲的孩子，既聪明又懂事，我比她差远了。所以我明白，那个时候死掉的如果是我，我父母他们一定比现在过得要好。"

这孩子身上潜藏着极危险的倾向。

巨大的灾难突然降临在少年的身上，而他对此无能为力，他恐惧又绝望。年幼的孩子在兄姐面前怀有自卑之情是很正常的事，随着年纪长大，这种情感也会逐渐消退。毕竟比起兄姐，他们成长的速度会更快。

但有一种情况则不同——他觉得比之自卑的那个对象已经不

在人世。

没有人可以战胜死者。

不管自己如何成长，变得如何聪明懂事，他永远都比不上已经死去的那个人。死者化为一道阴影，永远凌驾于他的人生之上。

这样的事情，恐怕也发生在了玲奈的家里。玲奈的父母恐怕也会永远想象着自己心中的女儿，仿佛她还活着，一年一年地长大。死者的幻影依旧活在这个家中，成为家里的一分子，这样的家庭又怎么会正常呢？

"不过，为什么事到如今又开始调查当初的案子呢？"

"你看新闻了吗？"

"抱歉，我不怎么看新闻，顶多偶尔瞟上一眼网上的消息。"

渡濑向英树说明了一下户野原贵美子的事，英树一听就激动地站了起来。

"那家伙的母亲被杀了？"

"嗯，所以我在挨个儿调查和她有关系的人。"

"所以，我的父母也在嫌疑人之中吗？"

"我们现在没有特定怀疑某个人，只是例行排查罢了。"

"不过还是要调查不在场证明之类的吧？"

"只是走个流程。"

"反正你一会儿也要问他们，不如我先告诉你吧。八月八日那天我们家和往常一样，我最先到家，大约六点过一会儿，母亲也回来了，父亲是十点多到家的。等父亲也吃了饭洗了澡，大概十二点多的时候我们三个人都上床睡觉了。工作日我们的作息基本都是这样。不过，既然我们是一家人，那我的证词是不是有效，这一点我就不知道了。"

"普通家庭的情况基本都是这样的，大半夜的还有人证能证明自己和他在一起的，基本只有做生意的人、不良少年或者小混混而已。"

"这话好像有偏见呢。"

高中生所信奉的道理就应该多多少少带点偏见——渡濑心里这么想，不过却不打算说出口。

无论如何，从小泉家到户野原家必须开车或者坐电车，如果他们曾经到过户野原家，只要稍加调查就能知道。

"不过你这样挨个儿调查轻部那起案子的受害者，是不是怀疑那些对轻部怀恨在心的人？"

"犯罪调查就是要把所有的可能性都查个遍。"

不过英树似乎不太能接受渡濑的说辞。

"你不用糊弄我，我要是警察先生你，肯定也会怀疑我们家和一之濑家的人。"

"是吗？"

"毕竟我们都恨那个男人嘛，他现在都还活在人世上。"

英树的语气莫名地有些熟悉。

对了，和一之濑佳澄一模一样。

"反正你随便调查一下就知道了，不如我直接告诉你吧，我平时常常辱骂轻部和他的家人。我们家和一之濑家后来虽然也提起了民事诉讼，要求轻部的家人赔钱，可最终他们还是一分钱也没给。这件事你也知道。我不太懂什么法律啊，家人的责任范围啊之类的事情，但是我知道，轻部亮一是个根本不配活在人世上的人渣。两个无辜的人因为他失去了生命，凭什么他还能活着？"

英树的语气突然变得极其激烈。从他的语气就能听出来，这话绝不是他此刻临时想到的，而是在心底酝酿、发酵了十年，因此带着如喷涌而出的岩浆一般惊人的热度。

"如果杀人不犯法，我早就想杀掉那个家伙了。而且他一直被关在监狱里，所以我下不了手。退而求其次，自然会想到对他在监狱外面的家人复仇。"

公愤

一之濑遥香的母亲佳澄像疯了一般地哭号：

"那个法官自己难道没有家人吗？

难道他的孩子被人毫无理由地杀害了，

他也不希望凶手被判死刑吗？

难道我们还要用税金养着那个人渣，

直到他在牢里寿终正寝吗？"

1

　东京地方检察厅，中央合同厅舍①六号馆。岬恭平次席检察官正朝楼上的检察长②办公室走去。

　他觉得有些奇怪，自己一到检察厅立刻就接到了电话，让他去见检察长。一般业务上的联络只需要由书记官通过邮件转达就足够了，这种没有提前打招呼就被上司叫去的情况，要么是关于人事调动，要么就是牵涉到了什么机密。

　如果是前者，那自己恐怕是要被降职了吧——这一点他早就做好了心理准备。岬恭平的上一场官司本该稳操胜券，最终嫌疑人却被判了无罪。这次失败的责任早晚会被上面追究，只是时间的问题罢了。

---

① 合同厅舍是日本行政机关、裁判所或都道府县机关所辖的办公大楼。

② 日语原文为检事正，是日本地方检察厅的最高长官。

本来，东京地方检察厅的次席检察官是很少亲自上法庭的。他之所以肯冒着风险上庭，一是因为他有十二分的胜算，二是因为辩方律师和他有过节，是个让他吃过苦头的男人。换句话说，他是为了报仇，出于个人的原因才接下这件案子的。

　　结果岬恭平却意外地输掉了这桩稳操胜券的案子。先不提他自己那没能实现的复仇，这场意料之外的失败也成为东京地方检察厅的污点。岬恭平自然会受到猛烈的攻击。

　　不过，岬恭平的心情倒是不太差。法院和检方都认可新发现的证据是可信的，也就是说一开始案件搜查时警方和检方的判断是错误的。虽然他跟对方的律师有过节，但是只要法院做出的判决是正确的，他就没有什么意见。他觉得，只要不让无辜的被告含冤受屈，不让真正的凶手逍遥法外，检方的输赢实在是无关紧要的事。这个组织如果一味地试图维护自己的权威，而不管真相如何，那就只不过是社会的毒瘤罢了——这是岬恭平内心多年来的信条，他自认这么多年的检察官生涯中，从未有过违背这个信条的时刻。

　　但是，相信这一点的只有他自己。在检察厅这个庞大的组织面前，追求正义和真相的心总会轻易湮灭，成为这个庞然大物维系自身的养料。

　　那么，等着自己的到底是什么事呢？岬站在房门前，清了下嗓子，敲了两下门。

　　"我是岬。"

　　"请进。"

这间房间说是办公室的话未免有些太大，说是会客室的话装修又未免太简单。把岬叫到这里来的男人此刻正端坐于房间的正中央。

　　弘前大二检察长今年六十一岁，但头上看不见一根银丝，不知道是本来就不显老，还是染发剂的功劳。加上那有时看上去有些神经质的眉眼，他整个人看上去比实际的年龄要年轻不少，一点也不像是还有两年就要退休的人。不过，检察厅里只有最高检察厅的检察长是六十五岁退休，他说不定打算一直干到那个年纪呢。

　　弘前还在特搜部的时候就是鼎鼎有名的人物了。他经手过大量高官要员的案子，而且无一例外都赢得了胜利，因此被特搜部上下当作大功臣。他对待涉案的官员总是极其严酷，因此被人叫作"恶鬼"。这件事到现在还是媒体津津乐道的话题。岬也十分尊敬他。

　　"突然叫你来，真不好意思啊。"

　　"没关系，我已经做好心理准备了。"

　　"准备什么？"

　　"既然是检察长您亲自叫我来，那我心里自然就有数了。"

　　"哈哈哈。"

　　弘前脸上的表情放松了一些，

　　"大名鼎鼎的岬恭平，推理能力就只有这种水平吗？这可真是好笑。放心吧，没有你想的那么严重，不是要把你怎么样，坐下吧。"

弘前坐到了沙发上，岬也跟着他坐了下来。

"你之所以会想到人事调动，是因为之前那个案子吧。"

"是啊，那对我们检察厅来说可是一次大失误。"

"你还是这么干脆。不过，你这么介意输掉的案子吗？"

"赢的时候我倒是不会记在心里，但是一旦失败，就总是难以忘怀啊。"

"所以才有今天的岬恭平次席检察官啊，越是聪明的人越能把失败化为成长的养分。"

岬不由得觉得有些不好意思，虽然知道对方不过是客套，但自己总是不太习惯被人当面夸奖。

"那么，你还记得平成十五年的那起浦和站随机杀人事件吗？"

听到这个词的瞬间，在埼玉地方法院的记忆立刻重新浮现在了岬的脑海中。他当然记得，那是他还在埼玉地方检察厅担任三席检察官时所负责的案件。

那起案件的起因，说得好听些是一个青年迷失了人生的方向，实际上却只是一个幼稚的小鬼想要获得世人的关注和认可。他在人来人往的浦和站中挥刀杀害了一名十二岁女童和一名十九岁的少女。他的父亲听说是著名的教育家，他的杀人动机就有一部分是出于对父亲的逆反。

"轻部亮一吗？"

"你果然还记得啊。"

"毕竟那是我当检察官以来的第一次失败。"

68

但是严格来说并不是这样。虽然那确实是他在法庭上的第一次失利，但是直到如今，他依然不认可当初法院做出的判决。当时的量刑标准受永山基准的影响很大，但即使这样，那起案件的被告人也绝对有充分的理由被判死刑，结果却被判了无期徒刑。比起自己被打破的连胜纪录，这种不合理的判决更让他恼火。

"本案犯案手法的残忍程度和被告的犯罪倾向，尚不足以支持法庭做出死刑的裁决。"

在法庭上听到这句话的时候，他简直怀疑自己的耳朵。用刀具残忍地杀害柔弱的少女和没有任何反抗能力的十二岁女童，这样的行为居然还不够残忍吗？为了一个随随便便的想法而杀害和自己毫无关系的他人，有这样反社会人格的人又怎么会犯罪倾向不强？

"这件事不只是你这个当事人，我们检察厅上上下下所有人都觉得恼怒。自这件事起，做出判决的那位涩泽法官也受到了不少质疑。"

不必多加解释，岬也明白弘前的意思。在这个国家里，检察厅提起诉讼的案子，99.9% 的情况下都会胜诉。换句话说，法院和检察厅的关系一直是极好的。这么高的胜诉率一方面是因为，检方通常都会确保证据完备无遗漏才会起诉嫌疑人，但另一个重要的原因则是《刑事诉讼法》的第三百二十一条。

《刑事诉讼法》第三百二十一条第一项

　　非被告本人所写的供认书，或以书面形式记录被告的供认经过、经被告本人签名或盖章后的文件，仅在以下场合，允许呈作证物使用：

检察官在场时，以书面形式记录的口供文件（检察笔录）可在供述人因死亡、精神及身体有障碍、去向不明、出境等原因在公审或预公审中不能进行供述时，又或者在供述人在公审或预公审中做出了与口供记录有矛盾或异常的供述时使用。但仅能使用于判定该口供文件比供述人在公审和预公审中做出的口供更为可信的特殊情况。

简单来说，虽然当事人在法官面前所作的口述是比检察笔录价值更高的证据，但是根据这条法令，在一些特殊情况下，法官也可以选择采信检察笔录而不是当庭的口述。一般情况下，只要检方提供的证据没有明显的伪造痕迹，法院都会采纳检察笔录，因此对检方十分有利。正因如此，当轻部被宣判无期徒刑的时候，检察厅上下才更觉得遭到了背叛。

"不知道涩泽法官那个时候心里究竟产生了什么变化，自那以后他就常常做出有利于被告的判决，因此被人取了个'温情法官'的绰号。虽然这些案子倒不至于激起民众的公愤，但对我们检察官来说总是件麻烦事。"

"他的确有这方面的倾向，不过，这和轻部的案子有什么关系？"

"前几天，轻部的母亲被人杀害了。"

"什么！"

岬忍不住直起了腰。

"是十号的事。改回了旧姓户野原的轻部贵美子被人发现死在了位于熊谷市的老家里。她被人用刀具连捅了好几下，被发现的时候已经死了两天了。"

岬关于轻部贵美子的记忆也还很鲜明。被轻部亮一杀死的两名女孩的家人进行了民事诉讼，希望获得赔偿金。但贵美子不仅没有支付赔偿金，甚至没有在法庭上露面。岬本就因为无期徒刑的判决而内心郁闷，得知此事后心情就更糟糕了。

"是入室抢劫吗？"

"恐怕不是。尸体的附近有疑似凶手留下的信息——墙上有人写下了血字'涅墨西斯'。"

岬的知识储备非常偏科，但连他也大概知道，这是希腊神话中一位女神的名字。

"复仇女神吗？"

"嗯。被害的户野原贵美子平时不怎么和邻居来往，相互之间几乎没有接触，自然也不会起什么冲突。从她把母亲送进了养老院这点来看，她家中恐怕也不会太富裕。所以负责搜查的县警总部认为动机应该只可能是复仇。也就是说，因为轻部亮一在坐牢，凶手无法对他下手，所以退而求其次，决定惩罚他的母亲。"

原来如此，他们从"涅墨西斯"中解读出的含义是复仇。

"这种说法似乎有些牵强啊。如果凶手是轻部那起案子的受害者家属，倒还说得通。"

"关于他们的不在场证明，现在负责的警员还在调查中。不过，关键的不是犯人是谁，而是如何向公众告知户野原贵美子是遭人报复而被杀害的。"

　　说着，弘前突然加重了语气：

　　"先不提我们自己人怎么看这件事，你先想想，正在服刑的犯人的家属，被人报复并杀害，这件事要是传得街头巷尾都知道了，你能想象那会是副什么样子吗？人们不仅会质疑法庭的审判制度，更会对整个国家的司法制度产生怀疑。"

　　只不过是一件杀人事件罢了，会有这么大的影响力吗？——岬内心有一丝怀疑，但同时也产生了这样一个念头：越是稳固的组织，越是会对威胁自身的任何因素敏感。

　　法务省因为司法判决的权威性受到世人的质疑而焦躁，他们采取的应对方法就是推行市民陪审员制度。他们宁愿冒着被人诟病成违宪①的风险也要推行的这个制度，却让司法判决越来越严苛。

　　比起理性，这个国家的国民更喜欢用感性来思考，可以说这套制度本就不适应本国的国情。但它之所以失败，从根本上来说，是因为司法界原本就只是打算把自己解决不了的问题打包扔给一般市民来解决罢了。如果说他们之前觉得司法制度不得民心，那就更应该主动去争取市民的理解，但他们却嫌麻烦，最终选择了这种近似于放弃的制度。

---

① 违宪是宪法学中重要的概念，是指违反宪法的行为。

如今，上级司法单位推翻市民陪审员的审判结果的事情越来越多了。岬想，司法系统恐怕已经不得不承认这套制度是失败的了，因此而采取了这样的对策。说到底，维护自己的稳定，依然是司法系统的本能。

　　想到这儿，弘前表露出来的恐惧，就不那么难以理解了。越稳固的组织反而越脆弱。正因为弘前比任何人都清楚司法界的现状，他才更明白，来自民众的怀疑对目前的司法界来说是多么大的威胁。

　　"我国的国民本来就喜欢复仇、四十七浪人报仇之类的故事。表面上虽然没什么人说，但是认为法院下达的判决不合理，让犯人得以苟且偷生，因此赞同向法院复仇的人一定不少。而这样的声音一旦在社会上出现，就注定会愈演愈烈。我们就是这样一个国度啊。"

　　"您可真够悲观的啊。"

　　"这不是我的想法，是上面的人的，不过，以如今的形势看，也不算是杞人忧天了。如果这次事件真的是一场报复，那对我们整个司法界来说，就无异于是一场恐怖袭击了。绝不能允许有人动用私刑来挑战法院判决的权威，这会动摇国家法治的根基的。"

　　弘前不自觉地提高了声音。听他说话，岬的心思却不知不觉飘向了别的地方。东京地方检察厅检察长之上……是高检还是最高检？又或者是法务省的人？

　　弘前敏锐地察觉到了眼前人心里的疑问。

　　"你现在在想'上面的人'是谁，对吧？"

"我确实有这方面的好奇心，不过不管怎么说，我们身为检察官，不应该放过如此凶恶的犯罪行为。"

"你还是老样子啊。"

"什么？"

"既要面子又追求理想。明明是相互冲突的两个目标，你却哪个都不肯放弃。像你这样的人才在哪里都会被人重视，也会被人信任。"

弘前笑得意味深长，不过另一个人却完全没有附和的意思。

"这件事要我具体做什么呢？"

"不要让公众得知'涅墨西斯'的存在，尽快把事情解决掉。大概就是这些。"

"但是……这件事归埼玉地方检察厅管辖，交给他们去做不是更好吗？"

"这件事你真的甘心袖手旁观吗？"

感觉到弘前审视自己的眼神，岬不由得在心里咬了咬牙。

可恶，这个男人完全清楚自己的脾气，知道自己对工作过分较真、对失败总是念念不忘的性格。

"上面的意思自然也传达给埼玉地方检察厅那边了，县警那头想必也已经紧过发条了吧。这不是你该操心的事。不过，这件事要是不告诉你，想必你心里会很不高兴吧。"

说得轻描淡写的。

对方也算是给自己打过预防针了。

不过，如果自己擅自单独行动，他们也管不了——对方的话里暗示着这层意思。这种情况下他该说的话只有一句——

"多谢您费心了。"

"不必道谢,你能体谅我,对我来说已经是再好不过的事了。"

这句话在岬的脑子里被自动翻译为:只要你不给东京和埼玉两地的地方检察厅惹麻烦,就随你怎么行事都可以。

"您没别的事的话我先告辞了。"

"嗯,耽误你宝贵的时间来说这些无聊的事,抱歉啊。"

离开检察长的房间,岬快步走回了自己的办公室。虽然还堆了一大堆没处理的文件,好在没有什么紧急的事,这让他有时间重新看一遍轻部事件的记录。

判决书的话,只要检索一下数据库就能很轻松地找到,但只看判决书的话到底不太够,岬便让检察事务官横山顺一郎找来了浦和站随机杀人事件的所有公审记录。

"这件案子当初是您负责的呢。"

想必是看了一部分的公审记录,横山把资料放在桌上,开口这样说道。

"你很敏锐,里面的内容你看了吗?"

"看了一点,毕竟我要确认文件编号能否对得上嘛。"

"你读了之后是不是觉得我很丢脸?毕竟板上钉钉要判死刑的案子,却成了无期徒刑。这些文件记录了一个蠢货是如何大意地失败了。"

"您何必说得如此……"

"检察官的每一次上庭都应该胜利。输掉案子的检察官会被彻底地追究责任，绝不允许他重蹈覆辙。"

"那……当时您也受了惩罚吗？"

"被勒令在家反省了好长时间。"

岬苦恼地回忆起了那段时光，同事和上司冷冰冰的眼光倒还勉强可以忍受，但通知被害人家属败诉的消息并安慰他们的时候，他实在是痛苦万分。

"不过，您为什么又突然开始看这些？"

横山好奇地问道。看来他也还不知道轻部的家人被人杀死了。

"有些事需要确认一下。"

"不管要确认什么，是我的话肯定不想看自己以前失败的记录，何况这个案子不是早就结束了吗？"

横山毫不掩饰地投来了钦佩的目光。

饶了我吧，岬想，这个家伙真是搞错崇拜的对象了。

他还搞错了一件事——那件案子还没有结束，死者的亡灵已经苏醒，正寻求复仇。

横山离开以后，岬立刻开始浏览公审记录。他参与这起案子时，将这些资料都看了无数遍，因此此刻大略看一遍，脑海已经浮现出了许多细节。

如今再看一遍当初的记录，岬会失败的原因其实非常显而易见，其中最大的原因就是没能扭转涩泽法官那颗强烈支持判无期徒刑的心。轻部是在犯罪的当场被捕的，所以并不缺少人证。检察笔录中也全面地记录了轻部那轻狂的杀人动机以及两名无辜的女子是如何被残忍地杀害的，没有任何遗漏。何况，只需要如实记录轻部杀害两人时那凶残的手法，就已经足够举证说明他的暴虐和残忍了。

但是，这还不够，至少这份材料还不足以向法官充分展示轻部的犯罪有多么残忍，不足以让他认可，轻部是一个不配继续活下去的人。当时，由于法庭认为被害人家属出席公审会给被告人造成不必要的心理负担，所以被害人家属被禁止参加庭审。直到平成二十年十二月一日，被害者参与制度的出台，这种情况才得到改变。如果这个制度能早点实施，也许会对判决造成一定的影响。

但岬还是认为，用刀具残忍杀害没有任何抵抗能力的十二岁女童和十九岁少女，这种行为本身不就极其残忍吗？难道涩泽觉得，凶手非得吸被害人的血或者侮辱遗体，才算得上残忍吗？

被害人家属也和岬一样，对涩泽表现出了深深的怀疑。不，也许他们的怀疑程度还要更深。

一之濑遥香的母亲佳澄像疯了一般地哭号："那个法官自己难道没有家人吗？难道他的孩子被人毫无理由地杀害了，他也不希望凶手被判死刑吗？难道我们还要用税金养着那个人渣，直到他在牢里寿终正寝吗？"

小泉玲奈的父母无比愤慨，他们愤怒地声称自己要冲去轻部所在的监狱杀了他，让他体验自己女儿的遭遇。

岬那时对他们说，如果他们真的这么做了，自己接下来不得不起诉的对象就是他们了。小泉玲奈的父亲茂春用愤怒到极点的语气这么说道："岬先生，我们真羡慕江户时代的人。那个时候他们还可以亲手报仇。近代以后法律不允许报私仇，取而代之的是司法制度和死刑制度。可结果呢？司法制度不能替我们讨回公道，反而护着那些没人性的杀人犯，还要照顾他们终身，呵，简直是杀人犯的福利制度！"

岬只能无言以对。

他们当天就提出了上诉，但二审结果是维持原判，检方就此断了上诉的念头。那时被派去向被害人家属说明情况的也是岬。这个结果无疑将他们打入了绝望的深渊。他们每个人的眼睛里都充斥着浓浓的绝望和虚无，似乎一下子失去了活下去的希望。

他们失去了家人，国家却只顾着维护凶手的人权和生活，对死者和死者家属连一丝一毫的慈悲都不愿给予。法庭不是报私仇的地方，人们说着这样冠冕堂皇的道理，却只会要求死者家属一味地忍耐。

岬身为司法界的一员，自然明白必须遵守法律，但他也能切身体会到死者家属的悲痛。正因为他是这起事件的当事人之一，又在其中输得一败涂地，这份共鸣就更加强烈。

如果法庭不是报仇的地方，那死刑制度究竟是为了什么呢？

被小泉玲奈的母亲这么问到的时候，岬不知道该怎么回答。他可以轻松地从人权、抑制犯罪之类的角度做出解释，但他不觉得死者家属能接受这样的解释。他们需要的不是卖弄学识的法律学者，而是轻部被推上刑场的身影。

接着看下去，岬开始觉得疑惑。越看记录，他心中越觉得那个留下"涅墨西斯"血字的人，就是死者家属中的某一个人。不，甚至不需要看记录。这个世界上除了他们，还有谁会如此憎恨轻部的家人呢？

搜查总部那边到底查得怎么样了？已经确定嫌疑人了吗？

心中记挂着这件事的岬拿起桌上的电话，给埼玉县警总部打了个电话。他还在埼玉地方检察厅的时候跟县警常有来往，认识不少人。他虽然从来没有接触过现任总部长里中，但和几个干部级别的人物至今还保持着联系，每年都会互送贺年卡。

渡濑警部，那个至今仍保持着县警破案率最高纪录的男人，以他的能力和业绩，早应该当上警视了，不过他似乎被过去的赏罚记录拖了后腿，至今还没有要升职的迹象。据说，他迟迟没有升职，也有一个原因是他不愿意离开罪案调查一线，不过因为他那惊人的破案率，县警总部也愿意对他睁一只眼闭一只眼罢了。

岬还在埼玉的时候，也曾不止一次见过渡濑。虽然岬的年纪应该还要比他大一些，但那个家伙从第一次见面起就是一副不高兴的样子，一次也没笑过。不过，岬对这一点倒是没有什么不满的，相反，他觉得渡濑这样比那些看人下菜碟的谄媚家伙要好得多。

渡濑长了一张凶恶的脸，不说话时倒不像是搜查一科的人，而像是组织犯罪对策科①的那些家伙。但和他稍微接触过就会发现，他经验丰富，头脑清醒，是个精于犯罪调查的老练刑警。岬记得他还是个办事极其细致小心的人，递交来的搜证资料总是毫无遗漏。

---

① 日本警局中主要负责暴力团伙、黑社会等有组织犯罪的一个部门。

那个男人首先怀疑的会是谁呢？——这么想着，岬突然想到了另一种可能性，差点忍不住叫出声来。

如果留下"涅墨西斯"血字的人，的确是出于报复而杀死了轻部的母亲，那他报复的对象就远不只是轻部的家人而已。

比如说曾为轻部辩护的堤真吾律师。如果凶手认为是堤律师的法律策略使轻部得以逃脱死刑，那他恐怕会认为堤律师也是和轻部一样罪孽深重的人。

下达了无期徒刑判决的涩泽法官恐怕同样是死者家属无法原谅的人。比起户野原贵美子，他们想必更加憎恨涩泽法官。

怎么可能——岬试图安慰自己，却不太成功。冷静下来想想，想要报仇的话，比起凶手的家人，那些帮助轻部逃脱死刑的人，才更应该是下手的对象。

需要立刻确认堤律师和涩泽法官的安全。岬再次将手伸向了桌上的电话。

2

东京高级法院的办公署就位于岬所在的六号馆的斜对面，走过去只需要几分钟。

岬来之前已经在电话里预约过，所以在刑事部的接待前台说明来意后，他很快就被带到了法官办公室。

还没进门，岬就感到了一种莫名的压迫感，不由得站住了脚。

法官办公室有种神圣感，法官们就在这间房间里讨论判决内容，下达判决书。也就是说，这里就是整个司法流程的最后一环。一般人就不用说了，就连检察官和律师轻易也不能到这里来。岬如果不是东京地方检察厅的次席检察官，一定会吃个闭门羹吧。

一进门，岬就看见涩泽法官正坐在一张五脚桌的背后。

"啊，岬检察官。"

涩泽伸出一只手，冲着岬挥了挥，脸色看起来十分平和。

涩泽英一郎，他微微发白的头发用发胶打理得整整齐齐，一双充满理性的眼睛让他看上去像个哲学家。轻部事件时他还是隶属于埼玉地方法院的法官，现在已经是东京高级法院刑事部的大法官了。

除了最高法院和简易法院的法官七十岁退休，其他各级法院法官的法定退休年龄都是六十五岁。涩泽明年就将年满六十五岁而退休了，所以也不乏有人恶意地揣测，认为他的这次升迁并非实力所致，不过是上面在他退休前对他多年功绩的慰劳性奖励罢了。

涩泽邀请岬在他对面的沙发上坐下。由于涩泽坐着的椅子相对较高，从岬的角度看来，对方正居高临下地看着他。这还真像是在法庭上啊，岬内心苦笑。在法庭上，法官的位置之所以高于众人，是为了提醒众人法庭的威严公正。但是涩泽似乎把这个习俗带到了法庭之外。

"岬检察官的大名我最近还常有耳闻，你近来真是大显身手啊。"

"您太客气了，我资历尚浅呢。"

"你来找我有什么急事吗？"

"是关于您的安全问题。"

涩泽皱起了眉头。

"安全？出什么事了吗？"

"关于很久之前的一桩案子，平成十六年，您还在埼玉地方法院、我还在埼玉地方检察厅时负责的那起浦和车站随机杀人事件，您还有印象吗？"

"记得。好像二审之后裁定被告人终身监禁了吧，出什么事了？"

"前几天，犯人的母亲被人杀害了。"

听岬说完事情的全部经过，涩泽紧锁的眉头始终没有放开过。

"由于犯人留下了'涅墨西斯'的血字，搜查总部那边正在排查对轻部心怀怨恨的人。但是，如果说犯人不直接对轻部下手，而是挑选其他的替代品，那选择的对象可就不只是轻部的家人了。"

听到这里，涩泽紧锁的眉头终于放松了。

"原来如此。所以当初做出无期徒刑判决的我正处于危险之中，是吗？不过，那二审中支持原判的法官不是也同样有危险吗？"

"当时在东京高级法院负责这件案子的是米仓法官。"

这位米仓法官于三年前退休，在去年的秋天就去世了。看来涩泽也知道米仓法官去世的事，有些忌讳似的点了点头。

"那个律师呢，我记得是堤律师吧，他不是二审的时候也是被告的辩护律师吗？"

"堤律师那边我稍后也会去提醒他。"

"哈，比起辩护律师，下达判决的人更容易被犯人盯上吗？"

"您这话说得倒也不太对，本来律师就是个容易遭人记恨的职业。实际上，律师因为参与的案子而遭受暴力甚至被人杀害的事情也时常发生。"

"这么说来，的确很少听闻有谁因为不服判决而袭击法官呢。所以你才来提醒我这个过惯太平日子的人不要掉以轻心吗？"

涩泽似乎完全不紧张了，调侃了一句，而后又道：

"这么说有些失礼，不过，你只是说有可能吧，我并不是一定会被当作下手的目标。"

"的确如此。"

"而且，只要我身在法院，恐怕那些不法分子也很难入侵到这里来对我下手吧。"

这一点也确实如涩泽所说，办公署和法庭内到处都有安保人员，如果有人试图在这里行凶，一定会被当场制止。

"我个人希望警视厅警备部能派人在您家附近做防卫部署，想必负责此事的搜查总部也不会反对的。"

"有必要连我家都纳入保护范围吗？"

"不怕一万就怕万一嘛。"

"要是被外面的人知道了，一定会有人指责我们浪费税金、滥用特权之类的吧。"

"比起被人指责什么都不做，眼睁睁看您遭人毒手，倒不如被人指责滥用特权呢。"

涩泽静静地打量着岬的脸，似乎在揣测他说的话，过了一会儿才像想通了什么似的，缓缓露出了笑容。

"看来我拒绝的话，也只会给你的计划添麻烦了。"

"恐怕是这样。司法界的人也好，警察也好，媒体也好，都是些事后诸葛亮的家伙。"

"这可真是严厉的指责呀，莫非检察官都喜欢说同事的坏话？哎呀，我这可是开玩笑的。"

涩泽也是个坏心眼的家伙。在旁人看来检察机关或许是铁板一块，但一旦身处其中就会知道里面充满了钩心斗角。扩招时期被大量录用进来的检察官如今已经成为检察机构内部的中坚力量，但是，高级的职位却不足够。这就是造成钩心斗角的原因，也是所有稳固组织的通病。涩泽不可能不知道，还是说人老了就会有这样调皮的一面？

"这不是在威胁您，不过，不只您自己，您的家人也有可能会成为凶手下手的目标。"

"嗯，确实有这种可能性。既然有人愿意保护我和家人，我也不至于死脑筋地非要拒绝。那就拜托了。"

得到了当事人的同意，之后就只需要通过正式渠道或者私人的路子搞来一些警卫就行了。此时，岬的脑海里突然浮现出一个疑问，一个深埋在他心里多年、从未割舍的疑问。

能够回答这个问题的人，此刻就坐在自己眼前。

他清楚地知道，身为检察官，自己不应该向当时的法官询问判决的理由。对方只需要用"理由就清楚地写在判决书上"这么一句话就足够打发掉自己。

更何况，那桩案子已经过去了很久，如今又有相关的新事件发生。自己既然刚向对方提议增加警卫，就更不应该开口询问这个问题。

"涩泽法官，能问您一个问题吗？"

"什么事？"

"您给轻部下达无期徒刑判决的那件案子，当时涩泽法官您、左陪席的东川法官赞成无期徒刑，右陪席的照间法官赞成的是死刑，对吗？"

"你记得很清楚啊。"

"毕竟是打输了的官司。更何况，轻部事件是东川法官首次负责的案子。"

对当天的情景，岬记忆犹新，仿佛就是发生在昨天的事。出于输掉官司的悔恨，他翻看了负责这个案子的几名法官的所有经历和评价。在这个过程中他产生了更多的疑问。

左陪席的东川法官似乎全盘听从涩泽法官的判断，而相反，当了十余年法官、经验老到的右陪席照间法官则坚决反对涩泽法官的意见。

虽然法官都是独立的个体，但终究年轻的法官常常需要听从老练的前辈的意见。

法庭给出最终判决，并不需要法官全体一致通过，只需要超过半数即可。涩泽只需要在左、右陪席中寻找到一个助力，就可以实现自己的想法。那么，比起老手照间，新人东川无疑是更好的拉拢对象。

涩泽抬手撑住了自己的脸。

"看来检察官先生你怀疑我为了避免下达死刑的判决，而使用了一点手段，是吧？"

"我没有这么想。不过，既然出了这次这样的事情，我想弄清楚您量刑时的想法罢了。"

"法官是在这间法官办公室里商议判决内容，相当于密室，外人会怀疑我们恐怕也在情理之中。不过，身为现任次席检察官的你也心存怀疑，这可真是让人意想不到呢。"

涩泽饶有兴趣地说道。如果岬没有过度敏感，对方的语气里的确有种讽刺的意味。

"我先说结论吧，我们三个人的意见都分别写在判决书上了，包括照间法官的反对意见，也翔实地记载在上面了。"

他果然打算蒙混过去吗？——岬有些绝望地想着，涩泽却直接继续说道：

"说起来，我是从这起案子开始，才被人取了那个外号——'温情法官'的。对你们检察官来说，这可不是什么受欢迎的好名字吧？"

"检察官也是有温情的。"

"哎呀，那我刚才的话可真是失礼了。不过，缠上我的可不只是这个外号。有流言开始说，我恐怕是支持废除死刑的。虽然主要是杂志社、报纸的那些人在煽风点火，不过你们检察官里，私底下传闲话的人也不少吧。"

岬故意没有回答，这时的沉默就等同于肯定。

"实行市民陪审员制度时，法官会向选出来的每一位陪审员候补询问一些问题，其中有一个是'你是否绝对不会选择死刑'。这个问题是为了将那些有可能会做出不公正裁决的人剔除出陪审员队伍。同样，对法官的要求也是一样的。"

这件事最近才上过新闻，所以岬也知道。上新闻的原因似乎是在某场几乎确定会判死刑的公审中，法官没有向陪审员询问这个问题。

"不过，这个问题只是最高法院给出的参考问题中的一个，只能作为选人的参考依据之一。无论是支持死刑，还是支持废除死刑，都不过是人内心的想法，我们无法界定。所以，实际上也有很多人主张将因信仰宗教而不能下达死刑判决的人剔除出法官队伍，但对支持废除死刑的无宗教信仰人士则不必如此。"

"我冒昧地问一句，既然法庭判决采取的是少数服从多数的制度，那法官中是否有人支持废除死刑，不就可以直接影响判决结果吗？"

"你是想说，这不光是内心想法的问题？"

听了岬的反驳，涩泽露出了一个恶作剧般的笑容。

"法院不会公开反对废除死刑的言论。不过，你们检察官好像并非如此吧？"

"我认为废除死刑有违现阶段我国的法律体系。只要我国的法律一天还没有修订，那么司法界的所有人都应该基于目前这个存在死刑制度的法律体系，去抓捕犯人，起诉他们，给予他们公正的制裁。"

"我可是刚说完不应该关注人内心的想法，我是不是支持废除死刑这种私人问题就先放到一边吧。我倒是想问检察官先生一个问题，你怎么看启蒙思想家贝卡利亚^①的主张？"

切萨雷·贝卡利亚是十八世纪意大利的法学家，他在其代表作《论犯罪与刑罚》中提出了反对死刑和酷刑拷问的观点，涩泽问的就是这部分内容。

"人在签订社会契约时，不能将自己的生存权一并交托出去。所以，正常状态下的国家中不应该存在死刑……是这个吧？"

"是。"

"可是，提出社会契约论的托马斯·霍布斯^②和康德^③等人认为，剥夺他人的生存权、自由权、财产权中的任意一个都是对社会契约的违反，所以杀人者应得的惩罚就是死刑。"

"支持废除死刑的人最主要的主张是，认为其中有无辜的人被冤枉的可能性。那么，对这一点你又怎么认为呢？"涩泽坏笑着说道，"我们法官不能完全否定废除死刑的言论，是因为过去的确有过无辜的人含冤而死的案例。不，也许不只是过去，哪怕是现在，在我们不知道的角落里，也许这样的冤情也正在发生。"

听到冤情这个词，岬的心情也变得灰暗了。毕竟，冤案的发生既是警察、检察官的过失，也需要得到法院的盖棺定论。也就

---

① 切萨雷·贝卡利亚（Marchesedi Beccaria，1738—1794），意大利法学家、哲学家、政治家，代表作《论犯罪与刑罚》。他是人类历史上第一个系统提出废除死刑理念的法学家，呼吁以更人道的方式对待囚犯，是近代资产阶级刑法学的鼻祖。

② 托马斯·霍布斯（Thomas Hobbes，1588—1679），英国政治家、哲学家。他创立了机械唯物主义的完整体系，提出了"自然状态"和国家起源说。

③ 伊曼努尔·康德（Immanuel Kant，1724—1804），德国古典哲学创始人、哲学家、作家，是西方最具影响力的思想家之一。

是说，在每一起冤案中，检察厅和法院都如同共犯。

"如果被告被判了死刑后才发现是冤案，那人的生命是无法挽回的。可是，如果只是刑拘，那么经过调查，还是有可能替被告恢复他的名誉。我国历代的法务大臣之所以常常拖延签署死刑执行命令状，也正是由于无法完全排除抓错人或误审的可能性。"

"如果说被处以死刑的人，他的生命无法挽回，那被长期羁押的人，他在大牢中被浪费掉的人生同样无法挽回。"

"这就真是诡辩了呀，检察官先生。除了生命，人的大部分东西还是有办法挽回的。说得庸俗一点，正是因为这样，才会有赔偿制度的存在。虽然失去的时间无法挽回，但至少可以换算成同等价值的金钱。可人一旦上了死刑台，哪怕是神也无法给予他第二次生命了。"

"可是，因为害怕误审就废除死刑，这不是等同于否定法治国家的体系吗？别的不说，如果废除死刑，那死者的家属和亲朋好友只会永远痛苦下去。如果法律不断地让无辜的人受苦，那根本是本末倒置。"

"刑罚的目的本来就不是回应被害人家属惩罚加害者的心愿。退一万步说，即使法律在一定程度上有这种性质，也没有任何客观的办法可以证明，将加害者处以死刑，被害人家属是否就会满意，又会满意到何种程度。即使犯人被处以极刑，被害人家属的心结也未必全能解开。佛祖曾经有过类似的说法，刑法的目的不是惩罚犯罪，而是矫正犯罪，维持社会治安。还是那句老套的话，法庭不是报仇的地方。"

最后那句话岬也不得不认同。法庭不是报仇的地方，的确如此。

但是，正因如此，那位"涅墨西斯"才选择了法庭以外的途径进行自己的报复吧。他放弃了这个只知道保护被告人利益的法律系统，寻找自己的行事之法，不是吗？

"如果杀人都不用偿命，法律就会失去对恶性犯罪的威慑力。"

"关于这点是有科学的研究依据的，据联合国预防犯罪和刑事司法委员会于二〇〇二年修订的调查结果书显示，死刑和终身监禁对犯罪的威慑效果并没有显著的差异。举个不恰当的例子，无论法务大臣签署了多少死刑执行命令，犯罪率可从来没有因此显著下降过。"

"根据之前的调查，八成以上的国民都认为应该继续实行死刑制度。"

"内阁发表的那个'关于基本法制的民意调查'是吧，那种问卷调查，只要在调查对象和内容上动一点手脚，想要什么样的结果都很容易。如果是国民全民的投票，倒是有些参考价值。"

岬的论点被对方一一反驳了回来。仔细想想，涩泽说的话虽然有一定道理，但也不过是支持废除死刑的那些人平时常谈的大道理罢了。两人互相攻击对方的逻辑矛盾，指责对方是诡辩，但无论如何，这样的辩论到最后也不会有什么结果。

不经意间，岬注意到了一件事。

在这毫无意义的辩论中，涩泽真正想表达的意思是，他认为废除死刑和支持死刑的言论都是不正确的。

似乎读懂了岬的脸色，涩泽有些得意地笑了。

"看来你已经发现了，其实辩论是否废除死刑这件事，本身就没有意义。因为你刚才提到的那支持死刑制度的八成国民，他们选择死刑制度的原因不是逻辑，而是情感。死刑制度是否合理，是根据国家的政治体制和国民的感情决定的。所以世界范围内那些还保有死刑的国家，都明显处于某种法则之下。"

"您是说，您的判决是基于情感因素而给出的吗？"

"不是这样，我只是想说，我给轻部判无期徒刑，跟我支不支持死刑无关，跟感情也没有关系，原因就是记录在判决书上的那些而已。"

岬心里很怀疑是否真的是这样，毕竟这个人的长篇大论中，没有一句话直接表明他到底是否支持死刑。

"不过，无论我们法官的实际情况是怎样的，毫无疑问的是，废除死刑已经是世界性的潮流。联合国禁止酷刑委员会已经建议日本停止执行死刑。我国身为联合国人权理事会的成员国，恐怕很难对废除死刑的国际倡议继续无视下去。当然，我下达判决的时候没有必要考虑这些国际形势，但是，为了日本的司法不陷入孤岛，我身为司法人员，还是需要有一定的顾虑的。如果这会让我国的国民感到不愉快，那只能说这个国家的国民还不是合格的国际化公民。"

岬对这套说辞不以为然，什么国际化公民，听上去也只是他转嫁责任的借口。

"很久没做这么有意义的谈话了，只是耽误了检察官先生宝贵的时间，真抱歉呢。"

"哪里，能听到您的高见，我也学到了不少东西。那么我就先告辞了。"

也许是岬无意识间将情绪表露在了脸上，在他准备站起来离开时，涩泽阻止了他。

"请等一下。"

"怎么了？"

"就这么离开的话，检察官先生的心里恐怕不会满意吧。"

"怎么会。"

"你不必隐瞒，我也是会看人脸色的。我不希望你产生无谓的误会，因此有什么不愉快。"

这家伙自己也知道他刚才说的话会让人误会吗？有些生气的岬将刚抬起来的屁股又坐回了沙发上。

"这件事法院里也没有几个人知道，警察那边知道的人应该就更少了吧。"

突然开口的涩泽，语气跟刚才完全不一样了，那始终洋溢着愉悦的语气突然变得消沉了不少，

"说起来，岬检察官，你的儿子听说很争气呀，是叫洋介吧？"
出乎意料的话让岬不由得愣住了。

他实在没想到会突然听到自己儿子的名字。

"我曾在电视上看见过他，竟然能进肖邦国际钢琴比赛的决赛啊，你这个当父亲的也很骄傲吧。"

"这几年我们已经没什么来往了。"

岬毫不掩饰地露出了不高兴的表情，他简直不想想起那个不孝儿子的脸。

"哈哈，看来我可是问了个讨人嫌的问题呀。"

"也没什么好遮掩的，那就是个不肖子罢了。不过，跟我儿子有什么关系？"

"你也有孩子的话，我想就应该多少能理解我的感受吧。在我主审轻部事件的一年前，我自己身上出了一件事。我很难说，这件事对我审理轻部事件毫无影响。"

"那到底是什么事呢？"

"我的外孙女被人诱拐，然后被杀害了。"

岬一时失声。

"我的女儿嫁给了一名普通工薪族，搬到东北地区去住了。他们夫妻感情很好，很快就有了孩子。那是个和我女儿长得很像、非常可爱的小女孩。在那孩子三岁的时候，一个无业游民诱拐了她。警察尽全力地搜查了，可是找到犯人的时候，才发现我的外孙女已经被他扭断了小小的脖子，残忍地杀害了。因为她的姓和我不一样，我们又不住在一起，报道这件事的媒体几乎都不知道她有个现任法官的近亲。"

"犯人是在哪里受审的？"

"盛冈地方法院。一审判决是无期徒刑，二审也维持原判，虽然检方也继续上诉了，但是最高法院没有受理。"

岬觉得心里像堵了块大石头。简直和轻部事件一模一样。

"最终判决下达后，那个凶手被关在旭川监狱中。那家伙甚至不是第一次诱拐了。"

岬感到无比困惑。涩泽的外孙女被人杀害，凶手只被判了无期徒刑。之后他经手类似事件时，又怎么还会给凶手判无期徒刑呢？

"轻部和这个犯人很像啊，都是杀害幼女的人渣。"

"是，虽然一个是诱拐，一个是无差别杀人，但是犯罪手法和结果都非常相似。"

"但是您还是给轻部判了无期徒刑。"

"正因如此，才更要判无期徒刑。"涩泽颇有深意地说道，"无论我自己如何痛苦，也绝不能因此左右我的判决。不然的话，我和刚才说的那种根据自己的感情来决定被告人所受的刑罚的人一比，就没有任何区别了。对犯人私人性质的憎恨，只会影响法律的公正。如果一个法官因为曾经失去亲人就随意施行重刑，那这个社会还有什么秩序可言？"

他坚定的语气让岬深受震动。

严于律己——这话说来容易，但是对涩泽来说，坚持这个理想该有多困难？岬似乎被重石压住了一般，浑身僵硬，几乎动弹不得。

"这些事自己说出口真是令人羞耻，但我仍然告诉了你，是因为如我刚才所说，我不希望检察官先生你觉得不愉快。的确，你们检方在轻部事件中败诉了。但我希望你明白，那起案子的判决绝没有被什么废除死刑的理论或者私人情感左右。"

岬不由得低下了头。

"虽说不知者无罪，但我实在是对您说了太多失礼的话。"

　　"以你的立场，会说这些也很正常，别放在心上。"

　　岬逃跑似的离开了法官办公室。

3

　　最后，岬还是去了一趟警视厅警备部，向他们申请在涩泽的身边安排警卫。当然，对方一开始也怀疑是否有必要安排警卫，但当岬说明了事情的经过后，他们很快就同意了。

　　接下来，岬决定联系堤真吾律师。

　　堤真吾的律师事务所位于赤坂，距离这里只有两站地铁。对成年人来说，这个距离往返一趟相当轻松。

　　但是，岬愿意亲自跑一趟去提醒涩泽，对堤真吾却只愿意打个电话。他之所以这么明显地差别对待堤真吾，主要是因为他们两人平日里关系就很差。说句孩子气的话，对待那家伙，岬觉得维持最基本的礼貌就足够了。

　　虽然大家同在司法界做事，但在法庭上，检察官和律师天然处于敌对状态。律师中也有很多笃实敦厚、待人诚恳之人，岬很尊敬他们。有的人虽然站在敌对方，但跟他们争论法律观点时，也会产生超越双方立场的快乐和收获。

堤真吾却不属于这两类人。

堤真吾隶属于东京第一律师协会，律师编号是三开头的五位数①。他总在律师事务所的网页和自己的网络平台账号上不厌其烦地宣称自己是什么"人权派"律师。岬对所谓的"人权派"律师倒是没什么偏见，只不过觉得堤真吾这样喜欢标榜自己的家伙，恐怕没有多少真材实料。

堤真吾还在自己的主页上公开转载了日本律师联合会·刑事辩护中心·死刑辩护委员会出台的《专为死刑案件作辩护》的指导手册。这份指导手册公开宣称它最大的目标也是唯一的目标是极力避免死刑，为此，在被告拒不认罪的案件中律师应该反对被害人及家属参与庭审，另外，在调查阶段也应该活用被告的沉默权。关于这份指导手册，日本律师联合会内部颇有争议，但堤真吾对它极为推崇。

更重要的是，堤真吾这个家伙的行事风格实在令岬很难有好感。

岬讨厌这个人不厌其烦地在律师所主页上炫耀自己的战绩，讨厌他那踩在保密义务的红线边缘上的夸夸其谈，但最让岬厌恶的是他喜欢炫耀自己收集的劳力士手表，还说什么自己要"根据季节和场合来搭配衣服"。一面说着要帮助弱者，一面却拜金地炫耀自己的高奢手表，这种样子只让人觉得丑陋又滑稽。

---

① 从日本的律师编号可以看出一个律师注册登记的年份和他的从业年限。以文中的时间线计算，三开头的五位数意味着从业十年左右。

除了官司相关的事，律师很少会被检察官约出来见面。前台通知岬，堤真吾比约定的时间提前到了。岬告诉前台确实约好了见面之后，堤真吾才能进入电梯。

　　由于实在不想让对方到自己办公室来，岬约了其他的会客室。他故意晚到了几分钟，一推开会客室的门，就看见堤真吾正一脸不安地等着他。

　　"久等了。"

　　"不，是我来早了……"

　　对方似乎有些不好意思，丝毫不见平时法庭上那副骄傲自大的样子。

　　"您突然叫我来，可真是吓了我一跳，到底出什么事了？"

　　"关于平成十六年你负责的那起浦和车站随机杀人事件，你还有印象吧？"

　　"浦和站……啊，是那个轻部亮一的案子吧，我记得。"

　　"前几天，他的母亲被发现死在了熊谷市的老家里。"

　　听了这话，堤真吾惊讶地睁大了眼睛。看来他似乎不太明白这件事意味着什么。

　　不同于身为法官可以轻易拿到警方调查资料的涩泽，堤真吾如果不直接负责为某起案子辩护，就跟普通人一样接触不到任何相关资料。岬暗自提醒自己，千万不能不小心把案件信息泄露出去。他简单地向对方说明了一下案件的概要和现场状况，以及凶手行凶的目的可能是复仇等情况。

　　"复仇……"

"是，对轻部亮一的复仇，或者是对那些让他逃脱死刑的人的复仇。"

"这太可笑了。"

堤真吾似乎打算付之一笑，但看着岬认真的表情，他很快就笑不出来了。

"听起来的确是件奇怪的事，但是轻部的母亲没有任何遭人杀害的理由，她被人杀害这件事本身不就挺奇怪的吗？复仇恐怕是唯一合理的解释。"

"一点也不合理吧，轻部亮一是经过正式的手续，经法院审理才判刑的，现在也还在千叶监狱里赎罪。一切都有法律依据，经过了严肃神圣的司法程序。"

严肃神圣——这个词让岬的心底泛起了苦涩。

"这话是完全基于加害者的立场啊。你觉得轻部已经受到了法律的制裁，但你还忘了一件重要的事。"

"什么事？"

"受害的人所承受的痛苦。虽然加害的人已经忘记了自己造成的伤害，但受到伤害的人永远不会忘记。"

"但是，不是已经过去十年了吗？"

是啊，已经过去十年了。

如果是酿酒的话，此刻酒液应该已经发酵得无比醇香了。

"有的感情会随着时间变得越来越浓烈。哪怕一次也好，你有站在死者家属的立场上考虑过吗？他们失去了家人，失去了活下去的希望，只要凶手还活着一天，这份痛苦就要一直持续下去。

虽然没有亲身经历过的人大概无法体会他们身处地狱般的痛苦，但这份痛苦的心情，你一次都没有想象过吗？"

"这您可问错人了，我的工作只是替被告辩护而已。"

"这也只是你的借口。长了眼睛的人都清楚，轻部能逃过死刑，你这个律师出的力可不小吧。"

"别开玩笑了！"堤真吾突然脸色大变，似乎把眼前的岬当作犯人一般地大声反驳道，"我可是在全力以赴地维护委托人的利益。不管是给死者家属寄信，还是展示被告的家庭环境问题，都是为了这个。虽然手段多少有些粗暴的地方，但那都是在法律容许的范围内的吧？又有什么问题？"

简直是在兜圈子——岬内心这样叹息道。

眼前这个人对受害者几乎没有任何同情心。所谓的维护委托人的利益，也不过是个好听的借口，他从来没有想过要让自己的委托人为自己犯下的罪行赎罪。

无论用任何手段，都要争取到对被告更有利的判决。岬觉得，这不应该是律师存在的意义。真正想维护被告的利益的话，就不应该一味替被告寻求轻判，而是应该为他争取更适当的刑罚和赎罪的方式。

"而且，还不能确定杀人动机就是报复吧？也有抢劫杀人或者凶手有精神疾病之类的可能性吧？"

"堤律师，你还记得轻部是怎么杀死那两名女性的吗？"

"记得，他用类似出刃菜刀的凶器反复刺入其中一名女性的身体，又割裂了另一名女性的颈动脉。"

"轻部母亲的死法跟其中一个死者非常类似，仅从这一点来看，凶手的行凶目的是复仇的可能性也非常高。"

堤闭上了嘴，也许他正在脑子里想象他自己被人用刀杀死的样子。

"搜证还在进行当中，详细的情形我不能透露给你，但是凶案现场确实留有能让我们联想到复仇的证据。所以，目前搜查总部的人也在追查对轻部心怀怨恨的人。"

"如果真是这样，那么只要挨个儿追查轻部事件的死者家属，应该很容易就能查到凶手的线索吧。"

"用不着你提醒，搜查总部那边已经在调查了。不过，你似乎陷入了很大的盲区啊。对轻部事件感到愤怒的，可绝不只是死者的家属而已。电视机前、网络背后，所有自诩正义的人恐怕都有同样的想法。这个世界上，有种东西叫作公愤。而且，那些自诩正义的人都不相信空穴来风，被舆论攻击的人自身必然有着值得攻讦之处。谁也说不好，会不会有什么精神有问题的家伙被愤怒冲昏了头脑，来袭击这件案子的相关人士呢？比如说，你。"

堤一下子慌了神，像个迷路的孩子似的，眼神紧张又迷茫。

"岬检察官，既然您特意叫我来提醒我，是不是能替我安排些警卫之类的呢？"

"能特意提醒你，我已经做得仁至义尽了，需要警卫的话你去找警察吧。那么，堤律师——"

"在。"

"那就请你在事情告一段落之前尽量不要出门吧，毕竟那就几乎等同于自杀了。"

堤慌慌张张地点了点头。

堤真吾回去之后，岬开着法院的公车去了一趟埼玉县警总部。横山自告奋勇地提议开车送他去，但他决不打算麻烦检察事务官做这些本职以外的工作。

沿着十七号公路笔直走，岬很快就到了埼玉地方检察厅和拘留分所附近，这里充满了令人怀念的气息。驶过县政府办公厅，再向右拐过一个弯，就到了埼玉县警总部。

岬把车停在了外来车专用的停车场，向办公楼走去。在一楼的前台向对方告知了自己的来意后，接待的女性一下子就变了脸色。东京地方检察厅的次席检察官造访县警总部，这种事可不常有。

前台的人带着岬前往搜查一科刑事部的办公室。从显得有些老旧的电梯里出来后，他来到了一个天花板和墙壁上都沾染着些许污渍的楼层。

他要找的人此刻正坐在窗边的位子上，那是个无论怎么看都一脸凶恶的家伙。

"真是好久不见了啊，次席检察官阁下。"

"你看上去还是老样子，警部先生。"

渡濑缓缓地站了起来，轻微地点了点头。一旁的其他警员似乎都很好奇发生了什么，瞪大了眼睛打量着两人。

"我们几年没见过了？"

"从最后一次见面算起，有整整十年了吧。"

"对好久不见的老朋友，你就没有更高兴一点的表情吗？"

"我的笑容你恐怕不会想看吧。"

"你现在方便说话吗？"

"我猜你也差不多该来找我了。"

"看来你是早有准备了。"

"换个地方谈吧。"

岬没有拒绝。

将一群目瞪口呆的警员留在身后，渡濑和岬来到了隔壁的房间。

"你到现在还没升职啊。"

"我不是做领导的材料。"

"这话倒真想让那些没用的干部听听呢。事到如今还问这话也许有些不合时宜，不过，你就没有一点想出人头地的想法吗？"

"现在的职位对我来说正合适。"

"言归正传，熊谷市独居女性被杀的案子，你们查得如何了？"

"我见过一之濑家和小泉家的人了。"

"有什么线索吗？"

"他们都没有明确的不在场证明，因此还在继续调查中。不过，他们之中有的人丝毫不掩饰自己对轻部恨之入骨，我看他们嫌疑很大。检察官先生是什么时候听说这件事的？"

"今天早上，上班的时候被叫出去，然后被告知了这件事。"

渡濑点了点头。

"所以你这个时候才来，是急着去提醒什么人了吗？"

岬不由得暗自咋舌，才说了这么几句话，这个男人就看穿了自己已经跟有关人士交谈过了这件事。看来这个男人身上毫无变化的不仅是外貌，还有那份敏锐的洞察力。

"我想先确认一件事。这件事情很有可能不是一起简单的独居女性被害案，凶手极有可能是想挑战法院甚至法务省，这一点没有问题吧？"

"我没有异议。"

"凶手有可能下手的对象里，包括了现任的法官。但是，既然目前还没有人实际受害，那么现阶段东京地方检察厅就不可能直接介入调查。所以，接下来的一段时间，我希望以个人的身份和警部你结成共同战线。"

"我求之不得。"

渡濑这么回答道，就像早就料到岬会说什么一般。这个男人，作为同伴十分令人心安，但如果和他处于敌对关系，那真是太可怕了。

同时，岬心中也有莫名的骚动。

自从当上次席检察官，他就很少亲自上法庭，主要工作变成了指点下级的检察官和维持地方检察厅的运营。但回想起来，自己最忙碌也最充实的时光，还是当一个普通检察官去研究搜查资料、和现场的警员交流情报的那段日子。也许是受渡濑的触动，他发现自己最喜欢的其实依然是一线的工作。

"因为距离不远，我先把这件事告知了涩泽法官和堤律师。不会妨碍你们调查吧？"

"不会。涩泽法官那边，由你去说倒比我们方便。他是什么反应？”

“他跟我争论了一番废除死刑的问题。他说废除死刑是世界性的潮流，他下达的判决绝对符合国际化的道德标准。虽然没有明说，不过他多半是支持废除死刑的吧。”

渡濑的语气听起来意味深长：“身为法官的人支持废除死刑，这在司法程序上多少有点问题吧？”

“最高法院的干部和法务省也都没办法干涉人内心的想法，所以除了宗教原因，其他个人信奉的主张并不会成为筛选法官的条件。不过在实际工作中，他们也不可能让一个完全无法下达死刑判决的法官上法庭，所以这类人多半会被派去做些后台的工作，比如开庭准备和文件的制作之类。像我刚才说过的，涩泽法官觉得自己的判决对得起良心，没有什么值得非议的地方。不过为了以防万一，我还是帮他申请了住宅附近的安全保护措施。”

“堤律师呢？”

“他可是个谨慎小心的人，已经主动寻求警方保护了。像这种没有信念、只知道追名逐利的家伙，一出点什么事就会露出马脚，真是难看啊。现在看来，那些请他辩护的人可真是抽了个下下签啊。”

“以那些人所犯的罪行，大多数人肯定会被判死刑，但在那家伙的帮助下却只需要坐牢，倒也不能说是下下签吧。”

“俗话说，祸福相依。能争取到无期徒刑虽然是好事，但是害得自己家人卷入这种惨剧之中，从结果来说，不还是下下签吗？”

“那位轻部亮一可不是这么想的。”

"你去见过轻部了？"

"嗯，去千叶监狱见过他了。他听说自己母亲被杀的消息后，只有震惊，却几乎没有悲伤，还说了什么'那种过分的母亲死了正好'之类的话。"

"那可是他的亲生母亲……"

"也许正因为是亲生母亲，他对她的感情才如此扭曲吧。"

"那家伙还说了什么？"

渡濑露出了一副像吃到了什么极难吃的东西一般犯恶心的表情。

"听了你心情可不会好。"

"没关系，想到那家伙的脸的时候，我的心情就已经被破坏光了。"

于是，渡濑向岬讲述了自己和轻部见面时的场景，轻部如何辱骂自己的双亲，如何享受着现在的监狱生活，如何看待自己在法庭上讲的那番道歉的话等。

的确像渡濑说的那样，听完后岬觉得自己就快要吐出来了。

"最后那小子还说他度过了愉快的时光呢。"

"真想让涩泽法官也听听这话。不过，就算当面听到这些，涩泽法官也不会皱一下眉头吧。"

"涩泽法官已经不是自控力强的程度了吧。"

"虽然说法庭上不应该有私人感情，但是在法庭外也这么铁面无私的话，就多少让人怀疑他到底是不是个活人了。难道是因为我们太低俗了，才理解不了他吗？"

"不管怎么说，给予人裁决的法官，就相当于神在人间的使者。在神灵身上寻求人性，也许本就是一种荒唐的举动吧。"

"说到神灵在人间的使者，那个涅墨西斯女神不也是一样吗？渡濑警部，不如我们详细聊聊这块吧。"

看到岬饶有兴趣的样子，渡濑挑了挑眉。

"我知道，你不是那种会拿没有实际证据的事情来夸夸其谈的人。但是，我还是要问你，'涅墨西斯'的目的究竟是什么？真的是报复吗？"

"排除随机杀人和强盗杀人后，应该说是报复杀人的可能性很大。不过，如果凶手是出于私怨而杀人，也许反而是好事。"

"你的意思是？"

"涅墨西斯的本义是义愤，并不是私人性质的复仇。"

"难道……"

"如果犯人留下的信息指向的是涅墨西斯的原义，那么凶手试图报复的就不是某个特定的人，而是整个社会。如此一来，凶手的目标就不仅限于和轻部有关系的人了。"

听着对方冷静的语气，岬只觉得自己头脑更加混乱了。

"你是说，'涅墨西斯'事件不会就此结束吗？"

不只是轻部这一件案子，而是所有使被害人和被害人家属心怀冤屈的案子。

轰动一时却被认为是轻判的案子。

如果这些案子，全都是"涅墨西斯"的目标……

"本来启动陪审员制度，就是因为现行的司法制度常常被人批判说不符合民意。换句话说，此前的法庭上那种会让被害人一方心中愤恨的案子可以说是要多少有多少。"

"是啊,所以我才说如果凶手是想报私仇才杀人,反而是一件好事。轻部事件发生于平成十五年,那时正好是网络开始爆炸式普及的前夕。凶手即使没有直接参与轻部事件,也很可能会在网上查到轻部母亲的相关信息。"

说着,渡濑从怀里掏出了一张 A4 大小的纸。

"你看这个。"

看着纸上的内容,岬几乎忍不住惊呼出来。

> 浦和站随机杀人事件的凶手,轻部亮一的母亲(户野原贵美子),住在这个地址。

这个标题下方,清晰地写明了一行地址:熊谷市佐谷田〇一〇号。对方甚至热心地附上了一张住宅区地图,上面特意将户野原家的位置圈了出来。

> 轻部亮一被判无期徒刑后,死者家属提出了民事诉讼,轻部这个不知羞耻的妈却改回了旧姓逃回了娘家,不顾自杀的丈夫和坐牢的儿子,自己一个人逃回了安全的地方。

这似乎是某个大型论坛中的一个留言板,里面有大量匿名的留言,几乎都充满了恶意。人们似乎聚集在这儿,咏唱着一曲惩治恶女户野原的正义之歌。

"这是……"

"我前几天从网上找的。虽然几年前开始就没人留言了，但是这个留言板现在依然存在。任何一个没有直接参与过轻部事件的人，只要看了这个，也能轻松地知道户野原贵美子的住处。要去那附近蹲点察看情况，就更加容易了。"

岬感到一阵恶寒。

个人的隐私丝毫没有得到保护。

如果像渡濑说的那样，"涅墨西斯"的行凶动机是义愤，只要在网上调查一下就能得到足够的信息。如果是毫无杀人动机的第三者行凶，那么现场调查和证人询问都会变得毫无意义。毕竟，杀人动机不明确的异地杀人，一直是破案率最低的杀人案件。

"如果你猜得对……不，希望你猜得不对……这就是一起无差别杀人事件了。既无法预测，也很难侦查。"

"所以我才担心。"

岬起初还以为渡濑之所以没有一丝笑容，是他的性格使然。

但是，他的表情如此凝重是有原因的。一想到这种潜在的可能，恐怕谁都很难笑出来。

这次，以防万一，岬可以安排警卫保护涩泽法官和堤律师的安全。但是如果需要被保护的人数扩大到数百人，那又该如何是好呢？自己能成功联系上各地的警署吗？警察厅又会作何判断呢？

不，最严重的问题不在这里。

是恐慌。

针对犯人家属的排斥和打击，过去也时常发生。人类本就喜欢自诩正义，在正义这面大旗之下，无论如何卑劣、如何冷酷的事，都会被认为是值得嘉许的行为。

但是这类事总会随着时间慢慢平息。这种虚假的正义心不会持续太久，毕竟人们的注意力总是会不断转移到新的事件上。

但是如果出现了犯人家属一个个被袭击的事件，人们虚伪的正义心无疑会被再次唤醒，同类的袭击事件会以百为单位涌现。

"我们目前还是在盘查轻部事件的有关人士。说来惭愧，但是现在也只能等待，看看在这条线索上能否找到嫌疑人了。这是目前唯一的希望。"

"知道了。"

渡濑嘴上说着现在只能等待，但是这个男人绝不会在原地踏步。他绝不会一味等待下属反馈调查结果，反而会把自己也当成一只猎犬，主动寻找猎物的巢穴。岬只能将希望都寄托在这个男人那敏锐的嗅觉上了。

"我们保持联系吧。我也会关注涩泽法官和堤律师的情况，有任何异动，我会及时联系你。"

"拜托了。"

对方若无其事的回答，在岬听来却极其令人安心。

准备离开时，岬却突然有种想要抱怨几句的冲动。

在检察厅时，身为检察官的他不能随便抱怨和案子有关的事，即使要抱怨，也只能找他的上级。但如今面对渡濑，他却产生了倾诉的冲动，这恐怕是由于对方身上有着和他极为相似的气息。

"最近的麻烦事真是越来越多了，以前可是单纯多了啊。"

"现在和过去，也没有多大差别。"

"是这样吗？"

"只是那些被隐藏起来的恶意，如今显露在人前了而已。"

4

早上六点三十分，牢房内准时响起了铃声。

相良美津男像上了发条的玩具一般机械地支起上半身，然后快速地穿好工作服，叠好被子。接着他打扫了一遍单人牢房，又去洗了把脸。他只用了八分钟不到就做完了这一切。曾经他做这些事总是会超过十分钟的限制时间，因此常常挨看守的骂，直到最近他才终于能在规定的时间内完成了。因为每天都要重复做这些事，他现在甚至会在铃声响起以前自然醒来。以前他曾听说，人如果生活得规律，身体就会像时钟一样有精准的记忆，看来的确如此。

他在房间正中央坐下。六点四十分，看守准时出现在了门口。

"报数！"

随着看守的一声号令，犯人们开始按顺序报出各自的编号。

"二千三百五十四号！"

相良喊出了自己的编号。犯人们没有名字，只有编号。他听说监狱外面不久后也将实施国民身份证号制度，给每个人分配一个编号。如此说来，监狱倒是领先了外面的世界一步。

七点整，犯人们按照编号顺序依次前往食堂。用餐是犯人为数不多的娱乐活动之一，只是看看菜单就足以让他们心潮澎湃。今天的早饭是切片三文鱼和金平牛蒡，配上中华汤和惯常有的玄米饭。用餐时间只有十五分钟，虽然可以剩饭，但他们通常都会吃得干干净净。

吃完早餐回到房间，做好了一会儿去工作车间的准备后，犯人们需要端坐在房间内等待。

七点三十分，相良离开房间，离开时需要大声喊"二千三百五十四号，出发了！"这句话。每次出入牢房时，都需要重复这个仪式。大货车倒车时会播放"倒车，请注意"的录音，习惯了这个仪式后，相良觉得自己也像一辆开着音响的大货车。这种如同军队一样的生活最初让他无比厌恶，但如今他也已经渐渐习惯了。

一行人先要前往搜身处。搜身处极其狭窄，只能勉强供一名犯人、一名看守进入。

相良快速地脱掉衣服，仅剩下一条内裤，将双手打开伸过头顶，尽力张大嘴，同时把两只脚底轮流展示给看守检查。这套动作被囚犯们称为"康康舞"，其目的是检查来往于房间和工作车间的犯人有没有携带危险物品。检查完毕后犯人才能重新穿上工作服。这种不人道的检查也曾经让相良感到屈辱，但是习惯了以后，这种屈辱感也成了生活的一部分，因此现在他已经几乎毫无感觉了。

犯人们做完广播体操后就进入了工作车间。八点钟，他们正式开始工作。

相良被分到的工作是制作传单和商品目录之类的印刷物，做这项工作的人的数量是监狱里第二多的。虽说是在监狱里，但是这项工作并不简单。车间中使用了胶印机和电子组版系统，成品的效果绝不比镇上的印刷店差，虽然难免偶尔会有些文字或图像错位之类的印刷错误。

包括这些印刷品在内，监狱内生产的产品都会以市价一半左右的价格被人收购走。价格之所以如此低廉，当然是因为监狱内有着大量免费的劳动力。当然，监狱的管理方会给他们的劳动冠上"让犯人学习专业技能"这一美名，绝不承认自己占了便宜。但是，大多数人出狱时，监狱外面的技术已经飞速发展，所以犯人们学到的技能在外面常常毫无作用。因此，所谓的"学习专业技能"也不过是个冠冕堂皇的幌子罢了。

工作时间内，犯人之间绝不允许私自交谈，车间内只有印刷机工作时轰隆作响的声音。不过，相良所在的车间倒算是安静的。生产自动洗车机的车间里一整天都充斥着旋盘和研磨机的噪声，听说甚至有人因为噪声而听力受损。

工作中如果确实有交谈的必要，也需要得到看守的同意，犯人之间才能进行对话。如果有人擅自开口，就会受到惩罚。所有人都沉默着，默默地干着自己的工作。相良在进监狱前也是个健谈的人，但现在已经可以一整天不说话也不觉得有任何问题了。他觉得自己像个身体好的机器人，身心都已经习惯了这种生活，习惯规则，习惯听从号令，习惯被人骂，习惯忍受屈辱，渐渐地，属于人的感情都被消耗殆尽。换句话说，监狱生活把人性从人的身上彻底剥夺掉了。

九点四十五分，犯人们可以进行短暂的休息，但是只有十分钟，也就够他们上个厕所之类的。

相良抬头看着天花板，想喘口气。天花板上没有什么色情照片，但总比看着周围的犯人和看守的脸要让人放松多了。

"喂，你知道吗？"

旁边的二千三百五十五号突然开口说道。这家伙的牢房就在自己隔壁，所以相良知道他叫长谷川，是因为抢劫杀人进来的。

"知道什么？"

"有个刑警来看了一千二百七十五号。"

听到一千二百七十五号这个号码，他没有立刻想到那是谁。

"就是那个，大概十年之前在浦和站里面杀了一个女大学生和一个小学女孩子的家伙。"

听到这儿，相良终于想起轻部亮一这个名字来了。在这超过八百人的监狱中，自己却能记住轻部亮一这个名字，一是因为那是个轰动一时的大案子，另一个原因则是被害人中有一个幼女。囚犯中许多人都有孩子，因此杀害幼女的犯罪被认为是最严重的罪行，犯了这项罪的人都会成为监狱里臭名昭著的人物。尤其是那些因强奸幼女入狱的罪犯，会被人叫作死变态，一直到出狱都饱受监狱里所有人的欺压和鄙夷。

轻部犯的案子影响极大，又杀害了一名幼女，在监狱里的知名度就更高了。

"刑警为什么要来找他？"

"那家伙的母亲被人杀了，而且听说是受那家伙的连累。"

"连累是什么意思？"

"以那家伙犯的事，本来肯定要被判死刑的，但是他请了个厉害的律师，才逃过一死，被判了无期徒刑。听说有人不满意他判得这么轻，就把他母亲杀了。"

"你知道得真清楚啊，简直像听他本人说的一样。"

"就是他本人四处宣扬的。"

长谷川露出了像在路边踩到了狗屎一样犯恶心的表情，相良的表情也和他几乎如出一辙。

"因为没法对监狱里的犯人下手，就杀了对方的母亲，看来凶手也是恨得够深的啊。"

"嗯，这么劲爆的内容，当然一下子就在监狱里传开了。"

千叶监狱中关押的都是刑期在十年以上的犯人，有的人甚至要坐二十五年的牢，这几乎就等于是终身监禁了。被害人的家属即使想报复，也不可能对监狱里的人下手。人数众多的家属之中，总有些人会产生杀了犯人的亲人来报仇之类的想法。

"有不少人在监狱外还有老婆孩子，他们听了这消息恐怕该睡不着了吧。"

"肯定有不少人恨他们吧。"

"但是，找别人的父母兄弟报仇真是莫名其妙。一千二百七十五号那家伙倒是一点也不伤心，还到处吹嘘这件事。但是那家伙本来就是个没人性的人渣，连小女孩都下得去手。要是这事轮到我们身上，我们可做不到那么轻松吧。"

虽然长谷川看起来还很有继续聊下去的兴致，但此时看守已经宣布休息结束，两人只能匆匆结束了对话。

"开始工作！"

随着一声令下，相良和长谷川再次化身为机器的一部分，操作起了胶印机。只是两人的手脚虽然机械地运行着，心思却都飘去了其他的地方。

莫名其妙的迁怒，长谷川说得确实有道理。

不过反正无论如何，这件事都和自己没有任何关系。

反正自己早就没有可以被迁怒的家人了，相良在心里暗笑道。那个不知道是谁的凶手，真是干了件大快人心的事啊。如果囚犯的家人被虐杀的事件能在各地反复发生，就更加有趣了。

相良是去年被关到千叶监狱里来的，罪名是杀人，被判了十六年的有期徒刑。检方本来希望法院判他死刑。可以说，相良也是一个逃过了死刑的人。

两年前，他曾去一户人家里偷东西。

他以为家里没有人，正放心大胆地准备下手时，却发现一对母女正在里面的房间里睡觉，而且两人已经发现了他的闯入。事情到了这种地步，相良也只能采取粗暴的手段了。也许他们双方运气都不好吧。

他先袭击了尖叫出声的母亲。他本来只想打晕她，但受到袭击的那位母亲却不小心将头撞在了梳妆台的一角上，当时就不动弹了。相良慌张地赶过去察看，却发现对方已经死了。

那个女儿目睹了这一切。她还只有二十来岁，但相良也没有因此放过她的道理。自己已经杀了一个人的事情让他凶性大发，他猛烈地殴打那个女孩子，直到她只剩下一口气。

他暂时将瘫倒在地上的女孩子抛在脑后，开始收集她们家里值钱的东西。出乎他意料，这栋房子里有不少现金和贵金属，他收获不小。

相良想，反正这女孩已经看到他的脸了，绝不能放过她，便顺带强暴了她，同时掐住了她的脖子。听说，人在窒息的时候下面也会变得格外紧致，果然跟传言中的一样。不过这种感受也没持续太久，因为没过几分钟那女孩就断了气。

在她断气的那一瞬间，粪和尿一同从她的下身流了出来。沾染到这些脏东西之后，相良也没了兴致，于是离开了女孩的身体。不过反正他也没打算把体液留在女孩身体里，也可以说正是时候。

相良在浴室里洗去了身上的污渍后就离开了。因为没有前科，他觉得留下指纹也无所谓。

但是日本的警察能力优秀而且执着。他们找到了目击证人，调查了监控摄像头的画面，只花了两个月左右就找到了他。通过现场残留的指纹和毛发，还有从女孩子下腹部存留的汗液中提取的 DNA，他们确定了相良就是凶手。

检察官认为相良的行凶手法极其残忍，应该判处死刑。当时参与审理的六名陪审员也都在法庭上对相良怒目相视，如果继续审下去，他被判死刑的可能性非常大。

但是法官对他伸出了救赎之手。不知道他们背后商议了什么，最终他得到的判决是有期徒刑十六年。相良本已经做好了上死刑台的心理准备，听说这个消息时真是觉得得救了。那个法官似乎叫作涩泽，有个外号叫"温情法官"。相良一生中从没感谢过任何人。他父母早亡，也从来没人劝说过他不要干坏事。涩泽在判决书中提到，应该对相良的人生经历抱以同情之心。从那天起，涩泽就成了相良心中唯一感激的人。

判决结果出来时，相良三十四岁，如果他平安度过十六年的刑期，出狱时他才五十岁。如果能评上模范犯人的话，还可以得到减刑，也许可以提前出狱。不过，老实说他最近已经开始觉得比起外面，在监狱里的日子也不错。毕竟监狱里有个默认的规则——除了那些杀害幼女的人渣，刑期越长的犯人地位就越高。周围的犯人都会不自觉地留心不去冒犯相良，而且由于这里不允许有随意的举动，所以他也不会和人有什么冲突，日子过得四平八稳。相良的工作属于轻度劳动，一日三餐也吃得健康，生活得极有规律。唯一美中不足的就是没有空调，但比起他以前露宿街头的生活，现在他已经算是过得很奢侈了。相良只有中学毕业的学历，他觉得比起外面那个他总被人当作品行不良的小混混、四处寄人篱下的世界，监狱简直就是天堂一样的地方。那些好不容易熬到出狱却要故意犯些小错好回到监狱里来的人是怎么想的，此时的相良已经十分明白了。想必他出狱以后多半也会和这些人一样。

五十多岁还有前科的人，出狱也不可能找到什么好工作，能当上正式合同员工的可能性微乎其微，恐怕只能做着那些一千日元一个小时的最低等工作，挣扎着勉强度过余生罢了。

何况，监狱可以说是罪犯的最高等学府。在这里汇集了盗窃、诈骗等所有犯罪的专家。即使不主动学习，那些优秀的"讲师"的教导也会在不经意间钻进你耳朵里，听上半年左右，你也就成了优秀的"旁听生"。你所学到的知识和技术，会让你不把它们用出来就浑身难受，因此你一出狱就会急于验证自己的学习成果，然后又回到监狱里来。

最近，相良常常这样想。

这个世界上有的人天生就会做坏事，有人则生来就不会。所谓犯罪，不过是这两种人被放置在同一场合时，所必然会产生的矛盾和冲突。如果真的想防患于未然，有效地保护市民的生命财产安全，为什么不把这两种人隔离开呢？难道真的有人会相信监狱是使人新生的地方，在这儿服刑的人可以被矫正成正常的人吗？

近墨者黑，把一群穷凶极恶的犯人关在一起，希望他们会改正自己的行为，这不是疯了吗？如果想让坏人学好，就应该把犯人投放到好人多的地方，但那些执政的人谁也不会提议这么做。不，正因为不会这样做，所以他们才能继续保持执政者的身份，继续当官。

算了吧。

反正托那位"温情法官"的福，相良得到了活下去的机会。这得之不易的生命，他只想安稳地继续活下去。既然复仇者正在监狱外展开屠杀，那自己只要在安全的地方袖手旁观就行了。

　　离午饭的时间还有两个多小时。

　　他开始猜测今天午饭的菜单是什么，在这一瞬间，他一直在脑子里构建的关于出狱后生活的那幅蓝图就消失得无影无踪了。

悲愤

他强忍着浑身的疼痛支起了上半身。

不幸中的万幸，

他的头部没有受到任何撞击。

一阵什么东西滑过斜面的声音传来，

他循声看过去，

发现那辆追着自己的车停了下来，

有什么人正朝自己这边走来。

1

九月三日晚十一时三十五分。

在超市工作了一天的二宫辉彦骑车走在回家的路上。和往常一样，沿着河堤边的路笔直走，看见葛饰大桥时他就快到家了。

这个季节还相当热，到了这个点，柏油路上依然残存着白天蒸腾的热气。不过骑着自行车，吹着河边的凉风，倒还令人觉得挺舒服。他上班的地方离公寓距离并不近，但他依然选择骑自行车上班，其中一个重要的理由就是难以割舍在河边骑车的这种舒适的感觉。不过最重要的原因，还是他根本买不起汽车或者摩托车。

今天阳光十分强烈，因为一整天都在烈日下的柏油路上搬运购物推车，二宫的身上已经浸透了汗，连内衣都是湿的，浑身的汗味熏得周围的路人纷纷避开他。

好在一天的工作终于结束了。自行车篮里放着一个超市的收银袋，里面装着一瓶气泡酒，他期待着回家享用它的时光。虽然已经接近凌晨，但他还不急着回家，反正家里也没有任何人在，也没什么事需要做。一边慢悠悠地喝光气泡酒，一边随意地看看电视新闻，这对二宫来说，已经是宝贵的休息时光了。

他从不拼命工作，也没什么远大的目标，工作只是为了赚取活下去所必需的钱。他偶尔也会产生一些危机感，担心自己早晚有一天会因为体力衰弱不能继续工作，最后死在交不出房租的公寓里，甚至死在路边。但眼前安逸的生活如同一锅温水，让沉浸其中的他总是很快就把这些烦恼抛诸脑后。

以前他的生活不是这样的。那时他在大型汽车公司做营业员，每天都活得十分积极上进。为了让家人生活得更好，他每日虽然都十分辛苦地工作，却觉得辛苦也值得。那些和家人一起度过的平凡的生活让他心中充满了喜悦，每天都活得很充实。

但是，他现在却活得如同行尸走肉。他到底是从什么时候开始变成这样的呢？他能想到的转折点，就是圭吾出了那件事的时候。从那件事以后，二宫的家庭就彻底散了，他失去了所有值得守护、值得去爱的对象。他从此一蹶不振，整天活得萎靡不堪。失去了希望和未来的人，竟然会如此脆弱吗？

其实，直到圭吾被抓起来，开始接受审判的那个时候，他们都还算是完整的一家人。自己和妻子邦枝每天都一起祈祷圭吾会被判无罪。

但是圭吾所犯的罪实在是太重了，无论有怎样的动机和原因，他也是杀了两个人。在他没有精神疾病的情况下，想要被判无罪简直是天方夜谭。

经过几次公审，圭吾的最终判决定下来了。世人都觉得他被轻判了，相当不满，但二宫他们一家人反而因为这个判决而感到更加痛苦。

一想到圭吾的刑期，二宫心里就觉得十分沉重。圭吾即使能顺利地刑满释放，那个时候也已经四十七岁了，二宫自己则会年近七十。说不定，到那个时候他得在自己的坟前才能再见到儿子了。

他从住惯了的川越市搬走，如同逃避周围人眼光一般，搬到了现在的公寓里。他和妻子一起生活了一段时间，但邦枝很快就受不了等待儿子出狱的生活，向他提出离婚，一个人回了位于爱媛市的老家。为了偿还民事诉讼中需要支付给被害人家属的赔偿金，两人的生活一下子变得十分拮据。也许她离开的原因也有一部分是这个吧。从那以后，二宫就一个人住在这个两居室的公寓里。

工作了近三十年的公司，工作环境也一下子变得令人难以忍受。虽然没人当面说什么过分恶毒的话，但"杀人犯的父亲"暗地里所遭受的白眼比他想象中还更加令人痛苦。于是二宫也辞掉了这份工作。

他得到的辞退津贴还不够支付一半的赔偿金。虽然被害人家属一直在催促他交付剩下的部分，他也只能置之不理。毕竟二宫自己总还要活下去。

职业介绍所可不会给年过五十的男人提供什么好工作。就算招聘信息里没有明确限制年龄，在面试中他也会落选。在接连面试失败五次之后，二宫选择了在超市搬运购物推车的工作。这份工作的时薪和他以前比起来低得令人灰心丧气，但他现在也没有挑三拣四的资格了。

二宫沿着堤岸继续骑着车，不一会儿就看见左手边有一个开阔的运动公园。这里现在没有一个人影，不过白天应该有棒球部的学生在这里练习。

二宫突然想起来，以前自己似乎也和圭吾在和这里风景差不多的河边玩过棒球。

圭吾从小学就开始打棒球，中学、高中、大学都是学校棒球队的成员。和许多喜爱棒球的少年一样，他也梦想着成为职业运动员。但也和大多数的少年一样，他并没有过人的棒球天赋，因此不得不放弃梦想。不过即使如此，他毕业后仍然在业余棒球队担任投手，恐怕他心里还不能完全割舍自己的棒球梦吧。

他们父子俩在河边玩接球的时候，圭吾还是个小孩子。"健全的身体才能孕育出健全的灵魂"，现在的二宫已经觉得这只是一句废话罢了，但是那个时候他打从心底相信着这句话。圭吾为什么会变成现在这个样子呢？是他天生如此？还是自己的教育方式有问题呢？

只有一件事是明摆着的，那就是：他是个没用的男人。虽然他在公司看起来能独当一面，能指挥不少人，动用不少资金，但这一切都仰仗于公司的招牌和自己的职位。当摘掉领带，回到家里，他就只是一个普通的男人。而这个普通男人无论作为父亲还是作为丈夫，都显然不够格。

啊，不行不行。

他已经决定不再想起家人的事了，一想起来，就会越发觉得现在的生活荒芜又寂寞，令人难以忍受。

二宫像要阻止自己想下去一般，用力摇了两三下脑袋。

然后，他突然注意到了一件事。

有一辆车正在自己正后方几十米的地方紧紧地跟着自己。二宫骑车骑得并不快，但奇怪的是那辆车和自己的距离丝毫没有缩短。它后面的车都受不了它的速度，纷纷超车过去了，但那辆车似乎丝毫不在意。

黑暗之中，只有那辆车的车灯明晃晃地打在二宫身上。因为过于刺眼的光亮，他看不清那辆车的型号和颜色，但能很清晰地感受到它那怪异的感觉。

自己看起来应该不像那种带着值钱的东西在身上的人吧？应该不会。他上班的时候总是穿着破破烂烂的裤子、便宜的上衣，再瞎眼的贼也不会把他当成猎物吧。

对方有什么企图？——在二宫奇怪地这么想着时，那辆车却突然提高了速度，缩短了和他的距离。

是错觉吧！——二宫松了口气。想想也对，自己这种既没钱，也没有固定资产，甚至没有家人的人，又有什么值得别人来图谋的呢？

二宫稍微有些羞耻，觉得自己似乎有些自我意识过剩了。此时，后面的车似乎越来越接近他了。不，它似乎是在加速朝自己冲过来。

二宫心里有些不舒服，于是把自行车往路边靠了靠。

背后引擎的声音似乎越来越接近了。二宫飞速地蹬着车，努力往道路左边逃去。

没有错。

那辆车的目标是自己。

如同探照灯一般刺眼的光亮笼罩在自己身上，一瞬间，巨大的引擎声在耳边响起，如同一只狂暴的野兽。

一个急转弯，自行车的前轮滑出了路肩。二宫连人带车一起掉下了堤岸。

他甚至来不及叫出声。在掉下去的瞬间，二宫条件反射地松开车把，而后他的身体似乎飘浮在了空中。

天地颠倒。

撞击。

剧痛。

撞击。

剧痛。

在数次撞上河堤防护坡后，二宫跌落到了河岸边。

他强忍着浑身的疼痛支起了上半身。不幸中的万幸，他的头部没有受到任何撞击。

一阵什么东西滑过斜面的声音传来，他循声看过去，发现那辆追着自己的车停了下来，有什么人正朝自己这边走来。一定是肇事者来察看自己的情况了，正好可以让他送自己去医院，或者帮忙叫救护车。

人影低头看向二宫。他站在路灯下，逆着光，二宫甚至看不清他是男是女。

二宫感到一阵愤怒。

"都怪你，会不会开车啊！"

他的话甚至没能说完。

人影两手高高举起，握住了一个棒状的物体。

这个棒状的物体朝自己飞速袭来。

前额受到打击的瞬间，二宫清晰地听到了自己头盖骨陷进去的声音。

古手川载着渡濑赶往位于松户市小山的凶案现场。

"说起来，为什么千叶的案子要找上我们啊？"

古手川略带不解地问道。

"松户警署暴力犯罪科的同事联系我们，他们好像觉得这件案子和'涅墨西斯'有关。"

和"涅墨西斯"相关的信息，虽然没有对外公开，但已经通过内部渠道告知了全国的警察，所以这起案件才会被通报给渡濑。

虽然因此可以得到许多同僚的帮助，但渡濑心里是不安大过高兴。为什么第二起案件会发生在松户市？千叶县内应该已经没有和轻部亮一的案子有关的人了。

那么，这件事是否和轻部事件无关？渡濑隐隐觉得，自己最担心的事恐怕已经成为现实。

凶案发生在葛饰大桥附近，一处防护堤下的河边。现场被贴上了蓝色的封锁胶带，从路上看不见里面的情况，只能看见松户警署的搜查员和鉴识员在周围忙碌。

　　穿过写着禁止进入的黄色胶带，一个熟悉的男人向渡濑走来。

　　"劳你亲自跑一趟，渡濑警部。"

　　这个人是暴力犯罪科的带刀，渡濑曾经在别的案子中和他合作过，之后两人就成了好友。

　　"我听说这个案子和'涅墨西斯'有关？"

　　"你自己看看吧，正好他们刚做完检视。"

　　尸体被放置在河岸边一块相对平整的土地上。拉开盖在尸体上的布后，一眼就能看出死者的死因。渡濑点了点头，看来这就是检视官这么快就结束了工作的原因。

　　尸体的前额破了一个大洞，看起来像石榴一样。

　　从创口流出的脑浆已经半凝固了，因为有大量的鲜血从创口里流出，尸体的上半身沾染着斑驳的血渍。也许是因为气温高，虽然死者显然才死去不久，但尸体上已经能闻到强烈的腐臭味。

　　"尸体的第一发现人是散步的附近居民。凶手似乎完全没有打算隐藏尸体。死因如你所见，是头盖骨骨折导致的脑损伤。凶器被凶手带走了，但检视官推测应该是钢管一类的棒状物。"

　　"尸体的身份查清楚了吗？"

　　"他带着职员证，叫二宫辉彦，今年五十五岁，是这附近的KOYAMA超市的员工。他在下班途中被凶手袭击了。"带刀指了指河堤下方的坡道，"他的自行车之前就倒在那边，现在已经被

132

我们鉴识科的同事先搬回去了。"

"既然他被袭击时骑着自行车,那是不是有可能查出他是怎么被袭击的?"

"确实,有可能可以通过地面上自行车留下的痕迹查出来。不过,路上没有找到明显的轮胎痕迹,他的自行车上也没有受到撞击的痕迹。鉴识科同事认为他可能是因为遇到车之后,路太狭窄,所以自己放开了车把手。"

渡濑仔细地将尸体从头到脚察看了一遍。尸体的膝盖、小腿和肩膀上都有一些瘀青,但从伤口的形状看应该不是被人殴打导致的,倒更像是撞上了什么平面的东西后留下的痕迹,应该是死者从堤岸上掉下来时撞上了防护堤;右手的食指上似乎有被人擦拭过血迹的痕迹。

"目前我们正在周边调查……不过,还没有找到任何有效的目击证人。推测死者的死亡时间是晚上十一点到凌晨零点左右,这个时间段这条路上几乎没有什么路人,附近的居民也没有听到惨叫声之类的声音。"

"死者上夜班吗?"

"KOYAMA 超市开到晚上十一点,死者的工作是收拾购物推车,所以超市关门后不久就离开了。关于这点,我们已经跟超市那边确认过了。"

最近,由于消费者购物习惯的改变,许多店铺都开始延长营业时间,晚上十一点打烊也算正常。

"死者于下班前在超市的食品区买了青花鱼罐头和气泡酒,

就装在这个收银袋里。"

带刀拿出了一个透明塑料袋里的白色收银袋。

渡濑的目光立刻被它吸引住了。

收银袋上写着一行血字。

"涅墨西斯。"

身旁的古手川低声念道。

尸体食指上的血痕一定是凶手用死者的食指写下这行字时留下的。

"这就是埼玉县警联系我的原因吧。"

"是。如果没有这行字，我们多半会首先怀疑是周围的小混混干的。毕竟死者看上去就不像什么有钱人，钱包里也空空如也。刚才鉴识科同事简单检查了一下，收银袋上的字似乎是凶手用死者的手指写下的。"

"也就是说，死者也和过去发生的某起凶案有关系？"

"四年前的上尾跟踪狂杀人事件，你还有印象吗？"

渡濑没说话，只是默默点了点头。他当然忘不了，这个案子不仅是上尾警局的耻辱，更是整个埼玉县警总部的污点。

平成二十一年九月五日，上尾市水上公园附近的工地里发现了两名死状凄惨的女性尸体。被害的两名女性分别是时年二十二岁的大四学生久世纮子和她七十二岁的祖母领子。尸体上有明显的打斗痕迹，而致命伤更是令人触目惊心。两名女性的头部遭到了钝器的反复击打，形成了极大的创口，头部变形严重，几乎看不出原来的形状。

上尾警署和县警总部合作搜查，很快就逮捕了嫌疑人。二宫圭吾，时年二十九岁，居住在川越市，在一家运动用品店上班。他当时刚和死者纮子分手，所以当初警方认为这是一起感情纠纷导致的杀人事件。

　　但随着侦查的推进，县警总部察觉到上尾警署内似乎有不少奇怪的地方。纮子的父母声称，他们在案件发生以前就报过案，但是上尾警署里没有留下任何记录。而且，在对纮子的父母进行取证的期间，上尾警署的搜查员总要找些理由参与进来，试图阻止总部的警员单独接触他们。

　　当时负责调查的专员觉得十分可疑，于是对案件相关的人员进行了全面的调查。结果发现上尾警署的警员存在大量渎职行为。二宫圭吾一直跟踪骚扰纮子，纮子和她的父母曾几度到上尾警署报案，警员却以不能介入民事纠纷为由随意打发了他们，甚至没有进行任何调查。后来，二宫圭吾的跟踪狂行为愈演愈烈，甚至会去纮子家恐吓她和家人，还去她父亲的公司闹事等。纮子的家人来到警署报案，希望警方能抓捕并起诉圭吾，警署却把这件事当成了民事投诉来处理。甚至有警员直接让他们"先把报案撤销一下吧"，却丝毫没有向他们说明一旦撤销报案就不能再次提出同样内容的申请这一规定。

　　如果上尾警署在接到报案的时候就展开调查并且逮捕二宫圭吾，那么纮子和领子也许就不会被杀。这件事被媒体大肆报道，激起了广泛的民愤。造成这件事的不是警员的工作失误，而是警署内部的惰怠之风和维稳主义。最后，上尾警署内部有大批警员被免职，县警总部在组织内部调查后被迫向社会谢罪，还被国家惩罚了一大笔赔偿金。

"那次事件中，上尾警署的懈怠渎职引起了轩然大波，因此二宫的罪行反而不太为人知晓。我没有替上尾警署开脱的意思，不过，二宫的犯罪性质十分恶劣，论理不应该被人忽视。"

和渡濑一样，古手川也沉默着点了点头。平成二十一年古手川已经调入了搜查一科，所以这件事他也知道个大概。

"二宫曾经宣称，如果纮子再不理自己，就要杀了她的父母，并以此为由威胁纮子跟他来到了一处工地。纮子的祖母由于担心纮子，也跟着一起去了。在那里，二宫用工地上散落的钢管殴打两名受害者，导致她们死亡。事情的经过应该大概是这样吧？也就是说，和这次二宫的父亲遇害的方式一模一样。"

带刀点头表示同意。

用犯人杀死被害人的方式，杀死犯人的亲人——"涅墨西斯"似乎严格地模仿着曾经发生过的凶案。

二宫被移送埼玉地方检察厅后，检方以杀人罪起诉了他。但是法官在二宫的罪名究竟应该是暴力伤害致人死亡还是故意杀人，也就是他是否有主观的杀人意愿这一点上产生了分歧。

"埼玉地方检察厅认为，二宫长期跟踪死者，还曾经多次恐吓死者，存在明显的杀人动机。辩护律师却基于凶器是本就散落于现场的钢管这一事实，主张二宫应该没有蓄意计划杀人，而是一时激动错手杀死了死者……是这样没错吧？"

"的确如此。一审判决是有期徒刑十八年，检方提出上诉后，二审维持原判。之后检方放弃了继续上诉，最终依据一审判决，判处二宫有期徒刑十八年。当时，受上尾警署的渎职事件影响，世人大都十分厌恶二宫，法官却没有因为民意而重判他。"

在渡濑他们到达现场之前，带刀应该已经研读过二宫事件的相关记录了，因此他此刻解释起来十分流畅。

一边听着他的解释，渡濑也慢慢想起了那起轰动一时的上尾跟踪狂杀人事件的始末。不过，当时的新闻报道都把矛头对准了警察的失职，因此没有详细报道二宫的犯案经过。

等到埼玉县警公开向公众道过歉，相关的警员都受到了处分，渎职风波告一段落后，通过法庭上的开庭陈述了解到事情部分始末的世人，才将抨击的矛头调转，对准了二宫和他的家人。

二宫的杀人手法极其残忍，对被害人及其家属表现出了非同一般的偏执，还固执任性，以自我为中心，一意孤行地以爱情为借口伤害对方。世人同情绞子和她的家人，极度厌恶二宫的罪行。即使有少数人替他辩护，认为他不过是思想尚未成熟，但这些人的声音在汹涌的民愤面前也显得极其微不足道。一审做出有期徒刑十八年的判决，无疑与民意背道而驰，引来了激烈的骂声。

这一点也和轻部事件极为相似。本来被告的罪行足以被判死刑，结果却是出乎市民意料的轻判，被告因此更加受人憎恨。

"一样的啊。"古手川轻声低语道，"'涅墨西斯'复仇的目标不是个人，而是整个司法制度。"

带刀似乎也有同样的想法，沉默地听着，没有反驳。新手古手川和经验丰富的带刀都这么想，说明这恐怕是个基于常识就能轻易得出的结论。

"我记得二宫应该还有一个母亲？"

"二宫邦枝在二宫被判刑之后，就和二宫辉彦一起搬来了松户市，但是没过多久两人就离婚了。她现在应该是住在爱媛市的娘家里。"

"现在二宫圭吾被关在哪所监狱里？"

"是冈山监狱。"

带刀立刻回答道。

"冈山。那么，二宫应该还不知道他父亲被杀的事情吧。"

"是啊，我们准备在今天之内联系冈山监狱。"

"如果可以的话，就让我跑一趟吧。"

带刀显得有些惊讶。

"渡濑警部你亲自去吗？"

"我希望带刀你能去联系住在爱媛的二宫邦枝。不是这样的情况，也没法让你去那么远的地方吧。"

无论是住得相当远的邦枝还是正在坐牢的圭吾，显然都和这起案子没有直接联系。不过，为了找出"涅墨西斯"的真实身份，渡濑有必要去和引起这场案件的祸根——二宫圭吾见上一面。以自己现在的身份，想去冈山出一趟差，应该还不至于被上面的人拒绝。

"你还是一如既往地雷厉风行啊。"

带刀半是吃惊半是羡慕地说道。

"还想麻烦你一件事，我想知道二宫事件被害人家属的联系

138

方式。"

渡濑说完，略带歉意地轻轻低下头，躲开了带刀的目光。他不是不知道对方会怎么想，但仍然想坚持自己的做事方式。

带刀答应了和自己交换信息后，渡濑就离开了警戒线区域。外面的阳光变得更加灼热了。

"班长，我现在就去准备去冈山的事。"

"帮我买一个人的票就行。"

"欸？"

"我有别的事让你去做。"

撂下这句话，渡濑径直拿起手机打出了一通电话。直接打对方的私人电话多少有些失礼，但是对方既然愿意将自己的私人号码告诉他，这种程度的失礼对方应该不会在意。

"你好，我是岬。"

"我是渡濑。次席检察官，'涅墨西斯'犯下第二起案子了。"

渡濑的眼前似乎浮现出了岬拿着电话突然语塞的身影。

不过岬没有愣住太久，很快他就反应过来，认真听着渡濑说明二宫辉彦被杀案件的相关经过，并不时提出一些疑问。

"警部，等一下，我记得上尾跟踪狂杀人事件的一审法官是……"

"没错，是涩泽法官，和上次一样。"

在一旁听着两人通话的古手川是一脸目瞪口呆，渡濑单手对他比了个手势，示意他不要插话。

"模仿曾发生过的杀人事件的行凶手法，受到世人非议的判决，下达判决的还是同一名法官。真是令人担忧的巧合啊。这样看来这一系列的凶案就更有可能是针对涩泽法官的报复了。"

"我不否认这种可能性，不过，如果严格依照永山基准来看，二宫被判十八年有期徒刑也许是不受舆情影响、正确妥当的判决。"

"你想说什么？"

"在那种情形下，就算负责的法官不是涩泽法官，也极有可能会给出相同的判决。所以，我们目前依然可以认为凶手想做的不是报复涩泽法官，而是策划一场对整个司法系统的恐怖袭击。"

"你这家伙，还是这么喜欢说些危言耸听的话。"

"我只是觉得不应该盲目乐观，回避潜在的威胁。"

"没错，所以你想让我做什么？"

"加强对涩泽法官的护卫，另外要严令其他人决不能泄露'涅墨西斯'的有关信息。"

"不用你说我也会这么做。"

处事方式相仿、志同道合的人之间不需要多话，两人就此挂断了电话。

一旁的古手川开口道：

"班长，你交代我做的事是什么？"

"替我去取二宫辉彦和久世纮子的解剖报告书。"

"这两起案子中凶手使用的凶器和行凶方式不都是一模一样的吗，为什么要特意找出来看？"

"不是完全一样的。"渡濑看也不看古手川地说道，"两起案子的致命伤虽然都是头部受到击打造成的，但是久世纮子是被反复殴打致死，这次的二宫辉彦却是被人一击致命。这一点无论如何都让我觉得有些奇怪。"

"这个不是根据被害人死亡的时间决定的吗？毕竟一击就死了的话，凶手也就没必要继续下手了吧。"

"这就要看了解剖书才知道了，不要妄下判断。"

2

用途和用材接近的建筑物，似乎无论在哪里看起来都差不多。

渡濑是第一次去冈山监狱，但他对这里的印象和对千叶监狱的非常接近。由于这两所监狱的级别相同，收容的犯人犯罪的轻重等级也差不多，这种相似感就更加强烈了。

原本想要进入冈山监狱需要依据程序办理相应的手续，但是这次算是例外。由于渡濑事先已经通过县警总部向监狱方打过招呼，他进入监狱后很快就见到了他想见的人。

亚克力板对面的二宫看起来极为沮丧。

"劳您远道而来……多、多谢了。"

算起来，二宫今年应该三十三岁了。和轻部不同，他外表看起来和实际的年龄没有太大出入。

"我昨天晚上刚从负责的警员那里听说了父亲的事……抱歉，我现在心情还没有平复。"

142

"事情的经过你大概知道多少？"

"只知道昨天早上有人在松户的公寓附近发现了他的尸体……警官，您是来告诉我父亲的事的吗？"

二宫抬起头，用殷切的目光看着渡濑。渡濑将搜查总部对外公开的信息告诉了他，当然，他隐去了有关"涅墨西斯"的血字的事。

"他被人用钢管之类的东西打了头，是吗？"

"嗯，那个是他受到的致命伤。你父亲应该很快就死了，不会有太大痛苦。不过，这么说恐怕也很难安慰到你。"

"为什么凶手要这样杀他？如果是恨我杀了纮子和婆婆，那就应该对我下手啊。"

看来圭吾似乎立刻想到了复仇这个杀人动机。

"你觉得是对你心怀怨恨的人做的吗？"

"当然了。我父亲绝不是那种会招人怨恨的人，他是个平凡又温柔的人。"

眼前这个骚扰、恐吓女性和她的家人，最终用暴力杀死了她们的男人，此刻却是一副孝顺儿子的样子。普通人第一次看见这幅光景，恐怕会觉得十分奇怪，但渡濑早已见怪不怪了。

"温柔的父亲吗？"

"别看我现在这样，以前我可是个棒球少年，父亲经常陪我玩接球。我如果运气再好一点，现在可能就是个职业选手了，这样的话也能让父亲过得好一点。"

"运气再好一点？"

"棒球少年想出名的话，肯定得打进甲子园嘛，说到底能不能当上职业选手，看的还是运气。"

又是这套说辞，渡濑觉得没劲极了。越是没有能力的家伙，越觉得自己的失败是由于缺乏运气。

"我本来就是个运气不好的人。要是没遇见纮子那种轻浮的女人，我也不会出那种事。父亲也就不会落得这么悲惨的下场。"

渡濑想，如果久世纮子的父母听到这种话，会是什么样的表情呢？

"我看你运气一点也不差。杀了两个人，却只用坐个区区十八年牢就能重获自由了。"

"区区十八年？这话一听就是没蹲过监狱的人说的啊。"

圭吾的眼神变得无比晦暗阴沉。

"你父亲经常来看你吗？"

"不，毕竟千叶和冈山距离还是相当远……"

"不过，你母亲的老家爱媛离这里可不远吧？"

"我才不想见那种女人。"圭吾的语气突然变得尖锐起来，"那个女人，在家人最需要彼此的时候一个人逃走了，她不是个称职的母亲。为什么那个女人还活得好好的，父亲却会被人杀死啊！"

"这个我们也想知道。"渡濑把脸靠近了亚克力板，"从犯罪手法来看，凶手应该相当憎恨你。你知道有什么人会对你和你父亲心怀怨恨吗？"

"从常识来想，首先应该就是纮子的父母吧。"圭吾的嘴角微微上扬，"那对混蛋夫妇，根本不知道自己女儿是个什么样的坏女人。不，他们根本是揣着明白装糊涂。那种坏女人死了，他们却演得就像死了哪个国家的公主一样夸张。警官，你知道吗？我被公审的时候，那对夫妇也在法庭上，还大声质问我为什么要杀了纮子和婆婆，有没有赎罪的想法之类的。那两个人希望我被判死刑，所以判决出来的时候他们脸上的表情可真是太精彩了，好像对这个世界上的一切都感到绝望了一样。我当时就想，原来一个人一直以来的所有努力都化为尘土的时候，他看起来就是那个样子啊。"

"所以，你觉得是久世夫妇杀了你父亲吗？"

"是不是他们杀的我不知道，不过他们肯定非常恨我们。父亲他可是把自己的辞退津贴全都赔给了他们，虽说不够支付所有赔偿金，但是我都坐牢了，他们还收到了钱，我真想不通他们还有什么理由要恨我们。如果这样还要恨我和父亲，那就真是不识好歹了。"

圭吾似乎越说越激动，不自觉地提高了音量：

"不过是杀了一个坏女人罢了，他们到底还要我和父亲怎么偿还？律师告诉过我，初犯的情况下只杀了一个人，一般是不会被判死刑的。就算我杀了两个，也还有一定酌情考量的余地，可能也不用死。如果杀了三个，倒是有些困难了……杀人也是有着明确的价码的。我只不过是让一个无可救药的女人从这个世界上消失了而已，为什么我们父子会变成现在这样啊！

"我是那么爱她，但是她轻易地变了心。她明明也是爱我的，却不知道自己真正的想法。我为了让她意识到这一点，才反复地想敲开她的心门，她却始终对我不理不睬。"

所以这家伙就暴力拆除了那扇门吗？这还真是标准的强盗逻辑。

没带古手川来真是个正确的决定，他要是在，这会儿一定是一脸怒气，搞不好还要冲到对面去打对方一顿。

"还有别人吗？"

"没有什么直接的了，但是那些自诩正义人士的家伙也有嫌疑吧。我从入狱晚的人那里听说过，在网上诋毁中伤我和我家人的家伙可是大有人在。都是些胆小鬼，要是当面的话恐怕他们不敢说我一句坏话。这些家伙里也说不定有那么一两个人会为了博取关注而真的动手了。"

"这想法还真是俗套啊，这样一来也就无法确定具体谁有嫌疑了。"

渡濑故意刺激了一下对方，对这种幼稚的人来说，激将法往往是最有效的。

"刚才忘记告诉你了，我是负责二宫先生这起案件的专员。现在能替二宫先生报仇雪恨的就只有我了。所以你最好再认真想想，到底是谁想让你父亲死，谁最想看到你痛苦的样子。"

听了渡濑的话，圭吾一下子陷入了沉思。但是，无论他怎么绞尽脑汁，似乎也没有找出一个符合渡濑说法的嫌疑人，最终他只能缓缓地摇了摇头。

"我能想到的会对我父亲下手的人，就只有久世夫妇了。你们查过那两个人了吗？"

"正在调查。"

"警察先生，"这次轮到圭吾主动开口道，"拜托了，请一定要替我父亲报仇。"

对方的神色看起来诚恳认真，俨然一副受害者的模样，渡濑对此嗤之以鼻。

"我们当然会全力搜查，但是警察的工作就只是抓捕犯人，把他们送上法院，报仇不在我们的职责范围内。"

"毕竟惩罚犯人是法院的工作嘛。"

"那可不一定。"

圭吾露出了惊讶的表情。

"我不太明白您这话是什么意思。"

再和对方谈下去也不会有什么有价值的信息，渡濑站了起来。

"我先告辞了。"

"真的拜托您了，警察先生。"

背对着圭吾，渡濑突然想到了一件事。

"你刚才说，在监狱里坐牢十八年比死刑更痛苦，那是什么意思？"

圭吾以一副"你连这个都不知道"的语气开口说道：

"死刑会在一瞬间夺走人的生命，坐牢却是一点点慢慢地杀死一个人。"

"还真是文艺的说法啊。"

"我只是说了我真实的感受罢了。我见过已经在监狱里被关了二十年的人，那已经完全是个废人了。虽然表面上看起来和正常人差不多，但是那家伙在外面的世界应该活不过一个星期。伦理观、价值观这一类的东西在监狱里全都会变得无比扭曲，再也矫正不回来了。"

看圭吾这副得意扬扬的样子，看来他自己身上也已经产生了他提到的那些问题。身在监狱中的人，对监狱制度的看法的确切中要害。

渡濑决定再顺便问他一件事。

"'涅墨西斯'这个词，你有印象吗？"

"嗯？那是什么？"

"不，没什么。"

渡濑没有再次停留，径直离开了。

去了一趟冈山回来，渡濑没有休息，立刻去和古手川会合。此时已经是晚上八点多了。

"二宫辉彦的解剖报告书出来了。这是久世纮子的解剖报告书。"

渡濑迫不及待地将两份文件拿来仔细比对。二者的死因都是头骨骨折导致的脑损伤。但是，二宫辉彦是一击致命，而久世纮子身上却有大小七处受到殴打的痕迹。另外，二宫辉彦身上只有头骨碎裂，久世纮子却是脸上、锁骨、肋骨等多处骨折。即使没有看到现场的照片，单凭报告书上记载的内容，也能想象纮子的尸体是怎样的惨状。

一想到那个一副好儿子模样的圭吾，正是制造这七处伤痕的始作俑者，渡濑心里就觉得一阵恶心。

"冈山那边有进展吗？"

"二宫说能想到的会杀自己父亲的人就只有久世夫妇。那家伙的想象力真是太贫瘠了，不过这样一来，我们的工作就只剩下追查最重要的嫌疑人了。走吧，久世夫妇现在还住在上尾市内。"

"知道了。"

古手川握住方向盘准备开车，一旁的渡濑半闭着眼，抱着手臂，看上去似乎在打瞌睡，但是此刻他的大脑比平时更加忙碌。

"班长，能问你一个问题吗？"

"什么事？"

"我一直在想，为什么'涅墨西斯'这家伙没有在网上或者媒体上发布犯罪声明呢？"

渡濑微微睁开双眼。

"如果那家伙的目的是对我国的司法制度进行报复，那么不让更多的市民知道他做了什么，不是白费力气吗？毕竟他做的事相当于个人性质的恐怖袭击。但是，从户野原贵美子死的那天起直到今天，网上没有任何与'涅墨西斯'有关的信息，凶手一直保持着沉默。会不会他真正的目的确实只是报私仇呢？"

这小子总算学会用脑子想事情了。渡濑瞥了古手川一眼，然后重新浅浅闭上了眼睛。

"那么，他是想向谁报仇呢？户野原贵美子和二宫辉彦两案的交集，目前看来只有涩泽法官一个人。但是如果他是想向涩泽法官寻仇，又为什么要杀掉囚犯的家人呢？"

"所以我才想不通啊。"

"那就再多想想。"

渡濑一副不想多说的样子，但是他知道，眼前这个年轻人不找出答案绝不会罢休。这份刨根问底的毅力，总有一天会为他积蓄强大的实力吧。

"绞尽脑汁地去想，把每一个可能性都推敲到尽头。"

车子从凶案现场附近的一个水上公园左边驶过，沿着十七号线一路向北，不久，一些低矮的住宅楼出现在了他们眼前。久世夫妇如今就住在这一带，过着如同隐居的生活。

久世家是一栋雅致的两层小楼，外面看上去和周围的六栋房子一模一样，应该是同一时期开发出售的。除了孤零零的门灯让整栋房子看起来显得莫名萧索，这里就是一处随处可见的普通人家。

但是，这个普通的家庭却遭遇了绝不寻常的飞来横祸。

门口的名牌上写着久世隆弘、春乃、纮子三人的名字，去世之人的名字仍然被留在门上，恐怕是由于死者家属仍未能释怀。

渡濑在门铃处告知了自己的来意，过了一会儿，门缓缓打开了。一位四十岁左右、看起来有些阴沉的主妇出现在了门口，恐怕她就是久世春乃。

"我从新闻上看到了二宫先生去世了的消息。我丈夫正好也在家……"

春乃将两人带到了客厅，一名头发花白的男性正坐在沙发上。

"我是纮子的父亲。"

久世自我介绍道。他今年五十出头，但是由于满头的白发和深深的皱纹，他看上去比实际年龄要苍老得多。沙发上有好几处用胶带修补过的痕迹，为整个房间平添了几分寂寞。

"您是为了二宫先生的案子来的吧？"

"大晚上的打扰您，实在不好意思。因为牵扯到了杀人案件，所以我们要一一对有关人士例行问话。"

"所有，意思是也包括那个男人吗？"

那个男人是谁，是不言而喻的事。

"我今天见过二宫圭吾了。"

"听说自己父亲的死讯，那个男人是什么表情？"

久世满怀期待似的勾了勾嘴唇。

"非常难过的样子。"

"是吗？"对方满足地轻声叹了口气，"很难过吗……不错，不错。"

"您很在意二宫的反应？"

"您恐怕会觉得我是个恶毒的人，不过听了这个消息我确实心情愉悦。当然，被杀害的那位父亲的确很可怜，但是只要能让那个男人痛苦多一分，我就高兴。虽然，我也会因为自己这种恶毒的想法而厌恶自己。"

"您不恨二宫辉彦本人吗？"

"说实话，刚出那件事的时候是恨的，如果那个男人好好教育自己的儿子，也就不会出那种事了……但是后来看着媒体和舆论那样攻击二宫先生，我渐渐地就觉得，他也不过是受害者之一罢了。"

"受害者……"

"骚扰电话、家里被人贴纸、网上的中伤诽谤，虽然程度的轻重不一样，但是二宫先生和我们遭遇的事情几乎是一样的。"

春乃在久世身旁坐下，也加入了对话之中。

"为什么世人会如此残忍？如果说骚扰凶手的家人还算情有可原，为什么要对失去女儿的我们也做这么过分的事？"

春乃的悲叹之中透露出来的，事实上也不是什么太少见的事。纮子和领子被杀的第二天开始，就有人给他们打骚扰电话，甚至散布关于他们一家的流言。

当然，不少人对他们的哀伤感同身受，对他们表达了哀悼之意，但与此同时，也有许多人残忍地在他们的伤口上撒盐。

久世的语气中半是愤恨，半是寂寞：

"我既不甘心又觉得羞愧……每次出门都感觉有人在恶意地嘲笑我，为此我有半年左右都不敢在白天出门。

"二审完，那个男人的最终判决确定了，我们在跟检察官商量过后，决定通过民事诉讼向对方要求赔偿。他们家支付了不到赔偿金总额一半的数额之后，就再也没打过一分钱。我们也催促过让对方尽快支付……但是后来我们得知收到的那笔钱是二宫先生的辞退津贴，他和夫人也离婚了。现在二宫先生又出了这种事，说到底，他是替自己的儿子受到了惩罚。反正那个男人在监狱里也绝对不会忏悔自己做过的事吧。

"我们没有正式见过二宫先生，毕竟是杀人犯和受害者的父母，就算见了面又该怎么相处，该说些什么呢？不，如果我见到他，大概会狠狠地揍他一顿吧。这么一想，我也不是很想见他了。最近我却常常想，如果能有机会和他见上一面，也许也不是坏事，虽然现在说来已经太迟了。"

　　"但是我们绝对、绝对不会原谅二宫圭吾！"春乃似乎想否定丈夫的话一般插话道，"那个家伙，在一审和二审完，得知自己逃脱了死刑以后，在法庭上偷偷地对着我们的方向做了个嘲笑的表情，那样子简直像个胜利者。"

　　"够了，春乃，不像个样子。"

　　"但、但是……"

　　"无论我们多么愤怒，那家伙也听不到。"

　　"但是，要是我们不一直怨恨诅咒那个男人，纮子和婆婆在地下一定会不能瞑目的。"

　　久世低着头，没有继续制止春乃。

　　渡濑感到一种难言的既视感。受害者似乎都是这样，他们不得不用怨恨去填补失去至爱后内心产生的巨大空洞，为了不忘记自己失去的东西，只能把自己的悔恨时刻铭记在心头。

　　但是怨恨也好，悔恨也罢，如果一直残留在心中，都会变成摧残人健康的毒药。它们会一点点蚕食人的精神，使人的肉体疲惫不堪。久世之所以看起来比实际年龄苍老，也是因为受到了这种毒素的伤害吧。

　　"我需要例行询问一些问题，可能会冒犯到两位，请见谅。

九月三日晚十一点到凌晨零点左右，两位在什么地方？”

“所谓的不在场证明吗？”久世自嘲般地笑了笑，“虽然我们对二宫先生并没有那种想要杀掉他的深仇大恨，但是怀疑我们也很正常。不过，警察先生，那个时间段我们两个都已经上床睡觉了。只有我们夫妻二人，所以也没有人能替我们证明。”

“那个时间段，没有人证明才是正常的吧。”

“新闻里没有详细说，不过，二宫先生到底是怎么被杀的？我听说是头部被人殴打，不会和纮子一样是被人用钢管打伤了头吧？”

“我只能说，情况确实有些类似。”

夫妻二人对视一眼，相互点了点头。

“……这种事真的会发生吗？”

“这种事是指？”

“以前，我们两个曾经谈过这样的话——如果我们中有一个人忍无可忍，决定要向二宫先生他们报仇的话，要用什么样的方式。我们夫妻俩一起生活了大半辈子，所以想法大概也很相似。我们的答案是一样的——‘要用钢管打烂他的头，就像纮子和母亲曾经遭受的那样’。”

“警察先生，你见过我女儿死时那可怜的样子吗？”

“没有。”

“身为母亲说来或许有些不好意思，纮子可是个眉清目秀的漂亮姑娘。但是她那张漂亮的小脸被那个男人用钢管打得面目全非，她细长清秀的眼睛、挺拔的鼻子都被打得血肉模糊。所以，我决心如果要复仇，一定要打得对方也面目全非。"

"二宫先生遭遇这样的事情，不是我们所期待的。虽然不能说完全释怀，但是知道这个世界上居然有人和我们有同样的想法，我心里竟然奇怪地得到了一些安慰。"

从他人的死中获得安慰——渡濑想，这听起来可真不是什么令人舒适的故事。

"对着你发牢骚真不好意思，但是警察先生，为什么那个时候法院没有判那个男人死刑呢？如果那个男人被判了死刑，我们夫妻也就不会像现在这么痛苦了吧。二宫先生虽然会伤心一段时间，但是也就不会遭人毒手了吧，甚至可能不会和夫人离婚。放过那一个男人，却导致了这么多其他人受到伤害，这种判决到底有什么意义？"

春乃也用热切的眼光盯着渡濑看，无言地附和着自己丈夫的话。

渡濑明白他俩想听到的是什么，他们希望从自己这个警察的口中明确听到一个结论：那场官司是误判。

"抱歉，久世先生，我们警察只负责从抓捕犯人到将他们移交检察厅为止的工作，我没有资格评价法院的功过。"

听了渡濑这话，久世夫妇双双咬住了自己的嘴唇。

"说起来，二位是否有听说过'涅墨西斯'这个词？"

"'涅墨西斯'……"

久世低声念了一遍这个词，然后又与春乃对视了一眼，而后摇了摇头。他的动作十分自然，看上去丝毫不像在表演。

3

其后，搜查总部对牵涉到户野原贵美子案件中的一之濑遥香和小泉玲奈的家人都进行了调查，想要确认他们九月三日那天是否有不在场证明。与渡濑汇报的一样，案发时他们都在睡觉或者待在自己家中。当然，由于能够证明这一点的只有他们彼此的家人，所以并不足以成为有效的不在场证明。

搜查员和一之濑遥香的弟弟俊树也取得了联系。俊树现在在大阪的一家房地产公司工作，已经确认过在户野原贵美子和二宫辉彦被杀时他都有充分的不在场证明。在没有联系上俊树时，也有部分警员认为他嫌疑很大，但是查清他具有不在场证明后，这种可能性也不复存在了。

第一起事件和第二起事件中，凶手所使用的凶器都还没有找到，目前唯一的进展就是两起案件中发现的不明身份的足迹，以及写下"涅墨西斯"这行血字的笔迹，都被证实属于同一个人。

但是，第一起案件已经发生超过一个月了，直到现在也还没有找到有力的线索和嫌疑人。搜查总部上下都很焦急，总指挥八木岛管理官和里中总部长的日子过得尤其不易。

焦虑的自然不会只有上面的人。以渡濑班为中心的县警总部，以及熊谷警署和松户警署的各个分局都各自出动了大量的搜查员，但大家都开始对这场持久又一无所获的搜证活动产生了厌倦。

唯一幸运的是，"涅墨西斯"的事暂时还没有被媒体得知。而这，恐怕是得益于八木岛对下属严格的保密管理，以及岬对记者所施加的压力。如果媒体知道了这两件案子的联系，市民间一定会产生不可避免的混乱和动摇。而越混乱，搜证就会越难以进行下去。

渡濑也差不多是在这个时候命令古手川去查审判记录的。

"是要查涩泽法官主审的所有案子吗？"

"只要查轻部亮一以后的就可以。毕竟，涩泽法官是从那个时候起开始被人称作'温情法官'的啊。"

"不会吧，班长。"

"恐怕就是你想的那样。"因为觉得麻烦，渡濑没有让他继续说下去，"可以量刑为死刑，但是只判了凶手坐牢的重大案件，或者是明显有轻判嫌疑的案件，你去把这一类案子的犯人家属名单全部找出来，给我一个个地查下去。"

"……班长是觉得'涅墨西斯'会犯下第三起案子吗？"

"他绝不可能就此收手。"

"我听说法官每天上午和下午会各上庭一次，轻部事件距今已经十年了，粗略计算一下也知道，恐怕涉及的案子会相当多吧。"

"会吧。"

"再加上每件案子涉及的犯人家属，这个数字还要翻几倍。"

"嗯。"

"我们不可能把这些人全都保护起来吧，现在的人手本就已经有些不够了。"

这些事不用古手川提醒，渡濑当然也知道。

"'涅墨西斯'那家伙一定会从涩泽法官经手的案件中挑选对象下手，我让你找到这些人虽然也有保护他们的意思，但更重要的是要比那家伙领先一步。"

"道理我虽然明白……"

"如果这份名单上的人，因为我们什么都没做，而成为第三个受害者，会怎么样？人手不够，没能预测第三次犯罪之类的借口，能够说服你自己吗？我们自己的良心会不安的。后悔做了多余的事情，总比后悔自己什么都没做要强得多吧。"

古手川一脸认同地点了点头。

"不过，从现实来说，我们的人力也确实不够啊。"

"出动县内所有分局的人，如果还不够的话就向其他县请求支援。当然，这个就需要请上面的人下命令了。"

古手川的表情更加痛苦了。

"班长，你不会是想利用里中总部长吧。"

"大家不都总说，要学会活用自己的上司嘛。"

158

"……首先得有个耳根子软的上司，才有资格说这种话吧。"

"你有空在这儿废话，不如赶紧行动起来。"

目送着古手川飞速跑出刑警办公室，渡濑开始思考下一步的行动。

想要抓捕猎物，就要先知道猎物在想什么，和猎物用同样的视角观察东西，和猎物用同样的听觉警戒周围发生的事。这样一来，自然就能缩小自己搜寻的范围。

很明显，"涅墨西斯"在关注着涩泽法官曾经手的案件，而且是那些犯人被轻判、目前仍在监狱中服刑的案件。如果他的目的是替受害者报仇，那下手的目标应该优先选择犯人本人。他之所以没有这么做，应该是由于这些案件的犯人中目前还没有刑满释放的。

到这里为止的思路应该都没有太大问题，应该和凶手的想法没有太大出入。那么，接下来应该分析一下"涅墨西斯"这家伙内心更深处的想法了。

自己原本就假定凶手的犯罪动机是向司法制度进行报复，在里中总部长和岬次席检察官面前，渡濑也都没有否认这种可能性。

但是，"涅墨西斯"通过实施复仇，到底能获得什么好处呢？

不是金钱。

那么，是实现政治主张？还是宗教方面的心理满足？不管怎么说，他的目的之一应该是获得某种满足感。但是，人会仅仅为了获得满足感就杀害自己的同类吗？

当然，国外确实存在很多出于宗教、政治等原因而杀人的案例，也有很多人单纯地为了满足自己的心理需求而杀人。但是，日本的政治制度非常稳定，宗教观念也很稀薄，所以这一类的动机在日本人中并不常见。

那么，是那种故意想挑起社会骚动的愉悦犯吗？渡濑无法认同这种猜想。如果希望引发骚动的话，应该有其他无害且效果更好的办法，选择杀人的风险未免也太高了。

一定有什么能令"涅墨西斯"满足的，除金钱以外的东西。

电话铃响起，打断了坐在椅子上沉思的渡濑的思绪。电话上亮起来显示内线的灯，液晶屏上显示出四位数的号码。渡濑一看就知道打电话来的人是谁。

渡濑"啧"了一声后，拿起了听筒：

"我是渡濑。"

"立刻来我这里一趟。"

里中的声音里透露出轻微的紧张。如果不是相当紧急的事，县警总部的总部长大人也不会亲自来叫自己一个小警察去见他。

一进总部长办公室，就看见里中不高兴地抿着嘴。

"出什么事了？"

里中沉默地用下巴指了指桌上的一份报纸，虽然是相当无礼的举动，但因为这个男人平时常常这么做，所以反而显得极其自然。

那是《埼玉日报》今日晚刊的第一版，渡濑只瞟了一眼，就立刻被一行标题吸引住了。

对司法制度的挑战？

下面还有两行标题，分别是：

熊谷和松户出现连环杀人事件

被害人都是服刑中犯人的家属

引言部分是这样的：

　　据有关人士透露，上个月十日发生于熊谷市的户
野原贵美子被杀事件与本月三日发生的二宫辉彦被杀事
件，有极大可能是同一凶手所为。据悉，户野原与二宫
都与正在服刑之中的重犯有一定联系。凶手在两处现场
都留下了"涅墨西斯"的血字，由此推断凶手应该是同
一人。搜查总部认为这两起事件的凶手有可能是对现行
的司法制度心怀不满的人士。

　　"这是今天晚报的样本，《埼玉日报》那边好心提前送来通
知我们，还有两个小时这份报纸就会被送往全县各地了。"里中
难得看起来如此紧张，"我三番四次地强调，一定要严格封口，
结果呢？"
　　里中用力地拍了几下桌面。他看起来极为愤怒，因此少见地

将情绪表露在了脸上。

"到底是谁把消息泄露出去了！是总部的人，还是分局的？"

"恐怕两个都不是。"

渡濑假装平静地说道。

"这份报道中的信息实在过于准确了，没人泄露的话他们怎么写得出这样的报道？"

"《埼玉日报》好像是被开除出记者协会了吧。"

"不是你自己几年前提议的嘛。"

"既然他们根本没来记者协会，就不可能通过协会的渠道获得消息。所以是他们的记者独立挖出来的信息吧，虽然立场相对，但是不得不说他们还挺厉害的啊。"

这篇报道中没有署记者的名字，但是《埼玉日报》中有这种手腕的记者只有一个。多半是那个男人依靠自己独特的嗅觉和惊人的取材力，自行从什么地方把消息挖出来的吧。

"我们的封口令只对相关警员和加入了记者协会的媒体有效，没有封死其他的消息渠道，这是我们工作的失误。"

"听你的语气，你知道消息泄露的渠道？那就由你亲手负责给我把这条渠道堵上。"

里中叹息着命令道。但渡濑心里清楚，里中专程叫自己来一趟，绝不可能只为了这件事。

"已经泼出去的水就收不回来了，'涅墨西斯'和他做下的事已经被无数人知道了。既然事已至此，我们绝不能再被动等待下去了，如果不尽快把'涅墨西斯'抓捕归案，社会的动荡不安只会愈演愈烈。"

会动荡的倒不是整个社会，而是司法界罢了——渡濑在心中补充道。用以往的判例和经验驳回陪审员做出的死刑判决的上级法院法官；肆无忌惮地公开宣扬废除死刑的律师；毫无逻辑地参考西方，主张死刑是过时的、残暴的制度的司法媒体——对这些人来说，"涅墨西斯"相当于民意的代言人，对他们是极大的威胁。

"'涅墨西斯'的所作所为不过是扭曲的报复行为罢了，但是一定会有人觉得他所做的事情是正义的。何况，我们国家中本来就有八成以上的国民支持死刑，这种倾向就会更加明显。"

里中的担心也不是杞人忧天。凶恶的罪犯就应当被处以极刑，这样才能更好地维持社会秩序——这种观点平时大家也许不会公开谈论，但是如果他们发现有超过八成的人都与自己观点一致，那他们恐怕就会乐于加入抨击废除死刑制度的大军。

现在的司法制度的核心是通过惩罚使人反省罪行，维护社会秩序。这些欣赏、赞颂复仇行为的人，如果不被约束，恐怕会渐渐发展成为反对现行的司法制度的势力。甚至，他们可能会开始攻击只将犯人关到监狱里，却迟迟不愿意签署死刑执行书的法务大臣和法务省。

"刑事部长报告说现在搜查的进展并不顺利，原因是什么？是搜查员做事不用心吗？"

"不是他们不用心，是相关证据太少了。"

"做过犯罪心理画像了吗？"

"那个只是纸上谈兵的理论，在实际工作里没有任何作用，这点您应该也清楚。"

犯罪心理画像，是曾经风靡一时的搜证手法。但是在足利事件[①]中，这种方法被认为是导致误抓犯人的原因，因此饱受争议；在世田谷灭门案件[②]中，它也曾被认为导致搜查陷入僵局。不过，在相对较少发生重大罪案的日本，由于可供分析的数据本身就较少，所以很难得出准确的结论。

里中的脸色越来越难看。

"那么，现在我们需要做些什么？"

"加快破案的速度是一方面，但更重要的是要防止事情进一步发酵，为此要画出一条预防线。"

"预防线？"

听到对方的追问，渡濑顺水推舟地提议，希望对涩泽法官经手案件的被告家属安排监视和保护。

"我们已经在查可能会成为下一名受害者的人员名单了，如果您希望，我们一天之内就可以完成。"

和他预料的一样，里中的反应相当消极。县警总部的管辖范围内还好，但如果要请求外界的支援，里中这个总部长就需要到处向人低头，还需要暴露自己治下如今的窘境。

"你预计这个预防线能有多大的效果？"

---

① 发生于一九九〇年五月十二日的诱拐、奸杀幼女案件，是日本著名的冤案之一。嫌疑人经公审后被判无期徒刑，但事后通过 DNA 检验发现嫌疑人并不是真凶。

② 二〇〇〇年十二月三十日深夜，在日本东京都世田谷区发生的一起灭门事件，至今未查明真凶。

"至少，就算发生了什么不如人意的事，我们也可以说尽过力了。"

"……你还是老样子，嘴和脑子都动得快。"

里中虽然看起来相当不满，但似乎勉强决定考虑一下渡濑的建议。

"那堵上疏漏的事，就拜托你了。"

想要让上司出力，自己也得先卖力。渡濑没有推辞，原本他也准备查出情报是从哪里泄露的。

再说，他已经有怀疑的对象了。

接近晚上七点，渡濑走进东京高级法院的办公署，他想找的人正站在玄关处。

《埼玉日报》社会部记者，尾上善二。他个子不高，走起路来风风火火的，前牙有些突出，看上去像某种啮齿类的小动物。只要见过他一次的人，都会留下极深的印象。

"哎呀，这不是渡濑警部吗？辛苦了。"

"嗯，托某个人爆出来的大新闻的福，我确实忙得不行。"

"你不会是特意来这儿等我的吧，哎呀应该不会的吧。"

"依你的习惯，爆料之后，一定会直接找上最难进行采访的对象。你是查到了涩泽法官大概这个点下班，才特意来等他的，不是吗？"

尾上不高兴地皱了皱眉。

"……全都被你看穿了，还真是令人不爽。不过，基本上和你预料的差不多。所以，你找我有什么事？"

"'涅墨西斯'的事情是那个散步的家伙告诉你的吧？"

对这种人问话时不需要委婉，渡濑开门见山地说道。

渡濑看到《埼玉日报》的时候，就觉得这个发现尸体的家伙很可疑。他是个四十多岁的中年男性，住在案发现场附近的公寓里，除了警员，看到了"涅墨西斯"四个字的人就只有他了。而尾上恰巧最知道怎么撬开这类人的嘴巴。

尾上发出了一声短促的叹息。

"那家伙的嘴可不严实，稍微给了一点取材费，说了几句好话捧捧他，那家伙就自己滔滔不绝地全说出来了。"

"熊谷市那起案子的第一发现人可没有看见'涅墨西斯'这几个字，你是怎么找到这两件案子之间的联系的？"

"因为两起案子都出动了你啊，渡濑警部。不然，松户警署管辖的案子怎么会轮到你这个埼玉县的警部出马呢？我稍微查了一下就发现死的两个人都是囚犯的家人，稍微推敲一下，自然会发现两起案子的关联。"

渡濑暗自咬牙，没想到自己竟然成了泄密的源头，这可真是出乎他的意料。

"我可没做任何妨碍公务的事吧。"

"这话可不像是取了那种标题的人该说的。你明知道所有人都会把这篇报道当作对司法界的挑衅，真不愧是社会部的王牌啊。"

"我们这种地方报纸和精英云集的全国报纸不一样，环境相对自由嘛。"

"那些精英从明天开始都要跟在你后面跑了，这也是你意料之中的吧。"

"哈哈哈哈，这就是爆料的有趣之处啊，与报社的牌子、预算、组织大小都无关，仅看记者的手腕高低。"

"你就不顾忌自己的爆料可能会引起社会不安和动乱吗？"

尾上没忍住笑出了声。

"渡濑警部你也真够坏的。"

"什么意思？"

"将掌权者试图掩盖的事实公之于众，这本就是我们媒体人的工作。这一点警部你也很清楚。警部你们的工作只是抓捕犯人，把他们移交检察厅，不会负责安抚死者和死者家属受到的伤害。两者本就是一样的道理。"

类似的话渡濑过去也听过不少，因此他并不太意外，甚至觉得尾上的说法逻辑清晰，听起来令人精神一振。但是渡濑的性格让他绝不会轻易承认这一点。

"既然你已经下定了决心，那你应该知道'涅墨西斯'这件事会引起多大的反响吧？"

"当然，继我们之后，全国的报纸都会报道这件事，'涅墨西斯'会成为反抗现行司法制度的宣言。现在的制度下，无论多么无可救药的凶残之人，也要先依据判例来决定是否判处极刑。即使判了死刑，也要用国民的税金养着这群死囚，给他们提供一日三餐。而历代的法务大臣也都不愿意在执行命令书上签字。结果全国的监狱里都是等着执行死刑的囚犯，有的人还没上刑场就先在监狱里病死了。我说句僭越的话，这不正是司法系统的组织僵化吗？而导致这一切的元凶是什么，英明的警部阁下应该不会不知道吧？"

渡濑当然清楚，但是以他的身份，却不能轻易地说出口。明知故问的尾上一脸幸灾乐祸的笑容。

"警部平时总是快刀斩乱麻地解决所有难题，没想到你也有答不上来的时候。那么，就让我来回答吧。司法界的人之所以不愿意迅速地执行死刑，是因为总在担忧冤罪这回事。"

果然，对方的想法和自己差不多。

渡濑紧盯着尾上，由于长相凶恶，一般他这么做时都能起到很好的震慑作用，但眼前这家伙显然不会轻易被吓到。

"已经执行了死刑的饭冢事件①，还有最近的足利事件，世界上总是不缺乏冤罪的。如果执行了死刑之后才发现是冤罪，相关的负责人就会倒霉了。有的人会受不了自己良心的煎熬，有的人会被追究误捕和误审的责任，甚至会被免职。渡濑警部，你自己不也参与了二十多年前浦和警署的那次冤罪事件吗？在你面前说这些倒显得我班门弄斧了。"

渡濑无法反驳尾上的话。那个时候，制造冤罪的人、没能察觉冤罪的人、希望掩盖错误的人，都受到了或有形或无形的惩罚。

---

① 发生于一九九二年的杀害两名幼女案件，经 DNA 鉴定后锁定嫌疑人，嫌疑人拒不认罪，但仍于二〇〇八年被执行死刑。事后调查发现案件中仍有许多疑点未查明，无确凿证据证明嫌疑人真凶身份。

见识过当时那灾难性的局面的人，都会对确定嫌疑人、抓捕、起诉、审判这一系列的司法流程抱以更谨慎的态度。

"那些家伙害怕重蹈覆辙，所以拖延着不愿意执行死刑。他们不相信司法界的同僚，不愿意为自己的决断承担责任，不愿意践行自己的使命，不过是些卑劣的小人罢了。"

"你觉得司法界里全都是些小人吗？"

"当然不全是。但是啊，警部阁下，也许是好事不出门，坏事传千里吧，我所见到的可全都是这些卑鄙的家伙。这些人明明身居如同神明的代罚者一般神圣的岗位，身负维护法律、执行法律的重责，实际上却全是些像普通的工薪族一样混日子的货色，或者是只知道明哲保身、满脑子官僚主义的卑鄙小人。你不觉得，这次的事件是一次检验这些家伙对我国的司法制度和死刑制度到底有几分认真的好机会吗？"

尾上语气轻快地说着。

渡濑和他认识了这么多年，知道他并不是在故意挑衅自己，眼前这男人打从心底里喜欢嘲讽、批判那些位高权重的人。

"干我们这一行的时间久了，就会大致摸清楚发生在我国的犯罪都有些什么形式。托渡濑警部你们辛勤工作的福，现在的犯罪总数比以前有大幅的下降。但是与此同时，性质恶劣的犯罪却越来越多了。很多人觉得这与采取重刑的趋势和启动陪审员制度有关，但事实上原因未必仅止于此，也可以认为是人们心中向往暴力和混乱。所以，在这个时代应运而生的'涅墨西斯'就如同神话中的恶作剧之神一样。他代替被害人家属实施复仇，可以看作是复仇女神涅墨西斯的使者吧，这位涅墨西斯的使者正要向法律女神忒弥斯发起挑战。这就是我对这起事件的看法。"

"你的高见我大概清楚了。"渡濑放低了声音说道，"被排斥在记者协会外还能弄到这么多消息，你的手腕依旧值得赞叹啊。"

"能得到你的夸奖，这可是无上的光荣。"

"所以我还要劝你一句，你有想过吗，为什么'涅墨西斯'在现场留下了血字，却没有发布任何犯罪声明？"

尾上的笑容一瞬间凝固了。

"那家伙并不想出风头。虽然还不清楚原因，但是可以肯定的是，他留下血字的原因只是想证明这起案子是他做的。所以，媒体大肆报道这件事，对他来说也许反而是一种阻碍。而且，《埼玉日报》以前是不是刊登过一则社评，说什么废除死刑已经是世界性的潮流了，为什么日本还要固执地保留死刑之类的？如果'涅墨西斯'那家伙的目的是要反对废除死刑，他下一个要下手的目标搞不好会是《埼玉日报》。"

"这……不会有这么荒唐的事吧？"

"哈，难道有人替被害人家属复仇杀人这件事就不荒唐了吗？我可提前告诉你，警察虽然有必要保护跟这次事件相关的人，但是报道事件的人可没有被纳入我们的保护范围。现在还不晚，你赶紧去买点什么防身用具吧。"

扔下这句话，渡濑便转身离开了，他一点也不关心尾上作何反应。明天再去教训一下那个发现二宫尸体的家伙，自己就算完成了里中交代的事了。

泄露的通道已经被堵上了，剩下的就是如何处理这件事带来的影响了。

跟渡濑他们预料的一样，第二天全国的早报纷纷转载了《埼玉日报》的那篇报道。

对记者来说，追着转载别人的爆料是一件屈辱的事，但他们也绝不可能忽视如此劲爆的新闻。

报道引起了轩然大波。

人们震惊于这两起案子之间居然存在联系，但更加震惊于居然会有人向逃脱死刑的重刑犯家属进行报复。和以往的杀人案不同，这两起案件中被杀的人都是加害者的家人，这一点微妙地使人们产生了报复的快感，也让健忘的市民想起了他们曾经有多么厌恶这些犯下重案的犯人。

令人恶心的轻部亮一。

令人愤恨的二宫圭吾。

在所有人都认为该判死刑时意外的"温情判决"。

如同剥开陈旧的伤疤一般，那些曾被遗忘的恶意喷涌而出，人们对死去的户野原贵美子和二宫辉彦的同情也在一瞬间灰飞烟灭。当然，也有人觉得凶手应当找加害者本人复仇，而不是对他们的家人下手，但这些声音也很快淹没在了群情激愤的舆论之中。也有一些自诩理智的人试图提出一些义正词严的看法，但都遭到了听众的无视。

表面上看来，大部分的人都不认为"涅墨西斯"杀人的行为是正确的，却没有什么人批判他替被害人报仇这件事。一方面是由于轻部和二宫所犯下的罪行实在过于残忍，另一方面则是因为人们突然注意到了被害人家属的痛苦。

　　某电视台播出了对轻部和二宫事件中的被害人家属的采访。其中，轻部事件受害人小泉玲奈的弟弟英树对早逝的姐姐的痛惜尤其让观众感同身受。

　　"被杀的不是那个男人，而是他的家人，我觉得他的家人很可怜。老实说，我也想向那个男人复仇。虽然有句话叫'应当恨罪行，不应恨犯罪的人'，但是又有几个人能真正分得清楚呢？而且，如果我不恨他，被杀害的姐姐一定会不能瞑目的。"

　　被二宫圭吾杀害的久世纮子的父亲久世隆弘的话则更加尖锐：

　　"凶手实在不应该杀死二宫的父亲，我觉得这事根本不合理。但是，我常常想，之所以今天会有这样的祸事，不正是那个时候的判决埋下了祸根吗？如果当时就判处二宫圭吾死刑的话，今天就不会产生这种悲剧。我们这些被害人家属也不用痛苦这么多年，二宫先生他们家人也不用遭受世人的谩骂。日本是有死刑制度的，二宫圭吾犯下的罪行也足以被判死刑，比起被杀的纮子和我母亲的生命，法院却更加重视那个男人的生命。说到底，法院只是在不断散播不幸的种子罢了。"

　　久世隆弘的抗议直指废除死刑论，这和"涅墨西斯"想做的事不谋而合。

　　事情发酵到这个地步，终于转向了对死刑制度的合理性的讨论。比起惩罚更重教化的庭审制度，以及那些高声宣扬废除死刑的"人权派"律师，成了舆论攻击的中心。

关于废除死刑的辩论，论点几乎都是原来的那些，没有什么新鲜的。支持废除死刑的人没有准确的数据作为依据，最后基本上是全盘吸纳欧美的经验。但是支持保留死刑的人同样没有科学的数据，只是一味地重视民意调查，大都是些基于感情的论调。

死刑制度与宗教观、伦理观和内政问题都有很深的关联，所以这种辩论中也不仅仅牵涉了法学家、宗教学家、教育家、犯罪心理学家、社会学家、政治家，甚至一些刑满释放的犯人都发表了各自的看法，可以说是一派百家争鸣的局面。

当然，法务省和法院也无法置身事外。人们攻击法庭中的"温情判决"，甚至开始非议和这些案例有关的各级省厅，指责他们不顾及市民的感情。《刑事诉讼法》中明文规定，判决确定后的六个月以内需要执行死刑。但是现在的法务大臣自上任以来还没有签署任何一份死刑执行书。因此他在国会提问中甚至被人追问了关于他是否信仰宗教的问题。

如今，岬和里中担忧的状况已经成为现实。"涅墨西斯"的复仇如同一石激起千层浪，引发了人们对死刑制度的广泛讨论。

但是，也有人觉得这一系列变动的出现是必然的结果。一位前新闻记者在出席某个电视节目时这样说道：

"我一直觉得现在这种问题是早晚会出现的。我曾经有幸出席过联合国停止执行死刑决议的会议，日本代表当时既没有赞同，也没有反对，只是低着头等待其他国家的代表争论完。这不是哪一届内阁的问题，而是历代政府累积下来的历史遗留问题。这个国家在很长时间里都是同一政党执掌政权。而一个政权延续的时间越长，就越发只想延续现行的制度。只要不出大问题，就没有人想要进行改革。其后政权发生了更迭，新政权把'关于是否废除死刑的全民讨论'列入了施政计划。实际上法务省的法制审议会是尝试过进行废除死刑的讨论的，当时的法务省官僚却以'法制审议会是在已经进行过一定讨论的基础上得出结论的会议，不是在毫无方向性的情况下进行讨论的场所'为由叫停了这场讨论。对他们来说，修改制度和体制只会带来大量麻烦事罢了。在那之后，也有有识之士计划过组建学习会，但是大家也知道，新政权在三年内经历了几次内阁重组，所以组建学习会的事也就被搁置下来了。但是，讨论的机会按理说是一直有的，疏忽懈怠、拖延至今的法务省乃至政府上下应该为现状负不小的责任。这次可以说也是一次讨论的好机会，但是他们也没有任何想要珍惜机会的意图。"

网上的议论更为激烈。在一些需要实名注册的网络平台，人们发表的意见还相对温和。至于匿名的论坛或者推特一类的地方，则有大量的人公开表达了自己对"涅墨西斯"的崇拜之情。大概是替人复仇的行为触动了网民，"涅墨西斯"一下子成了网络世界里的大英雄。

"'涅墨西斯'简直就是神！"

"全国还多的是加害者的家人，别放过他们，一定要替死者报仇雪恨！"

“连死刑都不认真执行，还配叫什么法治国家。”

“应该立刻让法务大臣下台，让‘涅墨西斯’来替他。”

“比起抓‘涅墨西斯’，警察更应该去抓那些加害者的家人，他们生出那些人渣来本来就有罪。”

和对“涅墨西斯”的崇拜一同席卷而来的，是要求加快执行死刑、反对优待囚犯的声音。他们认为，这些死刑犯都是犯了死罪的穷凶极恶之人，为什么要用自己的税金来厚待他们？从青年人到中老年人，民愤在对社会、对生活现状不满的人群中迅速蔓延开来。

法务省忙着四处灭火，但是省厅能做的也只有等待事情渐渐平息，或者把压力转嫁给其他有关部门。

法务省显然打算双管齐下，他们一方面对市民的抗议充耳不闻，一方面通过内阁官方对警察厅施加压力，要求他们尽快破案。这个要求经由警察厅传达给埼玉县警总部长时，演变成了严苛的指示，而传达给搜查总部时，就成了十万火急的命令。于是，搜查总部被迫扩充人手，但是由于渡濑的提议，里中已经投入了大量的人力去保护涩泽法官经手案件的加害者家人，所以此次增援的人数并没有想象中的多。

明眼人都看得出来，如果接下去搜证还没有进展，警察厅早晚会直接介入此案。

4

监狱的清晨来得格外早。

工作日里犯人需要在六点三十分起床，所以监狱的工作人员也需要在此之前抵达自己的岗位。

速水翔市工作的川越少年监狱也不例外。七点整，所有的狱警都需要列队接受检查。

一大早，监狱内的空调还没什么效果。虽然列队的地方就在办公署旁，但制服透气性很差，早上的热气还是让人身上感到不太舒适。

"敬礼。"

"早上好！"

打招呼之后，需要检查每个人携带的随身用品。

"狱警笔记。"

"便携捆绳。"

"口哨。"

狱警们一样样地轮流展示身上的物品，并接受检查。速水虽然不负责看守犯人，只是在设于此的心理评估中心工作，但是也需要随身携带以上三样物品。

接着，上司小曾根统括矫正治疗官开始了他的训话。明明没有什么重要的事情，速水真希望他能一句话带过，但是小曾根似乎认为长篇大论才能彰显他的身份。今天他又翻来覆去地讲那些已经被听厌了的话，什么刑事设施中的问题、应该如何管理囚犯之类的。

检查结束后，狱警们就各自回到了自己的岗位上。大部分狱警此时都要去查看犯人是否已经按时起床，并检查犯人的房间。速水和其他几个人则前往了另一栋楼。

他们的目的地是分类审议室。那是一个二十五平方米左右的大房间，里面空调开得很足，甚至有些冷。这间房间内连同速水在内原本有五名心理技官 ① 在工作，不过其中有两个人今天正好休息。

速水在自己的位子上坐了一会儿，很快小曾根就来了。

"嗯……今天的受刑者面谈安排在下午，那之前你就做些以往案例的分类就行了。"

说完，小曾根又迅速离开了房间。

---

① 日本监狱中的一个职位，负责犯人的心理咨询、精神诊断以及对将要入狱的犯人进行心理评估，决定他们的服役地点等工作。

"速水，你知道吗？"

隔壁的境田把脸凑了过来。

"今天受刑者面谈本来预定的是上午，但是紧急处理部那边临时安排了会议，所以才改期的。"

"啊，我也听说了。"

对面的橘京香也饶有兴趣地看着境田。

"不过，那个究竟是什么会议呀？"

"是不是关于那个'涅墨西斯'的事？"

京香也附和着点了点头。

"《挑战日本的司法制度》的电视节目里曾经说过这件事。既然有人要杀囚犯的家人，那确实应该紧急开会。"

"那些在外面还有家人的囚犯听说这件事应该会很担心吧，这样一来，我们的管理也很容易出问题。不过，说实话我都不知道该不该信这些事。那些死者家属的确会恨着囚犯的家人，但是毫无关系的外人去替他们复仇，这听起来就像某些中二病的幻想嘛。我总觉得不太像真的。速水，你怎么看？"

速水耸了耸肩。

"我们这个小小的川越少年监狱里不就有不少精神有问题的家伙吗，监狱外面恐怕就更多了。"

"是啊……"

京香附和着继续说道：

"这些犯人进监狱以后，就要由我们进行面谈和心理检查什么的，给他们分个类。分完类之后的确能让人安心不少呢，毕竟

178

可以事先安排好怎么对待他们，就不会出什么意外了。不过，在监狱外面的世界，就很难知道谁是什么样的人了呀。谁知道大街上那些看起来很正常的家伙脑袋里会不会在想怎么虐杀别人。"

"这样啊。因为监狱里对人的精神状态有严格的管理，所以反而比外面的世界更加安全，还真是相当讽刺呢。"

管理人的精神状态，听起来似乎有些傲慢，但这的确是速水他们的日常工作。

心理技官是隶属于法务省的专职人员，为了让囚犯更好地改过自新，他们需要对囚犯进行面谈和心理检查，给出今后监狱应当如何对待这些犯人的专业建议。为了更好地推进组建改善指导小组和囚犯的心理咨询等工作，他们会将囚犯分为几个不同的类型。这样的做法似乎是把人当成了物品在管理，但是为了监狱管理系统的稳定运行，速水他们的工作必不可少。

"不过，我工作的时候常常觉得，总是有严重犯罪的人被轻判的事发生啊。我最近看到一些有期徒刑三年的家伙的档案，都会想，这居然不判个十年以上？这样一来，收容的分类标准从一开始就是错的，岂不是把那些凶残的犯人和一般的犯人混到一起去了嘛。"

"我稍微有点兴趣，所以自己去查了一下。"

周围没有任何人会偷听，但境田还是压低了声音，这个家伙偶尔就喜欢这样装模作样。

"'涅墨西斯'挑选的目标，那个浦和站杀人事件的轻部亮一和上尾跟踪狂杀人事件的二宫圭吾，这两人从犯罪的倾向来看，只用坐牢都是被严重轻判了。我看了这两个人的心理检查结果，以其精神状态，他们恐怕这辈子都不可能再回归社会了。到底当初为什么会有那样的判决啊？"

"那个，这两件案子都是涩泽英一郎法官负责的。"

"是那个'温情法官'。"

"虽然说刑罚的目的是教化，但是一味地轻判未免也太纵容犯人了……"

"我举双手同意，这话在外面我可不敢说，不过，我们心理技官再怎么努力，指导教官再怎么影响，有些少年犯就是无可救药的。"

心理技官不仅会接触成年犯人，也会对一些少年犯进行面谈和心理检查。他们得出的检查结果决定了这些少年犯今后会受到什么样的对待，心理评估也有同样的作用。

但是，在这些少年的身上，他们无疑会花费更多的精力，也承担更大的责任。尤其是一些因为引发动乱事件而出名的少年犯，由于未成年人保护法的存在，他们不会被判刑，所以他们是否能够被教化改正就关系到矫正局甚至整个法务省的面子。因此，少年犯尤其是与重大案件相关的少年犯，都会由专门的心理技官和指导教官组成团队负责教化。甚至在出狱后他们也需要持续被观察。包括刑期在内，观察期往往超过十年，耗费的人力物力都极大。而且，有许多少年犯看上去已经改过自新，但是成年后又会重新走上犯罪道路，引起巨大的反响。所以，为了这些少年能重新回归社会而不断奔走的团队成员，都觉得自己的工作有些吃力不讨好。

"轻部亮一和二宫圭吾都是这种人,别看他们现在在监狱里看起来老实,那就是个定时炸弹。你看他们作案的手法就知道了。他们虽然没有丧失理智或者精神衰弱,但是反社会倾向极强。身为心理技官,按理我不应该说这话,不过,对这两个人怀有温情真是毫无意义。"

"我们在这儿说这些也没用啊。能够决定判决的就只有法官,法官可不会在乎我们心理技官怎么想。"速水尽量冷静地说道。

"速水你还是这么理智啊,不像我每次和受刑者面谈的时候都觉得很无力。"

"无力?"

"你想想,我们心理技官再怎么努力,再怎么改善收容设施和环境,犯人的重新犯罪率却是一年比一年高,简直像是因为觉得在监狱待得太舒服了所以都想回来一样。监狱的工作人员越努力,重新犯罪率就越高,这不是太讽刺了吗?"

"境田先生你也太钻牛角尖了。"京香开玩笑地打岔道,"虽然重新犯罪率确实有上升的趋势,但是比起国外来说倒也不算严重,而且总体犯罪的数量还是有下降趋势的,这不是值得骄傲的事吗?"

"不,我想说的是,我好不容易大学毕业,通过考试成了心理技官,却做不出任何成绩,真是不甘心啊。我的努力简直像付诸流水了一般。"

速水听着，觉得境田的想法也不无道理。

虽然去年进行了制度改革，但是到平成二十三年为止，想要成为心理技官大体上有两个途径。一是参加国家公务员Ⅰ类考试（人间科学Ⅰ），合格后被分配到法务省矫正局。二是读完心理学系的修士课程，并通过A类认定鉴别技官的选拔考试。不论哪种方式，都需要具备相应的专业知识，而且都是些极其冷门的知识。

速水选择的是后者，通过一次基础能力考试（多项选择题）和专业考试（多项选择题和记述题），再经过面试合格后，才终于当上了心理技官。

这些考试，尤其是专业考试，难度极大，许多考生都在这一关折戟而归。速水自己也觉得这个录用考试比大学的入学考试更难。

而这个岗位还不只需要专业性，更需要能够平等温和地对待罪犯的品性。选择这个岗位的人，很少有那种为图安稳来考公务员的人，多数人都真正怀抱着理想，希望教育失足的少年，让受刑的囚犯能够正常回归社会。正因如此，他们才更因理想和现实之间巨大的差距而饱尝失望的滋味。境田就是其中的典型代表。

"境田先生的心情我理解，不过，还是像速水一样想开一点比较好，反过来说，要是想不开，这份工作早晚也会干不下去的。有的前辈因为工作的压力得了抑郁症呢，要是成了那个样子就太可怜了。"

"病人没看好，自己先疯了嘛，哈，真是好笑啊。"

"差不多该开始工作了吧。"速水略带紧张地打断了对话，

"上午不把分类做完的话，下午的面谈数量又会更多……"

"啊，确实。"

"我也超同意！"

两人慌忙开始工作。

心理技官除了维护囚犯的心理健康，还有一项重要的工作：在犯人进入监狱前对他们的心理进行评估，对犯人进行分类。小曾根让他们做的分类，指的就是这项工作。

为了更好地教化犯人，需要将每个犯人放到适合他个性的环境中。换句话说，如果将犯罪倾向轻微的犯人和犯罪倾向严重的犯人放到一起，那么本来犯罪倾向轻的犯人也会受到不好的影响。所以，需要根据不同犯人的特性挑选适合他们的监狱，并设计相应的教育管理办法，这就是所谓的分类管理机制。

这项工作首先需要将每一个犯人根据收容分类标准进行分类，具体一共有十个类别——

A 类：没有严重犯罪倾向的犯人。

B 类：有严重犯罪倾向的犯人。

W 类：女性。

F 类：有必要与日本人区别对待的外国人。

I 类：被判处监禁[1]的犯人。

J 类：少年。

---

[1] 监禁与徒刑同为限制人身自由的刑罚方式，二者的区别为徒刑需要在监狱内进行义务劳动，而监禁则不需要进行劳动。

L 类：刑期在十年以上的犯人。

Y 类：未满二十六岁的成年人。

M 类：具有精神疾病或障碍的犯人。

P 类：患有疾病或身体残疾的犯人。

根据相应的分类管理标准，不同的犯人会受到不同的管理——

V 类：需要进行职业训练的犯人。

E 类：需要进行教科教育的犯人。

G 类：需要进行生活指导的犯人。

T 类：需要进行专门治疗的犯人。

S 类：需要进行特殊照料的犯人。

R 类：需要进行复健治疗的犯人。

O 类：可以适当进行开放式管理的犯人。

N 类：被认为适合从事一定的管理活动的犯人。

心理技官的工作就是根据以上两大分类标准，决定将犯人分往哪所监狱，并移送该处。对待这项分类工作绝不能随意。速水他们需要进行心理检查和面试，得出精确的数据，用来给犯人的分类提供基础信息。可以说，速水他们的工作决定了犯人的命运。

如果被送到了不合适的监狱里关押，长期下来，有的犯人甚至可能发疯。所以，入狱前的检查必须严格而准确。心理技官比普通的公务员工资高一成左右，但是也因此比一般的公务员工作忙碌许多。心理技官需要的，正是认真负责和吃苦耐劳的精神。

　　全国只有八所监狱有心理评估中心，因此每一间中心都需要处理数量庞大的犯人心理评估，而且每一件都需要极其认真地对待。毕竟，虽然面对的都是囚犯，但是他们进行的却是决定他人命运的工作。

　　速水沉默地工作着，这份工作时常让人陷入一种错觉，似乎自己正操纵着旁人的人生。他常常因为压力和责任感濒临崩溃，但依旧提醒、鼓励着自己，继续手头的工作。

　　事到如今，互吐苦水又能有什么作用呢？学生时代，速水曾经和朋友约定过，他会献身于自己的工作，一定要做出能让自己骄傲的成绩。为了考试熬夜、拒绝一切诱惑闭门读书时，都是因为心中有着这个崇高的信念，他才能够坚持下来。

　　速水抛开心中的杂念，专心投入工作。

　　狭小的房间中，只有三个人的呼吸和键盘的声音安静地流淌着。

忧愤

"人本身没有惩罚另一个人的权力，

只是代为行使神的权柄惩罚罪人罢了，

因此刑罚中不应该掺杂个人的情感。

我们现在却把二者混为一谈，

这恐怕也是'涅墨西斯'无意间播下的一枚种子。"

1

被弘前叫过去的时候，岬心中已经猜到对方找他是为了什么。

在前往检察长办公室的途中，他觉得心里沉甸甸的。今天弘前叫他去，十有八九是与前天渡濑打电话告知他的二宫辉彦被杀一事有关吧。

岬在门口敲了敲门。"请进！"一道毫无起伏的声音从门后传来。光听这声音，他已经能够想象对方此刻是什么表情。

一进门，就看见弘前果然板着一张脸。

"'涅墨西斯'这出戏，似乎进行到第二幕了啊。"

俗话说，好的不灵坏的灵。看来自己的预感成了现实。

"我们担忧的事情已经发生两件了，出了新的杀人案，两起杀人事件的动机都是替人复仇。"

弘前的桌子上摆着一份折成四折的报纸，只看标题就知道，是岬也看过的那份《埼玉日报》。

“想必你也看过了吧。”

“是。”

“我们给记者协会施加了一定压力，但是听说这家报社已经被开除出记者协会了，因此没有受到限制。但是无论如何，他们能爆出这份料，肯定是有什么地方泄露了信息。”

“似乎不是，我去确认过，搜查总部和记者协会那边都没有泄密的迹象。恐怕是那个报社的记者独自查出来的信息。”

“如果是这样，那这家地方报社还真是出了个了不起的人才。呵，没有计算到这一步是我们的疏漏啊。”

弘前烦恼地用手指敲了敲报纸的标题。

“你还记得我上次跟你说的事吗？”

说着，他将充满烦恼的视线投向了岬。那一瞬间，他的视线似乎变得格外尖锐，这绝不是岬的错觉。

“我们希望能在公众得知这件事以前，尽快解决‘涅墨西斯’的案子。当然，如此恶性的案件本来就应该尽快解决，但是更为重要的是，不能让这件事刺激到民众的感情。”

不用他说，岬心里也明白。弘前也知道这一点，但他仍然如此说道，目的不过是隐晦地责怪岬罢了。

“如今，‘涅墨西斯’的罪行一被公之于众，各种五花八门的言论都冒了出来。对加害者的家人的仇视与同情，对以往判决的不满，批评检察官做事不够尽心导致那些犯人不能被判死刑的，还有质疑如今国内盛行的废除死刑论的。这些我就不一一提了。现在我们虽然不能进一步刺激舆情，但也绝不能被舆论牵着鼻子走，毕竟我们已经犯过同样的错误了。"

弘前所说的"同样的错误"指的正是陪审员制度。自从允许普通市民参与到庭审之中以来，刑罚有明显加重的趋势，因此时常有二审法院以"一审审理不充分"为由将一审判决驳回重审的事情发生。而参与一审的陪审员常常抱怨"即使我们想证明已经充分讨论过了，但是也必须遵守保密义务，不能对外展示证据"，因此而感到很大的精神压力。还有的陪审员因为害怕公开庭审照片时会暴露个人隐私，因此临近开庭前才拒绝出庭。甚至有人将重大案件的庭审情况泄露给媒体。这些情况在没有陪审员参与庭审的时候完全不可能出现。启用陪审员制度的本意是为了维护司法系统的稳定，结果反而招致了现在混乱的局面，不得不说真是一件讽刺的事。

"但是，任由舆论发酵下去可不是好事。现在民众群情激愤，恐怕很快就又要开始呼吁司法改革了，何况这次他们攻击的矛头一定会对准死刑制度。"

弘前再次烦恼地摇了摇头。

检察厅和法院虽然是两个独立的机构，却都归属法务省管辖，所以人们对法院的攻击和质疑也使得检察厅无法置身事外。

"日本是发达国家中为数不多还保留死刑的国家之一。但是，如今监狱中关满了死刑犯，执行死刑的速度却比乌龟爬还慢。长期养着这群死刑犯的费用可不低，早晚有一天矛盾会激化，引起人们对改革死刑制度的讨论。不，应该说，如今已经出现这样的征兆了。你看之前那个讨论节目了吗？"

"看过了，是那个前新闻记者说的，我国代表在联合国停止执行死刑决议会议上的态度一事吧。"

"虽然令人不爽，但是，那个记者的话可以说是切中了要害。历代内阁总是嘴上说着要让国民讨论是否废除死刑，但是从来没有真正实施，因为这是一个潘多拉的盒子。"

岬觉得潘多拉的盒子实在是个绝妙的比喻，因为对体制内的人来说，这个盒子一旦打开，带来的全都会是对他们不利的变动。尤其是《刑事诉讼法》第四百七十五条第二项中规定的"判决下达之后的六个月内必须下达死刑执行命令书"一条，恐怕会成为法务省和法务大臣头痛的根源。就像前几天法务大臣在回答国会提问时被人质问宗教信仰一样，今后是否信仰宗教、是否能够下达死刑判决，也许会成为组阁时的一种限制条件。而如何对待联合国停止执行死刑的决议，也可能会成为人们攻击的点。

此时应该适当地说几句真心话——这是岬此刻做出的判断。于是他说道："上面的人已经恼羞成怒了吧。"

弘前微微挑了挑眉：

"本来应该针对'涅墨西斯'的攻击和批评，现在全都落在了他们自己身上，也难怪他们会生气。"

"但是那些批评的声音也很难说完全不对吧？"岬坏心眼地故意质疑了一句，"虽说是飞来横祸，但招致祸患的，未必没有他们自己的原因。纸早晚是包不住火的。"

"生活在稳定的体制内的人，绝不会欢迎什么激烈的变革，因为搞得不好反而会让他们失去自己的容身之所。关于这一点，政治和法律的世界都是差不多的。"

　　弘前自嘲地笑了笑，他会对岬如此敞开心扉，正是因为岬是他为数不多信任的人。身为东京地方检察厅的检察长，他必须时刻谨言慎行，但这份无论何时都必须小心翼翼、揣测他人心中想法的工作也着实让他觉得累极了。

　　"但是，激烈的变革也一定会带来许多问题，这些问题可能会对司法系统——这个国家法制的根基造成负面影响。因此不论世人怎么评价，法制的变革一定要慎重再慎重。事关法律，慢一点也不是坏事。"

　　"这点我也同意。"

　　"我很高兴你能同意我的看法，但是'涅墨西斯'事件只会不断刺激法务省和整个司法系统的神经。因此上面的人才如此担忧这件事情会继续发酵下去，而上面的人的担忧就会变成下面的人的压力。"

　　"这份压力也落在了警察厅的身上吧。"

　　"呵，警察厅那边面对的恐怕不是压力，而是怒火了吧。之前跟你说过的那件事，听说最高检察官已经给埼玉地方检察厅下了死命令，埼玉地方检察厅可是挨了好一顿骂。我再问你，搜查总部在第二起事件发生之前到底都干了些什么？那些家伙都在偷懒吗？我听说，负责现场指挥的家伙是个警部？"

　　渡濑那张长相凶恶的脸一下子浮现在岬的眼前。

　　"警部亲自负责现场指挥的情况倒是少见，是那家伙的能力有问题吗？"

“据我所知，并不是如此。渡濑警官是埼玉县警的王牌，破案率在县警中是名列前茅的。”

“次席检察官和他的关系也挺好的？”

看来对方是明知故问，他的潜台词是朋友的能力不足也是岬的过失。

“我在埼玉地方检察厅工作的时候，和他见过几次。他是天生的警察，简直像带着警察证和手铐出生的一样。”

“那还真是值得信赖，但是，这样一个天生的警察，怎么会让同一个凶手在眼皮子底下犯下两起案子呢？”

“大概是由于‘涅墨西斯’可挑选的下手目标实在是太多了吧。事实上第二起事件也发生在千叶县的管辖范围里，再优秀的警察，也不可能凭一己之力在整个首都圈范围内搜索嫌疑人啊。”

“你说首都圈？果然，你也觉得凶手是从涩泽经手的案子里挑选目标的吧。”

“考虑到案件的性质和那条留言，涩泽法官这条线索的确不容忽视。”

“但是轻部案件发生于平成十五年，距今已经过去了十年，这期间涩泽审过的案子可不是十件二十件这么简单。”

“我听说渡濑警官正在整理涩泽法官审过的案子中所有加害者的家人名单。”

“不管有多少人都要全力阻止第三起案件发生吗？的确是不错的觉悟。考虑到‘涅墨西斯’挑选受害者的范围之广，这恐怕是最好的办法了。”

远超二十起的案件数量，要保护如此众多的加害者家人，需要多少的警力才能做到？眼前这个男人还是一如既往地丝毫不顾忌他人的难处。

　　但是反过来说，一个人如果常常记挂着别人的难处，恐怕也成不了检察厅的最高领导。应该说，这种能够对他人漠不关心的特质，是这个职位所必需的。

　　"你的表情看起来可是有点不高兴啊。"

　　"我不是针对您，我天生就是这副模样。"

　　"你除了负责过轻部那件案子，和这次的事件本来毫无关系，我却硬要你参与进来，给你添麻烦了吧。"

　　"您说的哪里话。"

　　"你不高兴也很正常。上次，我让你去进行单独调查，正是因为看重你这种认真较劲、不知变通的性格，我觉得这件事反而对你有不少好处啊。"

　　弘前的眼光上下打量着岬。

　　岬警惕地稍微挪开了一点身子。

　　"您这是什么意思？"

　　"在东京地方检察厅做两年次席检察官，再去最高检察厅做两年次席，你差不多就可以升到我这个位置了吧。"

　　弘前用手肘敲了敲自己的椅子。

　　"但是，如果你能解决这件令法务省头疼不已的案子，这个时间一定会大幅度地缩短吧。或许有人会挑刺说这件事情不在你管辖的区域内，但是镇压了这场对司法系统的恐怖袭击，是毫无争议的功绩。在这样的功绩面前，任何流言蜚语都不会起作用。到时候，恐怕上面的人会把我这把椅子交给你来坐，以示表彰。"

"好处，指的就是这件事吗？"

"是金子总会发光的，你似乎把自己的能力看得太轻了，要知道人的能力可不是依据职位高低来定的。"

"实在惶恐，您恐怕是过誉了。"

"我看人的眼光不会错，没有这份眼力我也坐不上现在的位子。谦虚过头了可不好啊，对夸你的人来说也是种冒犯。"

"抱歉。"

岬嘴上道着歉，心里却想着其他的事。

弘前身上值得人尊敬的，就只有他过人的搜查手法和傲人的战绩。

这个男人才不会为了下属的升职而派其介入某起事件。他盘算的无非是让岬出风头，自己在后面捞好处罢了。如果岬依照他的指示成功解决了这起案子，岬自己当然会受到嘉奖，但是弘前作为上司自然也会因为指挥得当而受到嘉许。

他刚刚说，下一个坐上这个位子的会是岬，却没说自己要就此退休。他的打算是，岬升任检察长的同时，自己就能坐上检察总长这个位子吧。不管怎么说，他都打算将这次危机当作自己晋升的梯子。

"搜查的进度你心里有数吗？"

"我和负责的警官会密切联系，互通信息。"

"让你一边处理日常工作一边调查这起案子，确实是难为你了，不过，换个角度想的话，这么安排也许反而对你有利。"

"这是为什么？"

"如果你解决了这件事，那当然是了不起的功绩，但是如果没有解决，也没人能指责明面上和这件案子毫无关系的你。你相当于立于不败之地了。"

真是老奸巨猾。

岬觉得这间房间实在令人窒息。

"那我先告辞了。"

弘前故作威严地点了点头，于是岬离开了房间。这边的事情告一段落，但岬心中隐隐的不安似乎变得更加严重了。

回到办公室，他用内线给横山打了个电话。

"您好，我是横山。"

"不好意思，你把审判记录拿来给我看一下吧。"

只看判例的话，岬在电脑上的数据库里就能找到，但是想看全部的搜查资料的话，就必须查阅纸质文件了。

"您要看哪些文件？"

"平成十五年以后，涩泽英一郎法官担任审判长的全部案件。"

"明白了。"

估算一下，这些案子的件数在二十件以上，岬原本估计搜集全部的资料至少需要一个小时，没想到不到四十分钟，横山就抱着一整箱资料出现在了他的办公室内。

"次席检察官，这些案子不会是和那个'涅墨西斯'有关吧？"

"为什么这么觉得？"

"我也看了那个新闻，再加上听说您要看轻部事件以后涩泽法官经手的案子，如果这样都联系不起来，那我作为您的事务官可真是太失职了。"

横山毫不掩饰的崇拜时常让岬觉得不太好意思，但是，正因为有横山这样优秀的事务官，平日里的文书工作从未有过任何延误。他出色的工作能力和敏锐的观察力，在众多事务官当中都是出类拔萃的。

"不过，为什么'涅墨西斯'这件事会让次席检察官您来负责呢？这件案子不应该是埼玉地方检察厅和千叶地方检察厅的管辖范围吗？"

"毕竟我负责过轻部事件，和这件事多少有些牵扯，也算是一种孽缘吧。"

"就因为一点孽缘，有必要让您亲自负责查案吗？"

横山开始从箱子里把文件一件件地拿出来，几句话间，桌上已经堆满了文件夹。

"您对工作的认真负责实在令人佩服，但认真过头也不是好事呀。您现在手上本来也还有其他案件要处理吧。"

他那双曾让岬无比赞许的敏锐的眼睛，此刻却流露出责怪的神色。

"我冒昧地说一句，您实在不应该一直纠结于已经结束了的案子。这样下去，您的身心都会发出悲鸣的。"

这种悲鸣，在轻部亮一的母亲被杀时，岬就已经体会过了。

"如果案子还没有结束呢？不，说到底真的有案子彻底结束这回事吗？"岬敲了敲放在最上面的一份文件，"我最近突然开始这么想。"

"我听不太明白，还麻烦您解释一下吧。"

"跟你这样的聪明人不用多加解释。凶手杀了人，警察抓捕，我们检察官起诉，法院进行审判。但是，被害人家属的生活却永远回不到过去了。失去家人在他们心中留下了巨大的空洞，他们只能继续哀怨、痛惜下去。恐怕即使犯人上了死刑台，他们的悲伤也不会消失。案件的结束对被害人家属来说绝不意味着终结，更不用说，如果凶手还好好地活在监狱里，他们心中的愤恨只会越来越重。"

"听起来您倒像是认同'涅墨西斯'的理念似的。"

"不是认同，只是可以理解。"

这是岬的真心话。身为检察官，他曾见过上百个受害的家庭，这些家属有的整日哀叹，有的愤怒，有的不堪重负，但有一点是相同的，那就是如同泣血一般的哭喊。听过这些哭喊声的人就会觉得，时间能够治愈一切，这只不过是一句笑话罢了。

"自己的家人和爱人被残忍地杀害了，犯人却毫发无伤地生活在监狱里，过着一日三餐温饱无忧的规律生活。他们所谓的劳动也不过是生产一些产品，这些产品还会在网上出售，简直可以说他们是堂堂正正的工人了。每年还有几次搞笑艺人或者偶像团体的慰问演出，犯人的人权受到了法律的严密保护。被害人的家属站在死者的墓碑前时，究竟是什么样的心情,恐怕不难想象吧。"

“确实，以前那些犯罪者可没有现在这么好的待遇。”

“战后，政府对战中的司法体系进行了大幅度的修正，犯人的人权和权利得到了尊重，死者家属的权利却没有得到重视。虽然矫正法律是好事，但如今却有矫枉过正的嫌疑了。我没有充评论家的意思，不过，我常常想，日本人似乎有些喜欢走极端啊。左边不行的就右边，右边不行就换回左边，总是从一个极端走到另一个极端，因为太过感情用事，不能进行冷静的判断。人是这样，系统当然也是这样。

“‘涅墨西斯’大概也是这么想的吧，他觉得现在的司法系统有问题，于是以这种方式发起抗议。”

“这个就要抓住他之后直接问问才知道了。不过，从他从涩泽法官案件中挑选受害人的行为和‘涅墨西斯’这个名字的含义来看，恐怕十有八九是如此了吧。”

横山的脸上浮现出疑惑的神色。

“怎么了？”

“难道，您还支持明治时代前的那种讨伐仇敌的行为吗？”

岬突然产生了几分兴趣，想听听这个年轻的事务官是怎么想的。说起来，横山已经给自己当了一年多的事务官了，两人却还没有就伦理观或对司法系统的看法等问题进行过深入的讨论。

“的确，如果死者家属能够亲手讨伐仇敌，也许他们心中的怨恨就会消失。但是，所谓的‘讨敌’并不是简单的复仇。首先，能够进行‘讨敌’的基本都是武士，而且这种行为只有在父母等尊长被人杀害时才被允许进行。其次，进行‘讨敌’前需要先向奉行所提出申请，而且对已经讨伐过一次的对象，绝不能进行第二次报复。最后，敌方也有着正当防卫的权利。之所以有如此严格的规定，并不是为了安抚人们的复仇之心，只是为了保全武士阶级的颜面罢了。所谓的'讨敌'也是当时司法系统中的一环，而任何系统都不会完美无缺，总有人会钻系统的漏洞，这个'涅墨西斯'不过也是一个钻空子的人罢了。"

"真让人意外啊。"横山脸上的困惑没有消散，"我还以为您一定会拥护现在的司法系统呢。"

"因为我有经验。"

"嗯？"

"有的东西经验越丰富就会看得越清晰，相反，也有那些经验越丰富反而越看不明白的事情，你也早晚有一天会懂的。说起来，你还从来没有负责过调查嫌疑人吧？"

"目前处理事务方面的工作我都还不够熟练呢。"

检察事务官是检察厅从通过了国家公务员考试的人中选拔的，他们通常负责检察厅内的一般性事务，此外还需要辅助检察官，进行针对嫌疑人的调查取证、申请并执行令状、委托进行司法鉴定等工作。任二级检察事务官三年之后，便可以通过考试升任副检察官。

"你跟着我，这方面倒是有些耽误你了，因为我很少需要进行嫌疑人取证啊。"

"但是因此能够得到您的教导，我觉得是我的幸运，您不用介怀。"

听上去像是标准的客套话，但是从横山嘴里说出来却丝毫不会令人觉得不舒服。

"在我看来，您就是检察官的典范，我以为您对司法系统应该有着坚如磐石的信任。所以，我刚刚才说觉得意外。"

"让你失望了吧？"

"不，怎么会。"

"你怎么看待'涅墨西斯'？你觉得他是替死者家属伸张正义的人，还是那种享乐型的杀人犯呢？"

"我看过的那个新闻里，那位前法官说的一句话让我印象深刻，他说这是一场针对司法系统的恐怖袭击。我的看法也和他一样。借用您刚刚说的话，'涅墨西斯'的举动甚至不是江户时代的讨伐仇敌。他并没有接到死者家属的任何委托，因此也谈不上什么代行者。在我看来，他不过是享受着往司法系统的空子里扔炸弹的快乐罢了。这不是恐怖分子还能是什么？"

往司法系统的空子里扔炸弹——这倒真是巧妙的比喻。现行司法系统中的确存在着很大的漏洞，那就是丝毫不顾及死者家属的感情。正因为这个漏洞已经让民众心生不满，"涅墨西斯"精确地把握、攻击到了这个空子，如今才会有这么多人支持他。

"但是我听说，网上有很多人都崇拜'涅墨西斯'，一个恐怖分子会如此受到大众的欢迎吗？"

"您对网络也很了解吗？"

"说来惭愧，我其实搞不太明白。查那些操纵股价的经济犯罪时，曾经了解过一些，不过那些恐怕也只是网络世界里的沧海一粟吧。"

"网民大部分都是匿名的，因为匿名，所以不需要对自己的发言负责任。这些不负责任的言论根本不值得放在心上。"

横山斩钉截铁地说着，岬心中却觉得恐怕未必如此。

有些真心话，反而只有在匿名时才说得出口。嫉妒、怨念、破坏欲，这些原本就是人性中的一部分。对"涅墨西斯"的崇拜恐怕也是如此。

这时，岬突然想到一件事。

死者家属是被法律忽视的社会性弱者，那些只有在网上才能发表自己的意见、博得他人关注的人同样是弱者。"涅墨西斯"之所以得到这些人的狂热追捧，是否正是由于这项共同点的存在呢？

岬觉得不寒而栗。

如果自己面对的不是一个享乐型的杀人犯，而是所有那些处在社会边缘的人和他们对法律的怨念，那司法一方真的有胜算吗？

2

岬造访了位于千叶县中央区的千叶地方法院。

法院的办公署于二〇〇九年竣工,看起来还是崭新的,与岬见惯了的充满威严感的东京法院有很大的区别。

因为事先预约过,在前台告知来意后,岬很快被带到了一间接待室。到了约定的时间,一个将法官服夹在腋下的高个子男人出现在了门口。

"您久等了,是之前通过电话的岬检察官吧,我是照间。"

照间丰和说着,轻轻地点了点头。

他比岬还小四岁,但也许是因为长期担任审判长,此刻他即使没有身着法官服,看上去依然极其威严。也许是急着赶过来,他的额头上挂着细密的汗珠。从他夹着法官服的样子看,他应该是忙碌得都没有时间换衣服,是一会儿还要赶去审理下一场官司吗?

"百忙之中还要你抽空来见我，真是不好意思啊。我应该找个你不忙的时间再来的。"

"不不，没关系，再说我平时基本都是这副样子。"

看起来对方是个好相处的人。

"那么，我就直接切入正题了。"

"是关于浦和车站的随机杀人事件，那个轻部亮一的案子，是吗？"

岬还未开口，对方已经猜中了他要说的话。

"噢？你是怎么知道的？"

"虽然忙成这样，但是新闻我平时还是会看的。现在人人都在议论'涅墨西斯'那件事。我听说第一名死者是轻部亮一的母亲，岬检察官您又是当初那起案子的负责人。我一看见您，就能想起您当初站在法庭上的样子。"

"我们共事过的，就只有那一起案子吧，你居然记得这么清楚。"

"毕竟那件案子情况特殊，所以我的记忆也格外清晰。不过，轻部亮一现在还在千叶监狱中服刑吧？"

"我来找你不是想问轻部亮一的事，是关于那起案子中最后的判决内容。"

"判决书的话，我记得当时应该有杂志全文转载了，您在检察厅的数据库里应该也能搜到。"

"我想知道的不是法庭上的事，我想知道的是，在法官办公室内，你和东川候补法官、涩泽法官，你们三个人到底说了什么？"

照间惊讶地睁大了双眼。

"您应该也清楚，法官之间的对话是不能对外人泄露的。"

"轻部案件发生时陪审员制度还没有启动，也就是说，那天到底发生了什么，就只有你们三个人才清楚。"

"我的反对意见在判决书上写得很清楚了。您看完之后应该大概能清楚我们的讨论内容。"

"照间法官支持检方的诉求，涩泽法官主张不判死刑，第一次上法庭的东川候补法官也支持了涩泽法官的主张。我怀疑涩泽法官拉拢了东川候补法官，比起你这位法律界的老手，还是新手的东川候补法官显然是更好拉拢的对象。"

"关于这点，您为什么不去问问东川本人呢？"

"我查过以前的记录，你除了轻部事件，还和涩泽法官一起负责过其他案子。"

"以前埼玉地方法院的案件并不多，自然我们合作的机会就会更多。"

"正因如此我才要问你。你和涩泽法官合作过许多次，应该比其他人都能感受到涩泽法官的心理变化。"

"每一个法官都是独立办案的，您让我谈论另一个法官的是非，这是什么意思？"

"我只是为了能尽快抓到'涅墨西斯'。"

听到这个名字，照间陷入了沉默。

"你应该知道，涩泽法官负责的案子是这一系列杀人事件的导火索。如果凶手真的是想替死者家属报仇，那他对涩泽法官下手也不令人意外。"

"您是说，涩泽法官也会成为凶手的目标吗？"

"虽说我们已经在他家附近部署了警卫，但此刻我们手上的信息还是太少了，不足以破案。最大的谜团是，这个'涅墨西斯'到底是谁？如果他对涩泽法官怀有敌意，那么涩泽法官应该是见过这个人的。所以我才想来问问你，在你和涩泽法官共事的几场官司中，旁听席中有没有什么可疑的人物？比如说在庭审过程中突然大喊大叫、威胁涩泽法官之类的人？"

照间似乎陷入了思索，但最终还是摇了摇头。

"我记忆中没有这样的人……不，也许有那么一两个人吧，但是已经过去了快十年，我恐怕也记不太清楚了。"

"这类重大事件有时候会对外公布嫌疑人或受害人的照片，但是负责案子的律师和检察官、法官的照片却几乎不可能被泄露出去。如果'涅墨西斯'要对涩泽法官下手，那他一定亲眼见过涩泽法官。他可能见到涩泽法官的地方，多半就是在法庭上吧。"

"但是，凶手会对涩泽法官下手，这也不过是您的推测罢了。"

"我猜错了的话倒还好，但我如果猜对了，又会如何呢？不能放过任何一个可能性。"

"您刚才提到'最大的谜团'，那您还有什么其他疑虑吗？"

"涩泽法官，到底是否支持废除死刑？"

照间抬眼看向岬，眼神中满是疑惑不解，似乎不明白他这么问的用意。

"这个问题我也问过他本人，却被他巧妙地回避了。我想，曾经多次和涩泽法官一同审理案件的你，应该能够回答这个问题吧。"

"本人都不愿意回答的问题，您却要来问我吗？"

"身为法官的人不能轻易谈论支不支持废除死刑这种问题。法院对外只说这是个人想法的问题，没有将支不支持死刑定为任免法官的依据。但是，如果一个法官无论面对怎样穷凶极恶的犯人，都不能判对方死刑，法院也不会任由这样的人坐在法官席上，所以涩泽法官本人才对这个问题难以启齿吧。然而，涩泽法官如今已经是东京最高法院刑事部的大法官，今后恐怕再也不会坐在法官席上亲自审理案件。那么，弄清楚这件事应该也不会对他造成任何损失。"

"弄清楚这个问题和这次的案件有什么关系吗？"

"对于我们需要保护的人，我们总要彻底了解清楚他到底是个什么样的人吧。而且，如今'涅墨西斯'可是在四处猎杀那些逃脱死刑的犯人的家人。说得难听一点，涩泽法官如果真的支持废除死刑，那他的主张就正是导致这一切罪案的根源。到了这个份上，难道你还不愿意跟我说实话吗？"

"我个人的意见，对您的判断真的有作用吗？"

"据我翻查到的法庭记录，能够在最近的距离观察、最有可能了解涩泽法官想法的人，恐怕只有你了。谁也无法确定，'涅墨西斯'会不会犯下下一件杀人案。"

照间思考了很久，终于闷声开口道：

"您听说过涩泽法官的外孙女那件事吧？"

"嗯，涩泽法官亲口告诉我的，为了向我解释他不是像世人认定的那样支持废除死刑。"

"轻部事件的庭审大约就在那件事发生后的一年。由于轻部也杀害了未成年少女，确实有不少人反对涩泽法官负责这件案子，担心他会因为私事影响审判的公正。"

"但是，涩泽法官还是驳回了检方判处轻部死刑的要求。"

"是啊，那个时候法律界不少人都在传言说他是个公私分明、品行高尚的人。同样，他被人称作'温情法官'，也是从那个时候开始的。"

"果然，是涩泽法官想办法说服了东川候补法官吗？"

"与其说是说服，不如说是恐吓吧。"

照间深深地皱起了眉头。

"东川那是第一次上法庭，简直像个刚学会走路的婴儿一样。涩泽法官几乎是强硬地拽着这个婴儿的手臂，操纵着他做出了决定。什么'你投下的一票会决定一个人的人生''你究竟知不知道什么是赎罪，赎罪的方式绝不只有把人送上绞刑台而已，你这么想实在目光太狭窄了'之类的，他说了一大堆让新人法官无从辩驳的话。东川一句话也说不上来，只能唯唯诺诺地听从了涩泽法官的意见。"

"但是你一直坚持自己的主张。"

"那个时候我已经有十年的庭审经验了。从刚开始公审时，我就一直关注着轻部亮一这个人，无论是作案手法、动机、暴虐程度还是悔改的情况，他都不配继续活下去。我在判决书上也写了，这个人所犯的罪行足以也必须被判处极刑。但是，涩泽法官的意见完全相反。他认为，如果本人没有任何悔改的意图，即使判他死刑，也就跟杀掉一只没有廉耻之心的畜生一样，没有任何意义。所谓赎罪，就必须给罪人灌输正确的伦理观，让他们发自内心地后悔自己的举动。"

"这种想法的确很正确，但说到底也不过是一种理想罢了。"

"是啊，无论日本再怎么强调刑罚的教化作用，也总有一个限度，因为法律需要维护的是社会的秩序。而且，法庭不是实现个人理想的地方，而是为每一起案件做出公正裁决的地方。"

"避免判处犯人死刑是涩泽法官的理想吗？"

"轻部事件之后我和涩泽法官又共事了几次，他曾几度将本该判处死刑的人改判徒刑。他虽然没有公开宣扬废除死刑，但总会找出各种各样的减刑理由，最终说服另一名法官。该怎么说呢，他虽然没有明说，但通过他的言行就可以知道他到底在想什么。这不就像一边高呼人道主义一边驱逐犹太人一样。"

"没有人反对过涩泽法官吗？"

"法官的世界就是这么可悲，职级和经验决定了一个人的地位。何况，涩泽法官比我们多了二十年的法官经验，以我们的见识又怎么争得过他呢？"

"为什么涩泽法官要如此固执地不愿意下达死刑判决呢？"

"不知道，但是唯一清楚的是，自从他的外孙女出了事，涩泽法官就像变了一个人。不少律师嘴上高喊着要废除死刑什么的，但没有一个人真正像他这么执着，也没有一个人有他这么多成功的案例。从事实来看，涩泽法官简直可以说是废除死刑的急先锋。"

"这些事情我也略有耳闻，但是法官阁下，你觉得这件事有可能被司法界以外的人得知吗？"

"日本律师协会的杂志《自由与正义》中曾经几次报道过'温情法官'所判的案子。有一些综合性杂志也会对涩泽法官的事津津乐道，所以就算不是司法界的人，我想还是很容易知道这些事的。"

离开千叶地方法院之后，岬直接赶往埼玉县警总部。

来接他的渡濑依旧是那副不近人情的样子，也许指望这个人顾及他人的感情本来就是一种错误。没有任何多余的客套，岬一开口就直入主题。

"警部的推测目前已经基本都成真了，而且全都是些坏事。"

"好的不灵坏的灵啊。"

"关于二宫辉彦的调查进行到什么地步了？"

于是，渡濑详细讲了自己赶往冈山监狱，见了二宫圭吾和被害人久世纮子的父母，确认了第一起案件中有关人士的不在场证明等事情。

"也就是说目前还没新的发现。"

"简直像是在翻看陈年旧案的记录一样。"

"我刚刚去千叶地方法院见了照间法官，向他问了一些关于涩泽法官的事。"

"哦？"

岬将自己从照间那听来的事毫无遗漏地讲给了渡濑听。他很好奇，渡濑得知这些事之后会怎么想。

"关于涩泽法官的改变，你怎么看？"

"莫名其妙的意气用事。"

"意气用事？"

"自己的外孙女遭遇那样的惨剧，身为司法人员，他很有可能从此无论是什么案子都重判犯人。但是涩泽法官无论如何也不愿意这么做，为了和这种感情对抗，他走向了另一个极端。在我看来他就像个小孩子一样在死撑着嘴硬罢了。"

死撑着吗？这倒的确是自己从未想过的角度，岬想。

"不过，涩泽法官担任审判长已经很多年了，这样一个经验丰富的法官，会因为意气用事而不断做出'温情判决'吗？那可就真是小孩子气了。"

"也可以完全反过来想。"

"完全反过来？"

"自陪审员制度实施以来，法院给出的刑罚日趋严苛。在这种趋势下，所谓的'温情法官'简直就像是沙漠中的绿洲一样宝贵。事实上，媒体用'温情法官'来形容涩泽法官时，大部分都是在赞扬他。如果说，这些判决是涩泽法官为了高升下出的棋子，那就不是小孩子闹脾气，简直是成熟高明的手腕。"

渡濑的话让岬听得几乎有些发愣，他原本觉得自己已经算是个冷漠的人了，但渡濑的冷静理智还远在他之上。

“你觉得最高法院的人事任免会受舆情影响吗？”

“看时机吧，如果在人事调动的时期，法院出了什么乱子，那为了安抚舆情，调动一位饱受世人赞誉的'温情法官'升入最高法院，也完全有可能发生。”

“这不是内阁惯用的手法嘛。”

“都是金字塔型的组织结构，他们自我保护的手段有些相似也很正常。”

“说到金字塔型的组织，你们警察不也是一样吗？”

“是啊，不过和法院不一样的是，我们这边可没有涩泽法官这种受人欢迎的人才啊。”渡濑如此自嘲道。

岬认为，那种觉得组织的荣辱就是个人的荣辱的家伙跟傻子没区别，渡濑的态度倒是让他觉得舒服。

“不管涩泽法官是任性还是深谋远虑，'涅墨西斯'选择的目标都是因为他的'温情'而逃过一死的被告的家属，这么一来我们需要防守的目标也太过庞大了啊。单就我查到的，轻部事件以后可供'涅墨西斯'选择的案子就超过了二十起。”

“准确地说是二十四起。”

“既然你知道得这么清楚，看来你应该已经跟有关警署都取得联系了？”

“《埼玉日报》的爆料倒是给我们带来了意料之外的好处，托他们的福，现在整个首都圈都知道了'涅墨西斯'的大名，所以上面的人也同意了我们向其他县请求支援，保护这些案子中的被告家属。现在的问题是人手不足。”

"果然如此啊。"

"警视厅加上警备部的人手，要想保护所有的被告家属实在是不太可能。但是要各县的警察去保护犯下重大罪行的犯人的家属，他们的反应可想而知。"

的确，各县警察会是什么反应，不用想岬也知道。

"警部你可不是那种会轻易放弃的人。"

"我跟他们说，如果在你们的管辖范围内出了事，可别忘了我事先提醒过你们。然后对方就把电话挂了。既然这件事都能让他们气到中途挂电话，那想必他们也不会不放在心上敷衍了事了吧。"

"真是坏心眼。"

"不然我可干不来这份工作。"

又是自嘲的话，但从渡濑嘴里说出来，竟然不可思议地令人觉得十分痛快。

但是，岬却从这赌气一般的话里听出了别的意思。

"你在想什么？"

渡濑半闭着双眼看了岬一眼。

"我知道你不喜欢随便与别人分享，但私下跟我说说也无妨吧？"

"我怀疑，这些也都是'涅墨西斯'那家伙计划中的一环。"

"什么？"

"我们将户野原贵美子和二宫辉彦这两起杀人事件联系起来的依据只有一个，就是现场留下的'涅墨西斯'血字。如果没有那行字，我们应该会将这两起案件当成完全独立的案子来处理。"

"但是，因为有了这个署名，我们才会将'涅墨西斯'当成是替别人报仇的代行者，这件事如今才会闹得尽人皆知。这不就是凶手留下'涅墨西斯'血字的目的吗？"

"但是，检察官阁下，正因为有了这个署名，我们如今才会把所有的注意力都放在监视犯人家属上面。如果这么继续下去，用于案件搜查的警力一定会不足，人员都被分配去做了警卫，追踪'涅墨西斯'本人的人手就会不够用了。"

"难道，这才是'涅墨西斯'留下署名的原因吗？"

"现在已经在朝着这个方向发展了。无论'涅墨西斯'究竟有没有计划到这一步，他向加害者和帮助加害者逃脱死刑的人复仇的目的已经实现了，你不这么觉得吗？"

岬只能叹了一口气。

户野原贵美子和二宫辉彦被杀之后，人们彻底了解到，那些本应被处死的犯人至今还活得好好的，而那些受害的家庭至今仍然满腔悲愤。加害者的家人本以为事情已经结束，但如今，死亡的阴影却降临到了他们头上。而司法界也尝到了他们一直回避死刑所带来的恶果。正如渡濑所说，"涅墨西斯"用这两起凶案掀起了轩然大波。

"另外，这也是对涩泽法官的报复。他曾经因为'温情法官'的名头而博得了大众不少好感，如今却成了导致这一系列凶案的元凶。人们对他的评价也立刻跌入了谷底，这对马上要退休的涩泽法官来说，应该是个沉重的打击。"

"你这家伙看事物的角度总是这么冷酷。"

"正因如此，我才很少看错什么。"

"搜查总部准备如何应对？"

渡濑"哼"了一声。

"埼玉县警和千叶县警的主导权之争总算是告一段落了。"

"现在是争这些东西的时候吗……"

"其中一个原因是，一线那些警员这次总是士气不太高。轻部事件和二宫事件都是让他们记忆犹新的惨剧，那个时候被害人家属的悲痛和哭喊声，所有负责过那两起案件的警员都还没有忘记。更别说之后犯人还逃脱了死刑。所以，听说犯人的家属被人杀害之后，他们对以往的受害者有多同情，对这次的案子就有多懈怠。之前的搜查会议上，还有一个警员说了跟被害人家属差不多的话。"

"他说了什么？"

"'如果那个时候，把那个混蛋判了死刑，就不会出这些事了。'在场的人甚至没有一个愿意出声制止他的。"

岬也觉得不寒而栗。

之所以会议上没有一个人指责那位警员，正是因为他的话代表了所有警员的心声。

恐怕那些看过新闻和相关报道的普通民众，心中的想法也和他差不多。杀人犯本应是市民的敌人，是危害法治国家秩序的人，应该受到人们的厌恶。但在这个案子里，出于对受害人家属的同情，人们反而支持起了凶手。这种情形下，人心中黑暗的一面在急速膨胀。

"这次事件的相关人士大都住在埼玉县内，而原本的两起凶案都发生在埼玉县警的管辖范围内。以此为依据，埼玉县警的八木岛管理官掌握了联合总指挥权。"

"听你的语气，事情似乎不太顺利？"

"千叶那边出于愚蠢的意气之争和地盘意识，完全不让我们的搜查员插手案子，耽误了整整两天时间。你应该清楚，案发之后的头两天对侦查来说是多么宝贵。"

但是，岬心里清楚，渡濑绝不是会对上面的人唯命是从的人。在两边争夺主导权期间，渡濑不就擅自去监狱里见了二宫圭吾吗？

"你老实告诉我，你心里到底有没有怀疑的对象？"

哪怕被岬直勾勾地盯着，渡濑还是那副半闭着眼的样子，半分也没有动摇。

真是个难缠的家伙。

"检察官阁下，你打听我的想法又能如何呢？不过是个没用的糟老头警察毫无根据的推测罢了。"

"你要是个没用的糟老头，那专程来向你打听消息的我就是个彻头彻尾的大傻子。行了，你还是老实说吧。我没兴趣继续听那些无聊的争权夺利的话题，你还是跟我讲点真正有用的东西吧。"

渡濑一副拿他没辙的样子，无奈地摇了摇头。

"我倒是没有确定谁有嫌疑，但我有一个想法，确实可以缩小嫌疑人的范围。"

"哈，你不会现在才准备拿犯罪心理画像之类的出来糊弄我吧？"

"'涅墨西斯'是如何得知户野原贵美子和二宫辉彦现在的住所的？换句话说，'涅墨西斯'就隐藏在同时掌握了这两人的准确信息的人之中。"

"这两个人的信息不是已经在匿名论坛上被公开了吗？"

"那上面只有户野原贵美子的现住址，而二宫辉彦被公开的则是他位于川越市的旧地址，论坛上没有记载他在松户的现住址。"

"那'涅墨西斯'是怎么……"

"如果他不是个擅于搜查人隐私的跟踪狂，那么就只能是可以看到二宫事件详细记录的人，或者是和二宫辉彦有过接触的人。"

对方按照自己的要求给出了有用的信息，岬轻轻地叹了一口气后就站了起来。

"打扰你工作的时间了，我先回去吧。如果有什么进展，你不必有任何顾虑，随时联系我。"

说完，他又想起来一件事：

"虽然涩泽法官本人不承认，但是在照间法官看来，涩泽法官是支持废除死刑的。我也认同这一点。"

"如今，国内由于'涅墨西斯'干下的好事，对废除死刑的议论已经闹得沸沸扬扬了，可位于这股浪潮的极右翼的人却始终保持着沉默啊。"

"我在想，日本是一个直到明治维新前都允许私人公然讨伐仇敌的国度。要在这样的国度废除死刑，也许时机还没有完全成熟吧。毕竟，如今还有超过八成的国民支持死刑制度，他们希望国家以死刑的形式替被害人复仇的心理恐怕不是一朝一夕能够改变的。'涅墨西斯'的犯罪行为会得到这么多人支持，也正是因为这个道理。"

　　"但是，'法庭不是复仇的地方'终究是我们必须坚持的原则。"

　　岬在心里"哼"了一声，渡濑这家伙故意说些冠冕堂皇的话。

　　不，也许他身上本就有岬不知道的这样一面。

　　"人本身没有惩罚另一个人的权力，只是代为行使神的权柄惩罚罪人罢了，因此刑罚中不应该掺杂个人的情感。"

　　"警部你是怎么了，你可一向都不喜欢说这些神神道道的事的。这是你原创的什么格言吗？"

　　"这话是以前指导过我的一位法官说的。受害者的感情和是否应该废除死刑是两个问题，我们现在却把两者混为一谈，这恐怕也是'涅墨西斯'无意间播下的一枚种子。"

3

　　八木岛掌握指挥权之后很快召开了第一次联合搜查会议。跟
渡濑预料的一样，现场充满了混乱。

　　八木岛和里中总部长端坐于上席，千叶县警总部的沟口管理
官和渡濑分坐于他们两边。

　　日本各道、府、县的县警总部的管理官原则上是仅次于各科
科长的职位。曾经警署内在科长（警视）之下是次席（警部），
但是随着警察组织的扩大以及警部一职人数的增加，次席之上又
增设了管理官这一岗位。

　　从四个人的座次安排来看，和八木岛同为管理官一级的沟口
却和渡濑一同屈居末席。很难说清这究竟是偶然还是八木岛的挑
衅。但沟口恐怕多半会认为是后者，他一看到自己的座位时，脸
上就毫不掩饰地露出了气愤的表情。

　　渡濑偷偷瞟了一眼沟口，对他们之间的明争暗斗不抱任何

兴趣。

"二宫辉彦案件现场附近的监控摄像头解析完了吗？"八木岛问道。

一名松户警署的搜查员立刻站起来回答道：

"现场……"

"声音太小了！我听不见。"

"现场位于葛饰大桥附近的防护堤边，那附近没有设置监控摄像头。最近的监控摄像头在防护堤附近的一栋公寓停车场里，但是摄像范围很小，没有拍摄到死者以及跟踪死者的人。最近一个拍摄到死者身影的摄像头距离他上班的那家超市有五百米左右。根据这台摄像头的记录，在拍摄到死者身影之后的十五分钟之内，经过的汽车有七十二辆，摩托车有十辆，一共是八十二辆。这些车的种类我们正在辨认之中。"

"不能确定具体是哪一辆车吗？"

"从现场的痕迹来看，凶手应该是开着车逼近了死者所骑的自行车，迫使他摔落到了河堤之下。现场没有留下轮胎痕迹或者与自行车碰撞过的痕迹。暂时还没有发现可以确定车型的物证。"

"下一个，证人证词和目击信息。"

这一点依旧是一名松户警署的警员进行汇报。面对着不太熟悉的八木岛，他看上去明显有些紧张。

"死者的死亡时间大概是在晚上十一点到第二天凌晨，这个时间段几乎没有什么行人会往河堤边去。案发现场附近的住宅地势都比较低，受到河堤的遮挡之后，从住宅区里几乎看不到案发现场发生了什么事。"

"不用找借口了，直接说到底有没有目击证词。"

"没、没有……"

"案发时的动静总应该有人听到了吧？"

"那个时间段葛饰大桥上还是有不少车辆来往，可能车辆的噪声遮挡了案发时的动静。另外，由于死者是摔落到了河堤的另一面，所以河堤本身可能起到了一定的隔音作用。"

八木岛直接骂了一句脏话，他一点也没压低音量，连旁边的渡濑都听得清清楚楚。

就算对警员一筹莫展的状态感到愤怒，也不应该这样当着他们的面大发脾气。负责现场指挥的人怎么能这样随意损害队伍的士气？

"下一个，死者的交友范围。"

带刀站起来回答道：

"死者二宫辉彦只有工作中认识的几个朋友，平时和邻居几乎没有任何接触。恐怕也是怕人知道自己儿子是正在服刑的重刑犯吧。他同事中也没有什么人和他太过亲密，基本上就是沟通一下工作、见面打个招呼的程度，据说他从来不跟任何人分享自己家里的事。就连 KOYAMA 超市的店长也不清楚他家里的事，面试的时候他也只说了自己和妻子在分居而已。"

从带刀的报告中也能看出加害者家庭的生活现状。犯人虽然逃过了死刑，但绝没有得到世人的原谅。不，应该说，正因为他捡回了一条命，他的家人才会受到更强烈的排斥和抨击。

教养出那种变态的你们同样有罪。既然凶手还在监狱里恬不知耻地活着，那你们正好应该替他成为复仇的目标。你们凭什么安稳地活着？凭什么还拥有希望？永远活在泥沼之中，痛苦、悔恨、忏悔吧。

二宫辉彦放在自行车篮里的是一瓶气泡酒和一份当天特价的青花鱼罐头。

他所有的娱乐也不过是一边看着电视或者还贴着价格标签的漫画书，一边享用深夜里的气泡酒和特价食品罢了。这就是加害者家庭的夜晚。这个男人没有任何可以交谈的对象，也没有朋友，小心隐藏着自己是罪犯家人的事实，低着头度过每一天。

渡濑想，"涅墨西斯"到底对二宫辉彦的生活了解到什么程度呢？

不需要"涅墨西斯"代为报复，二宫辉彦不是已经在承受着报复了吗？那是社会性的制裁，他不是正经历着世人这个定义模糊、职责混乱的执行机关的不断责难吗？

随着凶手的被捕，受害者与加害者的身份有时会陡然掉转。死者家属会以舆论为矛，猛烈地攻击加害者一方，按着加害者家属的头让他们在地上猛磕，以此谢罪。一起犯罪事件，会让不幸同时降临在两个家族。所谓犯罪，就是这样的东西。

"那和他分居的老婆怎么样了？有没有被奇怪的人盯上？你们问过她了吗？"

"二宫辉彦的前妻邦枝早就和他分居了，现在住在爱媛的娘家里。我们已经联络过她了，但是对方说已经很少和二宫联络了，最近连电话都没打过。"

看起来这对前夫妻的关系非常冷淡，但是在渡濑看来这样再正常不过。在长年相处中早已互相厌倦、失去了对对方的兴趣的中年夫妻，他们之间唯一的牵绊就是孩子。而当这个唯一的牵绊也进了监狱，到了一个他们谁也接触不到的地方，夫妻之间的感情当然会彻底断裂。但是，如果二宫圭吾说的是实话，他似乎十分依赖父亲，却厌恶自己的母亲。既然彼此之间没有感情，邦枝又遭到圭吾的厌恶，二宫辉彦会主动疏远她也很正常。

"那被二宫圭吾杀害的久世纮子，她的父母有不在场证明吗？"

这次站起来回答的是古手川。

"报告！呃，关于住在上尾的久世隆弘和久世春乃夫妇，在事件当天，也就是九月三日的不在场证明……"

这个笨蛋，渡濑在心里骂了一句。这个家伙在面对自己心里不尊敬或者不害怕的人时，就很容易露出那副吊儿郎当的样子，此刻又是原形毕露了。

当然，八木岛本来也不是什么值得尊敬的人，古手川的态度也可以理解。但是这个家伙，明明就不太通人情世故，还总是喜欢根据第一印象来评判一个人。

沟口似乎因为古手川的态度而觉得十分痛快，"哼"的一声笑了出来。

"久世夫妻二人的证供说他们当时在床上睡觉。当然，这种证词是不能当作证据的，所以我们又去问了附近的居民。结果发现两个人都是清白的，隔壁的柿崎家的男主人可以证明这一点。我说完了。"

"喂，你给我讲清楚！"

"那一带的房子都是些廉价的建筑，所以隔音不好，隔壁要是吵个架什么的，邻居都能听得一清二楚。那位邻居说，当天晚上十点半还听到过夫妻俩的声音。从上尾的久世家赶到松户的现场至少需要三十分钟到一个小时，他们绝对是不可能赶到那里的，所以说他们是清白的。啊，说到邻居为什么精确地记得是十点半，是因为那个时候他想看的综艺正好开始……"

"行了，不用说了。除了他们，有没有什么人和久世纮子或者她祖母领子关系亲密，有可能对二宫怀恨在心？"

"纮子的祖母久世领子当时一个人住在上尾市内的另一栋房屋中，她丈夫早就去世了。听说，纮子从小就常去祖母家里。案发当时领子已经七十二岁了，她的朋友大部分都已经去世，还活着的那些大部分也都体弱多病，据我观察应该没有那种能挥舞钢管的超级活力老头。"

有不少搜查员都忍不住偷偷笑出了声。

"那纮子那边呢？"

"啊，那边我们还在查证。因为那位久世纮子简直是个万人迷，中学、高中、大学，好像都有不少人喜欢她。我们现在正在从她四年前留下的遗物中查找手机记录，翻查她最后一年收到的新年贺卡，看看有没有谁和她关系特别好的。我说完了。"

古手川的报告告一段落后，八木岛疲惫地长叹了一口气。这同样不是搜查总部的统帅应有的举动。那种一味地喜欢给搜查员打鸡血的领导固然也很烦，但也比在众人面前这么直接地流露出失望的领导来得好。

"下一个。关于户野原贵美子和二宫辉彦两起案件的凶器的搜查情况。"

"啊，这个也是我负责的。"

古手川再次站了起来，八木岛明显地皱起了眉。

"首先是杀害户野原贵美子所用的凶器，是具有尖头的片状刀具，应该是类似出刃菜刀的刀具。根据浦和医大的光崎教授所做的司法解剖，可以判断凶器和市面上常见的出刃菜刀外形几乎没有区别。顺便一提，死因是出血致死，推测死亡时间是八月八日晚上十点到第二天凌晨一点期间。这一点是根据胃内容物的消化情况来推断的。另外，教授还私下跟我说，死者身上所受的几处伤，插入角度和创口大小都不一样。这一点应该不是因凶手和死者争斗导致的，而是因为凶手不习惯做这种事。"

"好，能够准确地推出死亡时间也总算是有点进展了。关于创口的事，虽然是私下的意见，但也可以参考。所以，最关键的，凶器找到了吗？"

"没有，我们将搜索范围扩大到了死者家方圆五百米的范围，但还是一无所获。熊谷警署目前正在进一步扩大搜索范围，寻找凶器。下一个是二宫辉彦案子的凶器，凶案现场的河边每四天就会有当地水道部的人来打扫。案子发生的九月三日上午正好有员工来打扫，但是据他所说并没有发现类似钢管的东西。所以，我们推测凶器应该不是在现场随便捡到的，而是凶手提前准备好的。但是，我们联合当地的松户警署，将附近的河流全都搜查了一遍，同样一无所获。"

说完，古手川不等八木岛做出任何反应，就自顾自地坐了下来。

"这就说完了？"

"是的，我说完了。"

八木岛又骂了一句脏话，他依然没怎么控制音量，至少台上的其余三个人都听得清清楚楚，现场的氛围因此变得更为沉重了。

就是因为八木岛这样的表现，才会连古手川这个笨蛋都能看透他。渡濑简直懒得再看八木岛那边。

"还有没有什么新发现的情况？"

偌大的现场没有一个人举手。八木岛将右手按在桌面上，低声说道：

"我想各位都知道，搜查总部迄今为止极力隐瞒着关于'涅墨西斯'的消息，但是如今已经被媒体泄露给了外界。如今这个时代，决不允许有人打着复仇的名义，去伤害免于死刑的囚犯的家人。这是一场对我国司法系统的恐怖袭击。这种行为如果不得到严惩，一定会危及整个日本的法治根基。如今正是检验我们警察能力的时候，无论再小的线索，都不能放过。诸位，我希望你们今后更加努力，做出成效来！解散。"

搜查员发出了节奏不一、听起来零零散散的回答。直到最后，八木岛都保持着那愁眉苦脸的嘴脸。

渡濑不耐烦地站了起来，与同样刚站起来的带刀无意间视线相对。

对方似乎想说点什么，但又觉得这儿不是说话的场合，于是只是微微摇了摇头，就从出口处离开了。

古手川靠了过来。

"你最好早点把你那看人下菜碟的毛病给我改了。"

"警部，你怎么说得我好像在欺负弱者似的。"

"公开地把傻子当成傻子对待，这就是在欺负弱者。"

"管理官阁下是弱者吗？"

"按脑子来说的话完全是。"

"警部，你说得可比我过分多了……"

"久世纮子认识的人里有什么可疑的人吗？"

虽然古手川刚才对八木岛汇报时说得很含糊，但是对久世纮子交际圈的梳理其实已经取得了不小的进展——筛选出了十五个和她来往比较频繁的人。渡濑要求古手川做的，是去整理其中有可能有杀人动机的可疑人士。

"剩下的只有两个人了，我们已经跟纮子的父母确认过，这两个人的确都和纮子有很深的交情。"

"这两个人分别和她是什么关系？"

"一个是好朋友，一个是她的前男友。两个人都和她上的是同一所大学。"

4

渡濑和古手川一同前往了位于东京都内杉并区的高圆寺。

"纮子的这位朋友名叫高里穗纯，现在在一家文具店工作。"

古手川一边开车，一边开口说道。

"她和纮子从初中开始就一直上同一所学校，是纮子的朋友里和纮子关系最好的。高中的时候她们两个还经常到对方家里去留宿，据纮子的母亲说，她们两个要好得连上厕所都要一起去……这个我倒是才知道，原来女生之间也会一起去小便啊。"

有一些女孩子干什么都不喜欢一个人，一个人待着会让她们觉得不安。

渡濑在处理别的案子的时候和一个初中女生打过交道，至今还清晰地记得她说过这样的话：

"吃午饭也好，上厕所也好，只要你是一个人去的，别人就会认为你没有朋友。警察先生，你知道这是一件多么可怕又可悲的事吗？"

就算是伪装也好，也希望别人能看到自己有如此多的朋友，如此受人欢迎——这样她们才会安心。

在听到这番话的很久之后，渡濑才知道有一个词叫作"认可欲求"。知道这个词的意思之后，他才终于理解了这番话的含义。不知道是因为男人和女孩子的想法大相径庭，还是因为有代沟，总之，渡濑觉得别人的想法什么的根本就是无关紧要的事情。他去咨询了一下对网络世界更为了解的古手川之后得知，网上有很多人对被人忽视这件事情几乎有着病态般的恐惧。渡濑胡思乱想着，难道死者久世纮子也是其中的一员吗？

高里穗纯的工作地点位于高圆寺银座商店街前一座外形时髦的摩天大楼里。

"打扰你工作了，抱歉啊。"

虽然两人的到访十分突然，但是一听说他们的来意和纮子的案子有关，穗纯立刻就答应了问话。

穗纯将他们带到了店里的仓库，准备在这里接受他们的询问。跟井然有序的店铺相比，这里各种物品都堆放得十分杂乱。仅仅一道门的分隔，倒像是隔开了两个不同的世界一般。

"事到如今你们还来问我纮子的事，果然是因为那个'涅墨西斯'吧？"

一进了库房，高里穗纯的表情就像换了个人似的，在店里的那份乖巧可爱立刻荡然无存了。

穗纯的长相十分普通，没有了那份假装出来的可爱之后，她的脸上看起来充满了猜忌和敌意。

"我听纮子的母亲说了，你们在怀疑和纮子有关系的人。"

"与其说是怀疑，不如说我们在一个个排除没有嫌疑的人。毕竟我们现在的工作就像在山一样高的干草堆里找一根针，可怀疑的对象实在太多了。"

"在你们看来，我是那根针吗？"

"你的态度倒是像针一样尖锐。"

"那是因为你们警察太令人愤怒了！"

"哦？看起来你对警察相当不满啊。"

"你们居然让那个二宫圭吾逃过了死刑！"

对方的敌意看起来燃烧得更为剧烈了。

"警察能做的只有抓捕嫌疑人而已，给二宫圭吾判刑的可是法院。"

"你们要是多找一点能证明那家伙有多残忍、必须判死刑的证据，就不会这样了！"

对方的逻辑很难说完全错误。

"不光是我，所有认识纮子的人都这么认为。而且，上尾警署的那些家伙也有问题，如果他们一开始接到报案就把二宫抓起来，纮子和她祖母就都不会出事了。"

说到上尾警署的过失，就更令人无法反驳了。虽然当时的有关人士都受到了相应的惩罚，但惩罚也不能挽回任何事情。对于任何一个埼玉县警来说，这件事都是身上抹不掉的污点。

"但是，这也不意味着二宫的父亲理应被人杀害。"

"他死得简直大快人心！"穗纯毫无迟疑地说道，"能让那个家伙痛哭流涕的话，他简直是死得好。死他一个人，还不足以补偿二宫带来的全部伤害呢。"

"没有什么伤害比杀人更严重。"

"警察先生你这么说，是因为你不认识纮子罢了。你知道当我们知道纮子被那个家伙虐杀了之后，我们都多么想用同样的方式对待那个家伙吗？纮子绝对不应该那样死去。"

她的声音里不由自主地带上了哭腔。

"她总是对别人比对自己还好，如果有谁在她面前哭了，那她无论自己有多么难过都会优先安慰那个人。她是个温柔的人，真的很温柔，为什么她会死得那么惨啊？为什么杀了她的人还可以优哉游哉地活着啊？"

"监狱里的生活可称不上优哉游哉吧。"

"我接受不了那家伙还活着。明明纮子和她祖母都死了，为什么那个凶手还可以呼吸空气，还可以吃饭，还可以洗澡，还可以笑着活着？这太不公平了！"

"法官宣判之后，二宫说过他要活着去赎罪。"

"那家伙能赎罪才怪！我听纮子的母亲说过，宣判的时候，那个家伙对着她偷笑了。那家伙根本不是人，他根本不配活着！"

"那已经是四年前的事了。"

"无论过多久，有些事是不会被时间抹平的。纮子她……纮子她是我生命的一部分啊。有很多话我连对父母都不会说，却全都会告诉纮子。那些没法跟老师商量的事，我也都会跟纮子商量。"

"你去旁听了二宫的庭审吗？"

"去了。我当时满心期待，以为警察和检察官会帮绒子讨回公道。结果呢？区区十八年的有期徒刑。为什么日本的法律对伤害别人的人会比对受伤害的人更加宽容？这绝对是错误的。明明有死刑制度，为什么却不能将犯了相应罪过的人送上绞刑台？那个审判长被人叫作'温情法官'，但是那个判决到底哪里有一丝温情了？那个法官只不过是害怕自己的名字出现在死刑判决书上，所以在逃避罢了。"

穗纯用质问的眼神看向渡濑。

这双眼睛真熟悉啊，渡濑想。

死者的家属大都有着这样一双眼睛，一双急于宣泄自己的悲伤和怨念、希望能减轻内心痛苦的眼睛，一双蕴含着无尽的痛苦、饱含泪水的眼睛。

"二宫的父亲被杀了之后，你的心情有变好吗？"

"没有，但是我变得安心了。这样一来，加害的人终于和受害的人尝到了一样的滋味，事情变得公平多了。法院没能给予我们的公道，现在有人替我们讨回来了。"

"你不仅恨二宫，也恨法院，对吗？"

"法院等于是二宫的帮凶，我怎么可能不恨。"

每一次将憎恨宣之于口，穗纯的脸上似乎都闪耀着喜悦的光芒。

在渡濑看来，这似乎像是一种排泄行为，将身体中一直蚕食自己的毒素排出去，能让人觉得轻松不少。

渡濑坐正了身体。

"接下来只是例行询问，你可以放轻松一点回答。九月三日晚上十一点到凌晨期间，你在哪里？"

"在自己的公寓里睡觉。顺带一提，我是一个人住的，所以没有人可以帮我证明。"

"你住的公寓在东京都内吗？"

"在离这边的商业街稍微有一点远的地方，是一间单间，所以我也租得起。"

渡濑在脑子画起了地图，从高圆寺坐电车到松户需要一个小时左右，从松户再乘出租车到达位于小山的凶案现场也需要差不多三十分钟，距离倒是算不上太远。如果穗纯的公寓附近有监控摄像头，她的证词真假应该不难查证。

更关键的问题在于，穗纯有没有能力挥舞钢管，仅用一击就将一名成年男性殴打致死。渡濑偷偷看了一眼她制服袖口内的手腕，看上去十分纤弱，实在不像是能挥舞那种凶器的样子。

"你现在是一副'这家伙杀得了人吗'的表情呢。"

"怎么会呢。"

"没关系，反正他不死我确实会恨得睡不着觉。"

"凶手本人可是还在监狱里活得好好的，这样你就睡得着了吗？"

"那家伙再过十五年也就要出狱了，如果评上模范囚犯，还能再减刑呢。"

"关于这一点倒是也没有明确的规定，需要根据每个人的表现单独评定。不过，他出狱和你又有什么关系呢？"

"我会一直等着，等到那个家伙从监狱里出来为止。"

"等着干什么？"

"还用说吗，当然是向那家伙复仇。"

"这话可不应该当着警察的面说吧。"

"放心吧，我可没打算暗中袭击他。杀了那种畜生，我也会变成罪人，那就太不划算了。我只是打算一直缠着他而已，一直缠着他，一直宣扬他做过的那些坏事。"

穗纯又露出了那副闪闪发亮的神色，她用孩子讲述未来梦想般的语气，讲述着自己的复仇计划，

"不管那家伙找到什么工作，我都要去曝光他干过的事，让他被开除。不管他搬到哪里，我都要去散播他的坏话。我要让他知道，杀了人的畜生一辈子就只配这么活着。"

渡濑不经意地看了一眼旁边，只见古手川正用一种看怪物的眼神看着穗纯。

渡濑想，这正好是个好机会，就让他好好见识一下吧，这就是受害者转变为加害者时的样子。

"我在二宫的庭审上学到了宝贵的经验——只要不犯法，人无论干什么坏事都可以，就算犯了法，只要法庭不追究那也就根本无所谓。所以，我会在法律允许的范围内不断折磨他，如果能够逼得那家伙自杀，那不就等于给他补上了迟到多年的死刑吗？这怎么能算是做坏事呢？"

"这和'涅墨西斯'做下的事情没有区别。"

"那不是正好吗。"

穗纯一脸幸福地笑了，仿佛她设想着的是最为美好的未来。

"警察先生，认识纮子的人里没有谁会对'涅墨西斯'怀有敌意的。因为他替我们做了我们想做的事，我们想做却做不到的事。我们对他只有感谢的份，怎么会指责他呢？接下来就该轮到我了，虽然我没有'涅墨西斯'那样的勇气，只能做一些像跟踪狂一样的事，但是我也一定会尽力让二宫受到社会性的制裁的。"

之后，穗纯保持着这种狂热，喋喋不休地说了许久。

"唉。"

一出了文具店的门，古手川就难以忍受地叹了口气，

"真可怕啊，那家伙的脸就像夜叉一样。"

"怨恨是把双刃剑。"

古手川听到这话，看上去有些惊讶。

"不论有什么理由，心里全是怨恨的人就会变成那个样子。这一点你要给我好好记住。"

"我怕是想忘也忘不了了。我觉得穗纯那样是不是一种依存症？"

"什么意思？"

"看照片就知道，久世纮子可是个美人。穗纯却可以说是既不可爱也不讨人喜欢。她们两个从中学就认识，女孩子之间不是总会那样吗，两个人里总有一个会处于从属地位。我觉得纮子和穗纯的关系就是这样。"古手川得意扬扬地说道。

古手川才不会对女孩子有什么详细的了解，渡濑分析，他之所以这么说还是因为太过年轻而想法不成熟，另外也是因为他内心深处对女性总有一种难以祛除的不信任。

"在我看来，什么从属的角色，根本没有必要，但是好像女孩子可不这么想。她们中的主角和配角会形成一种巧妙的共生关系，主角有了配角的陪衬才能当主角，配角要是没了主角也会失去自身的存在价值。她们彼此缺了谁都不行。"

"你又是从哪儿知道这些的？"

"我从初中的时候就开始观察班里的女孩子，自然知道啦。这种常常两个人在一起好得像一个人似的组合，一旦少了一个人，剩下的那个就会变得无比不安。"

古手川的观察简单粗暴，得出的结论也充满了偏见，但是的确有一定的说服力，令人无法全盘否定。

"因为她们两个人几乎是同一条命，如果有人夺走了其中的一个人，那他必然会被另一个人恨一辈子。穗纯说二宫出狱之后要盯上他，搞不好她真的会这么做。"

"在那之前这件事就会被解决的。"

"啊？"

"她现在还是单身吧？如果在二宫出狱之前她就有了家庭，这份怨念就会消失的。"

"是这样吗？"

"女人一旦当了母亲，整个人都会改变的。因为比起对旧友的思念，她会拥有更加重要的东西。"

听了这话，古手川满不服气似的皱起了眉。

渡濑倒是忘了，这个男人本来就是个对女性、对母亲都怀有强烈的负面情感的人。

"也许你也和高里穗纯一样。"

"什么？"

"有了家庭之后，你的想法就会改变的。"

"……是这样吗？"

你有什么喜欢的人吗？——渡濑几乎打算问出口，但最终还是放弃了。如果有这样的人出现，自然能够从对方的态度中看出来。古手川这家伙虽然平时一副愤世嫉俗的样子，但他也有这样的一面。

"总之，你立刻去检查一下高里穗纯的公寓附近最近的监控摄像头，也许不足以成为有效的不在场证明，但多少也会有点参考价值。"

"明白了。"

"下一个是去前男友那儿，对吧？"

"是的，这个时间的话对方应该也还在公司里。"

古手川坐上车，将下一个目的地输入了导航中。

两人赶往的下一个目的地是西船桥。

"反町圭祐，曾经和久世纮子交往过，现在在一家地方银行上班。"

"你刚才说这个时间是什么意思？"

"我跟对方工作的银行联系过，知道他下午三点以后就要出去。"

"哦，是去出外勤吧。"

"欸？银行职员也要出外勤啊？"

"去拜访一些顾客，拉一些小额的存款，地方银行基本都会这么做。"

"有必要专门让员工去跑一趟吗？不是有那个什么可以自动存取款的 ATM 吗？"

"专门去一趟客人的家里，亲自见到客人可是很重要的，能够展现诚意，避免客人被其他的银行拉走。还有一个好处是，频繁地让业务员去出外勤，到了哪天上面要削减人手的时候，也可以成为申辩的材料。"

反町工作的支行位于西船桥车站附近。他们到银行时快三点了，已经接近关门的时间，银行里没有一个客人。

两人在前台报上了反町的名字，柜台里面第二列的座位上站起来一个男人。他个子很高，长着一张长脸，虽然不算太帅，但是看上去一本正经的，是那种典型的银行职员的样子。

渡濑亮了亮警察证，反町的脸色立刻难看了起来。

"我准备了另外一间房，我们到那边去谈吧。"

渡濑没有反对，于是反町领着他们两人去了一间接待室。这里应该是那种专门用来接待贵客的房间，陈设十分高级，与银行整体略显老旧的风格相比显得格格不入。

渡濑还没开口，反町先开口说道：

"我在新闻上看到了二宫圭吾父亲的事，你们不会怀疑我是那个'涅墨西斯'吧？"

"不必担心，我们今天来就是为了排除你的嫌疑。"

渡濑说出了这句常用的台词后，对方不仅没有放松，反而露出了微妙的表情。

"能排除嫌疑的话，我当然很感谢二位，但老实说，我也有一点失望。"

"哦？"

"很奇怪吧。我总觉得，纮子被杀之后，最恨二宫圭吾和他的家人的人就是我，而且我一直为这一点深感自豪。"

"自豪吗？据我了解，在久世小姐死后觉得无比愤恨的人除了你也大有人在。"

"但是和她交往过的就只有我一个人。五号是她的忌日，我才去她的墓前看过她。我告诉她，二宫圭吾虽然还在坐牢，但有人替她杀了那个人最尊敬的父亲。"

"请告诉我你和纮子分手，以及纮子认识二宫圭吾的经过。"

"自然可以告诉您，但都是些老套的故事。我们两个交往到了大三之后，各自都因为找工作的事十分忙碌，所以感情也出现了一些问题。应该说，两个人没法经常见面的话，感情自然就慢慢消磨掉了。"

"纮子小姐是在那之后被二宫圭吾缠上的吗？"

"是的，那家伙在街上跟纮子搭讪，因为纮子不管对谁都十分温柔，对二宫也是这样，二宫便自以为是地认定纮子对他有意思，开始了那种跟踪狂的行为。"

"纮子没有向你求救过吗？"

"没有，她什么也没跟我说过……说来惭愧，我知道她被人跟踪的事，还是在新闻上看到的。您能想象我当时的心情吗？她被人这么逼迫，她的家人都已经报警了，我却一无所知，每天还在等着找工作的信息。那是我这短暂的人生中觉得最为羞愧的事情，我不仅不是个好男人，甚至不配做人。在她的葬礼上，我因为太过羞愧，甚至都不敢看她父母的脸。"

反町抬手捂住了自己的嘴，不知道是不是想起了当时的情景。

压抑着痛苦的呜咽声从反町的指缝中泄露出来，渡濑耐心地等着他平复了心情，才继续问下一个问题。

"下面的问题只是例行询问，请问你三号晚上十一点到次日凌晨期间，在哪里，在做什么？"

"那个时间我应该刚回到宿舍，宿舍就在我们银行的附近。"

"这么晚才回去吗？"

"九月正好是我们中期结算的时候，所有男职员都在公司加班。"

"有什么办法能证明你回去的时间吗？"

反町缓缓地摇了摇头。

"因为大家都是无偿加班，基本上做完自己的事情就回家了，也没人和我一起回宿舍。啊，我记得宿舍门口有安装监控摄像头，那个应该有可能会拍到我。"

"我们能看看确认一下吗？"

"只要联系一下宿舍的管理员应该就可以。"

反町的反应极其自然，但在这种情形下反而显得有些可疑。

坐地铁从西船桥出发，中途换乘常磐线，到达松户不到三十分钟。如果对方在十一点左右特意让监控摄像头拍到自己，再通过其他办法溜出宿舍，时间也足够去到案发现场，只要在杀完人之后再原路进入宿舍，就可以拥有完美的不在场证明。

"说起来，几位见过除我之外的其他人了吗？"

"向绞子小姐的友人高里穗纯小姐问过几句话。"

"啊，穗纯确实和绞子关系很好，不过说到底就是女孩子之间的友情罢了，能有多深的感情？穗纯那边的嫌疑洗清了吗？"

反町话说得含糊，但渡濑听得出，他心里想的估计跟古手川那一套差不多。

"穗纯那家伙有些地方古怪得很，不过她也就是嘴上爱胡说罢了，对她说的话你们可千万不要太认真啊。"

"你跟高里小姐很熟吗？"

"大学时我们三个人经常在一块儿。说得难听一点，那家伙简直是个跟屁虫，不管绞子去哪儿她都要跟着。"

"你们三个人总待在一起，不会产生问题吗？"

"啊，您是说那种三角关系啊？不不，没有那种事。我和穗纯都是单纯为了和绞子待在一起，才会凑在一块儿的，对彼此都没有什么兴趣。而且您想想，绞子和穗纯站在一起……您明白我的意思了吧？"

反町不太好意思地苦笑了一下。

"但是为了穗纯的名誉，我还是要先声明一下，纮子死后她的确是受到了非常大的刺激。在纮子的葬礼上，她整个人看起来都消沉极了，我都不敢上去跟她搭话。不过我也好不到哪儿去就是了。"

"反町先生，关于'涅墨西斯'的真实身份，你有什么线索吗？"

反町摇了摇头。

"我想不到会有谁比我、比穗纯、比纮子的父母更恨二宫圭吾……而且，'涅墨西斯'不是也杀害了其他的加害者的家人吗？加上这一点的话，我就更想不到会是谁了。"

"我们接触过的一些有关人士甚至觉得十分感谢'涅墨西斯'。"

"您说的是穗纯吧，这话一听就像是那家伙会说的，但是二位请千万不要当真啊。"

"那你呢？你对这位'涅墨西斯'的看法又如何呢？"

渡濑特意问了这个对反町来说恐怕有些难以回答的问题，他想借此观察对方的反应，试探对方真实的想法。

"……我说实话的话，不会对我产生什么负面影响吧？"

"人真心与否，就连魔鬼都分不清楚。我们抓捕嫌疑人时必须集齐让所有人心服口服的人证和物证。如果只因一个人心中怀有杀意就抓人，那全国的监狱怕是不到半天就要住满了。而且，法院也只会对一个人的行为断罪，管不到人的内心想法。只有神才能监管每个人内心的想法，人是做不到的。"

低头沉默了很久之后，反町抬起疲惫的目光望向渡濑。

"说实话，我心里也有一些想维护'涅墨西斯'的想法，并不是说我支持他继续杀人，但是可能的话，我不希望他被抓起来。"

"他可是犯罪者。"

"的确如此，但是司法给不了我们正义。残忍地杀害了两名无辜女性的男人，却可以堂而皇之地继续活下去，法庭甚至没有给我们一个说得过去的理由。对我来说，'涅墨西斯'的所作所为远比那个'温情法官'要正义得多。"

"被杀的可不是二宫本人，而是他父亲。"

"您听说过'PL'吗？"

"是产品责任 ①（product liability）的缩写吗？"

"二宫被教育成了这种怪物，您不觉得他的父母也有责任吗？虽说人到了二十岁 ② 就应该自己承担责任了，但二宫的精神年龄最多也就初中二年级左右吧。所以，孩子犯下的错误，父母为他负责不是理所应当的事情吗？"

"你的意思是不会协助我们警察？"

"和我刚刚说过的一样，基于良好市民应尽的义务，我会配合二位的工作，但是从心态上来说，我实在是积极不起来。"

也就是说他会阳奉阴违。

这种家伙是最为棘手的。

---

① 产品责任是指产品制造商和销售商对购买者、使用者乃至第三者因所售商品的瑕疵造成的损失或伤害承担的侵权责任。
② 日本法定成年的年纪为二十岁。

"即使你对'涅墨西斯'的身份有一定线索，也不太愿意告诉我们，是吗？"

"当然是仅限于那些没有确切证据的消息，至少我不能随便告诉您我觉得谁可疑之类的。这并不是不配合您的工作，只是希望能尽量谨慎罢了。"

"可不可疑应该是由警察来判断的。"

"纮子和纮子的家人拼命向警察求助的时候，上尾警署不是根本没有搜查，还擅自修改了他们提交的报案书吗？"

反町的语气突然变得极其尖锐，仿佛以往一直压抑着的感情终于到达了临界点，无法抑制地喷涌而出。

"而且，法院给了那个人渣活下去的机会，才会导致今天新的杀人犯诞生。您觉得有人会信任这样的警察和法院吗？"

渡濑终于明白了，这个男人看似文弱的外表下，隐藏着如同岩浆一般炽热的怨恨。

"警察先生，您知道世人是怎么看待'涅墨西斯'的吗？在网络上需要公开本名的地方，人们还需要说一些伪善的话，但是在其他地方人们都在崇拜着'涅墨西斯'，觉得他是个英雄，能凭一己之力替你们警察和法院的那些不负责任的行为收拾烂摊子呢。"

"杀人犯也能是英雄吗？"

"人的标签会因时而异，绝不是一成不变的。就算是杀人，如果是在战场上杀的，那不也能成为英雄吗？总之，'涅墨西斯'就像是一个死刑执行人，他会代为执行法务大臣和'温情法官'

没能执行的死刑。"

"你不觉得，这是在危害法治国家的安稳吗？"

"不能替无辜的人报仇雪恨，明明有死刑制度却不肯处死犯人。如果这就是所谓的法治国家的话，那我宁愿它被'涅墨西斯'摧毁。"

不知道为什么，岬的脸突然浮现在了渡濑的脑海里。

"检察官阁下，我们恐怕犯了个可怕的错误。

"我们真正的敌人不是'涅墨西斯'，而是民众对于我们、对于司法制度的强烈的不信任。'涅墨西斯'正是从这份感情中孕育而生，被这份感情驱使着行动，也由于这份感情而收获了大量簇拥者。

"换言之，'涅墨西斯'正是每个人心中都向往着的正义的使者。他嘲笑国家高歌着法制的正确性，将要作为神的代行者，将法例中展现出的那份无比虚假的、所谓的法律正义摧毁殆尽。"

渡濑咳嗽了一声，以此掩饰自己内心的动摇，然后缓缓地站了起来。

"但是即便如此，你也正接受着法治国家的保护。"

"我可没有感觉到。"

"你今年几岁来着？好像是二十六吧。活到这个年纪的人，或多或少都会被人厌恶或者憎恨，只是程度轻重的问题罢了。如果这个世道允许甚至欢迎个人性质的报仇，你恐怕也不敢说自己会完全安全吧。你给我记住了，这就是你正被法治国家保护着的证据。"

银行里的冷气开得很足，所以一出门，湿热的空气立刻黏附在了人的皮肤上。渡濑对着地面吐了一口唾沫。

"我们现在去他的宿舍查监控画面。"

"那，不用去开证明吗？"

"事急从权，后面再补开吧。你也差不多该习惯这种做法了吧？"

"习惯是习惯了，但总归是不好。"

反正无论监控摄像头拍到了什么，都不能成为决定性的不在场证明。渡濑去反町宿舍的另一个目的，是观察有没有能够避开监控摄像头离开宿舍的手段。

跟反町说的一样，银行的宿舍就在离银行步行五分钟左右的地方。渡濑他们跟一楼的管理人询问之后得知，这里是专供单身员工居住的宿舍。

渡濑让古手川去查看宿舍周围的环境，自己则去跟管理员交涉，要求查看监控画面。一开始，管理员显得十分为难，不过跟管理部门的人打了几个电话之后，还是很勉强地答应了。

恰好，这里的监控摄像头使用的是可以直接取出来的那种磁卡来记录数据，因此渡濑向对方借走了装有九月三日、四日记录的磁卡就出了门。一出门，就看见古手川正在门口的阴凉处等着他。

"不行啊，班长。"古手川指着建筑物说道，"你看，这间宿舍本来就没有消防楼梯，每个房间里都配备了独立的逃生袋。

虽然建筑内有楼梯，但是也都要经过管理员的房间，所以只要外出，肯定会在监控上留下影像。"

如果翻墙呢？这个念头刚冒出来就被渡濑自己否定了，因为反町的房间可是在五楼。

之后，渡濑让鉴识科的同事确认了监控的记录内容，在九月三日晚上十一点十三分的监控画面中找到了反町的身影。在这之后，直到第二天早上反町去上班的时间为止，他都没有在监控里出现过，因此轻易地确认了反町的不在场证明。

义愤

菜菜子开始狂奔，

此刻她已经顾不得羞耻，也听不见任何声音，

她的头发被风吹得乱糟糟的，

但她只顾着向前跑，甚至不敢回头看一眼。

她感到无比害怕，

好像自己此刻停下来回头的话，

就会被身后无边的黑暗所吞噬。

她像被肉食动物追赶的猎物一样，不停地奔跑着。

1

九月十二日，群马县高崎市大桥町。

今冈菜菜子正急着赶回家。今天母亲要打工，会很晚才回家，因此菜菜子需要负责准备晚饭。但是没想到学校的社团活动竟然弄到了这个点，如果不赶紧回去，自己一定会被母亲训斥的。母亲平时都很温柔，但对家里的规矩要求极其严格，如果有人不遵守，她一定会大发雷霆。母亲的做法有时会让人觉得她是不是有些太过严苛了，但菜菜子知道她要求如此严格的理由，因此不会对她有任何怨言。

九月中旬，天气还很热，柏油路面上蒸腾着一阵阵的热意。由于一直小跑，菜菜子的额头上都挂满了汗珠，她拿毛巾擦了擦脸。她也知道，此刻自己身上肯定不好闻，还好她家离学校不远，要是得坐电车回家，此刻她周围一米以内恐怕都待不了人。她打算一回到家就立刻冲进浴室洗澡。

天已经黑了，她甚至看不清周围路人的脸，只有周围的几家商店中流露出点点灯光。

这附近一带加上三国街道有着不少老式商店——居酒屋、旅馆、洋品店、钟表店、点心店、鲜鱼店、中华餐馆等，充满了昭和时代的气息，菜菜子极喜欢这里。四年前搬来的时候，她心中充满了不安和绝望，但这里和她以前居住的岐阜有一点相似，这让她逐渐安下心来。

当然，她心里也清楚，使自己安心的还有其他原因。因为这里没有人知道她的过去，没人知道她的父亲是谁。

菜菜子在一家连锁的咖喱店前拐入岔道，咖喱的香气不断刺激着她的鼻腔。

今天就吃咖喱吧！各种材料家里应该都有，用高压锅的话要不了多长时间蔬菜也能煮得软烂。将洋葱炒至金黄色，然后随便弄弄应该就不会难吃。

菜菜子一边想着事情一边拐过一条三岔路，周围的环境一下子变得昏暗多了。这条路两边都是居民楼，道路十分狭窄，路灯很少，连脚下的道路标识都不太看得清。

走在这条路上的只有自己一个人——菜菜子本来是这么以为的，但她突然注意到了一件事情——

自己的背后有人走路的声音。

菜菜子的视力不太好，耳朵却十分灵敏。她虽然音准不是特别好，却拥有极其敏锐的听觉，甚至能捕捉到一米范围内蚊子的声音。

菜菜子虽然一直在小跑，但背后的足音没有渐行渐远，而是一直和她保持着差不多的速度前进着。

终于，菜菜子到了一个公园，这个公园极其简陋，甚至只有一盏路灯，而且这盏路灯还时亮时灭的。

菜菜子停下脚步，那个一直跟着自己的脚步声也停了下来。

"是谁？"

没有人回答，一片黑暗之中也看不见人影。

"你最近一直跟踪我吧，我早就知道了！"菜菜子故作镇定地大声说道，"我会大叫的，我要叫警察了哦！"

但是，仍然没有任何回应。

菜菜子心想，也许是自己想多了吧。于是她又重新迈开了脚步。

这时，脚步声再次响起了。

嗒嗒。

嗒嗒。

背后一阵发凉。

心跳得像要蹦出来了一样。

菜菜子开始狂奔，此刻她已经顾不得羞耻，也听不见任何声音，她的头发被风吹得乱糟糟的，但她只顾着向前跑，甚至不敢回头看一眼。她感到无比害怕，好像自己此刻停下来回头的话，就会被身后无边的黑暗所吞噬。

她像被肉食动物追赶的猎物一样，不停地奔跑着。

但是，那个脚步声依然死死地跟在她身后。

终于，她一路跑到了自家公寓的楼下。恐惧一直跟随着她，在她爬上二楼的楼梯时达到了顶峰。

她颤抖着手焦急地将钥匙插进钥匙孔里，神经依然紧绷着，听着身后的动静。

终于打开了房门，她立刻冲进屋里，反锁了家门。

上了三重锁之后，她终于放松了一点，通过猫眼往外一看，门口却没有一个人影。

她瘫坐到了客厅的沙发上，觉得自己的膝盖在不停地发抖。她抱住膝盖，将自己缩成了小小的一团。

而那脚步声，仿佛依然回响在她耳边。

母亲美雪回来之后，菜菜子立刻将这件事告诉了她。

"会不会是你的错觉？"

"不是，不是错觉！从上周就开始了。"

"难道是什么跟踪狂盯上你了？"美雪笑着说道。

菜菜子却根本无心开玩笑。

"涅墨西斯……"

"欸？"

"电视和网上不是都在说嘛，有个家伙在对囚犯的家人下手，不会是他吧？"

听到"囚犯"这个词时，美雪的脸色立刻变了。

的确，比起跟踪狂，这个倒是更有可能发生。

"但是，也未必会是我们……"

"'涅墨西斯'不是对我们有敌意，而是对父亲。毕竟，父

254

亲确实做了遭人恨的事啊。"

"那已经是四年前的事了。"

"上一个被'涅墨西斯'杀的人不就是四年前杀了人，现在还在服刑中的犯人的父亲吗？我们报警吧。"

"不，不要找警察。"

美雪像个孩子似的摇了摇头。

"我再也不想去那种地方了，一旦去了，感觉好不容易摆脱的过去又会缠上我们。我们好不容易才在高崎安定下来，过上了正常的生活，要是被人知道你父亲的事，我们在高崎也要待不下去了。"

菜菜子觉得十分焦急，母亲平时精明能干，但一提起父亲的事情，她就像变了个人。菜菜子自己也不愿意去受警察的关照，但是如今已经没有别的指望得上的人了。

"这次可能会轮到我们成为受害者啊，'涅墨西斯'会用同样的手法来杀掉我们。"

"也不一定……"

"等到确定的时候不就晚了吗！"

美雪的脸一下子变得苍白。

"如果妈妈你不去，那我就自己去，现在我和妈妈中可能有一个会成为'涅墨西斯'下手的目标，会被人切掉手指，把脸砸得乱七八糟啊！"

菜菜子拼命地说服母亲，美雪终于勉强同意了。

我们有可能被"涅墨西斯"盯上了。——十二日晚上八点十分，高崎警署接到了今冈美雪、今冈菜菜子母女的报案。起初他们还以为这只是一起跟踪狂事件，但了解到母女二人的身份以及和"涅墨西斯"的关联后，高崎警署立刻将这件事报告给了搜查总部。

"这是个机会吧？"

开着车前往高崎警署的途中，古手川握着方向盘一脸兴奋地说道。

"之前我们一直跟在'涅墨西斯'的屁股后面跑，这次终于能领先他一步了。"

渡濑仍然半闭着眼，看起来没有一丝一毫的激动。

"班长，你怎么一点反应都没有啊？"

"别得意忘形了。"

"你不会觉得高崎这次的事件跟'涅墨西斯'无关吧？"

渡濑当然不觉得毫无关系，他看过今冈母女的履历，她们的确是"涅墨西斯"会挑选的目标。

事件发生于平成二十一年的五月二十八日，地点在岐阜市内的长良川岸边。有目击证人发现了一名成年女性的尸体，而且不是普通的尸体——这具女尸不仅全身赤裸，脸部也被人完全摧毁，甚至完全辨认不出长相，十根手指也都从第一关节处被人切掉了。

很明显，凶手是想隐瞒死者的身份。如果查不出死者的身份，取证和搜索嫌疑人都会十分困难。正如凶手期待的那样，警方初期的搜查工作开展得十分艰难。

但是凶手还是遗漏了一件事——

牙齿。

凶手费尽心机地毁掉了死者的脸，去除了她的指纹，却留下了她的牙齿。搜查总部立刻对死者的口腔进行了 X 光检查，并以名古屋为中心要求各地的牙医立刻比对记录。

四天之后，名古屋的一名牙医在患者记录中找到了完全一致的记录，立刻联系了警方。

被怀疑是死者的人叫作桑名步美，当时三十二岁，是名古屋市内的一名陪酒女。警方立刻赶往她的房间中收集了毛发等样本，做了 DNA 鉴定，确定尸体的身份确实是桑名步美。

查出死者的身份之后，调查的速度一下子加快了许多，很快就查到了死者工作中接触的一个常客——菅野昭之。菅野昭之没有不在场证明，警察随便盘问了他几轮，他就自己招供了。

事情的经过可以说相当老套。三十岁的男人和陪酒女发生了婚外情，女方年纪也不小了，因此死缠着他不肯分手。在反复的纠缠冲突之后，男人动手杀了情人。但是，如此凶残的杀人手法却不常见。

而关于死者桑名步美的报道则使菅野的处境更为被动。原来，步美之所以做陪酒女，是为了替常年卧床不起的母亲支付看护费用。人们有多同情步美，就有多厌恶菅野。当时的各大媒体纷纷攻击菅野，认为他既自私又残忍。世人也响应着媒体的号召，越来越多的人呼吁要将菅野处以极刑。

第二年一月，菅野案一审开庭。检方请求将菅野判处死刑，岐阜地方法院却下达了有期徒刑十五年的判决。不服判决的检方当天就提出了上诉，而二审结果则是维持原判。检方就此放弃了继续上诉，菅野的最终判决被定为十五年有期徒刑。

"跟轻部和二宫事件一样，菅野的案子性质极其恶劣，而且也受到了舆论的猛烈攻击。人们同情无辜的死者，因此对加害者一方进行了持久的抨击。这应该就是今冈母女搬家的原因。"

"说起来，今冈这个姓也是改过的吧？"

"美雪在一审的过程中就和菅野离婚了，带着女儿一起改回了娘家的本姓今冈。以她们的状况，不改名换姓、搬到没人认识的地方，应该是没有办法好好生活下去的吧。"

"那，菅野现在怎么样了？"

"他跟二宫圭吾一样，被关在冈山监狱里。这不是什么天大的巧合，第一次进监狱、刑期在十年以上的犯人本来就只有那么几个地方可去。"

"如果菅野当初被判了死刑，今冈母女现在也不会被坏人盯上了吧。"

古手川无心的一句话激发了渡濑的思考。

挥向逃脱死刑的犯罪者的正义之锤。由于回避死刑而衍生出新的悲剧。也许，传达"回避死刑是错误的"这一想法确实就是"涅墨西斯"的目的。

但是，渡濑最近常常这么想：

某个电视节目曾经以"义愤"为关键词，对"涅墨西斯"的所作所为进行了讲解。这个节目基本上是严格地基于希腊神话在进行解释，所以大体上没有什么谬误。但是将"义愤"和这一系列的犯罪联系起来时，总觉得不太对劲。

为了贯彻自己的主张而杀人，这既不是义愤也不是公愤，只是恐怖袭击而已。"涅墨西斯"也一样，不管他究竟是为了什么而杀人，从结果看，他也不过是剧场型的犯罪者罢了。

"我们要尽快结束这件事。"

"……是。"

"这种无聊的三流戏码，我实在没兴趣陪他演下去了。"

渡濑他们到了高崎警署之后，立刻被带到了今冈母女所在的会客室。令人惊讶的是，这对母女竟然希望能由女儿菜菜子单独和负责的搜查员进行面谈。

虽然不清楚理由，但渡濑对此相当有兴趣。于是，渡濑让古手川负责母亲那边，而他自己亲自去见菜菜子。反正古手川对母亲这种角色抱有深刻的怀疑，因此不会陷入先入为主的印象中。

菜菜子正在接待室中等着渡濑，由于不是正式做笔录，因此现场也没有记录员，只有渡濑和菜菜子两个人面对着彼此。

面对第一次见面的菜菜子，渡濑心中多少有些惊讶。他知道自己的这副长相，第一次见面的女性大都会有些害怕，但眼前的少女却可以目不斜视地直视他。

"我是埼玉县的警察，叫渡濑。"

"我是今冈菜菜子。"

"我听说你要求我们提供保护，是因为'涅墨西斯'盯上你们了？"

在渡濑的询问之下，菜菜子将这几天都有身份不明的人跟踪自己的事情告诉了他。

"你确定这不是你的错觉吗？"

"不是错觉。自从搬到高崎来之后，我还是第一次被人跟踪。"

"哦？意思是以前也有人跟踪过你？"

"我们还住在岐阜的时候，父亲被抓之后，类似的事情发生过好几次。"

"你觉得对方有恶意吗？"

"是的。"

"你为什么觉得这个人就是'涅墨西斯'？"

"没有什么根据。如果这个人不是'涅墨西斯'，警察就不会保护我们了吗？"

尖锐的视线直勾勾地盯着渡濑。但渡濑沐浴着对方的视线，却意外地觉得心情还不错。

"你说得确实有道理。不过，我可没说过不会保护你们啊。比起单纯的跟踪狂事件，扯上'涅墨西斯'的话警察一定会更重视——这是你心里的策略吗？"

"策略……也许有一点吧。"

这孩子倒是愿意说实话。

"但我的确觉得，我们母女有可能成为'涅墨西斯'下手的对象。这也是我报警的原因之一。"

"这是你父亲……你不介意我还把他称作你父亲吧？"

"请便。虽然改了姓，但我仍然是菅野昭之的女儿。"

"即使你们不得不搬家是受他牵连？"

"如果我否认自己是父亲的女儿，那不是连我自己本身也一并否定掉了吗？"

"知道你父亲做下的那些事，你还能说出这些话吗？"

"我和父亲是父女，但这不意味着我和母亲必须一辈子都抬不起头来。"

听到对方的回答，渡濑忍不住露出了笑意。看到渡濑笑了，菜菜子又开始瞪着他看。

"有什么好笑的。"

"不，失礼了。"

"说实话，来这里也是需要很大勇气的。我母亲到现在都不太愿意来呢。"

"你们讨厌警察吗？"

"遭受那种对待之后，如果有人还能喜欢警察，那我可真想见识一下。父亲被抓起来之后，那些警察问我和母亲的问题过分极了，什么他在家有没有对我们使用暴力、知不知道他有外遇之类的。那段时间电视和新闻已经逼得我们焦头烂额了，警察还要往我们的伤口上撒盐。"

为了调查犯罪经过以及全面了解菅野这个人，必须了解他平时在家里的表现。但对当时还在上初中的少女来说，这样的问话方式的确会给她留下深刻的阴影。

"警察先生，你知道犯人的家人会受到什么样的对待吗？"

"没有直接了解过。"

"那种环境，最容易让一个孩子的心理从此扭曲。"

"我看你可不像是扭曲的样子。"

"自从转学到高崎这边的学校之后，我就没有交过一个朋友。"

对方似乎突然跑题了，但渡濑并不打算制止她。

"我害怕和人关系好了之后，对方会知道我父亲的事情。如果会失去好不容易交上的朋友，那我宁愿从一开始就不要交朋友。但是就算再不起眼，没有任何朋友也会被人认为奇怪。所以要保持好距离，既不能太亲密，也不能太疏远。警察先生，你能想象我在这上面花了多少精力吗？"

包括轻部和二宫事件中的相关人士在内，渡濑曾很多次想象过加害者的家人所过的生活。以渡濑的经历，想象菜菜子所说的事自然不在话下，但是特意告诉对方这一点也没有任何意义。

"在岐阜的时候我真的过得很辛苦……学校里每个人都欺负我，课桌和学习用品每天都会被人写上'杀人犯的女儿''你也去死吧'之类的话。最过分的是老师的态度，他们不仅不保护我，还会用那种觉得我很恶心的眼神看着我。最后，我在那里根本待不下去了，他们就劝我转学，说什么'这是为了你好'之类的话，其实脸上都写着'你烦死了，赶紧滚出去'。"

类似的话渡濑也不是第一次听。这个社会中充斥着维稳主义，比起解决问题，掌权的人往往倾向于把带来问题的人扫地出门，这样做既简单，也高效。

"我家那边就更糟心了……你要听吗？"

"如果说了你心情会好，你就说。但是如果你也知道只是发发牢骚，那就最好别说了。这样对你的精神健康也有好处。"

菜菜子露出了一副惊讶的表情。

"……警察先生，你在职场上应该不太受欢迎吧？"

这孩子说什么呢。

"我还是第一次听到警察这么说话。这些话确实听上去可能有点像在发牢骚，但是不说出来的话你可能不会知道我母亲为什么讨厌警察，所以我还是说一下吧。我想你应该也已经想象到了，我家附近的人也好，其他地方的人也好，总是源源不断地找上门来找我们的麻烦。电话、贴纸、谣言、网络，我们能看到的所有地方，都把我和母亲当成犯罪者来对待。母亲实在忍受不了，于是就向最近的警署报了警，那个警察却跟母亲说'毕竟你丈夫做了那样的事，受这点罪还不够偿还的吧'。那天母亲回来的时候眼睛都哭肿了。那之后的第三天，我们就决定搬家了。"

渡濑感觉自己明白了菜菜子说话听上去格外老成的原因。

人只有认识了丑恶与脆弱之后，才会真正获得成长。这名少女比同龄人多几倍地见识到了人类的残忍、愚蠢和可悲。

"也许是平时亲近的邻居一下子翻脸带来的冲击，也许是受到了那名警察的刺激，总之，搬了家之后母亲就有点抑郁症状了。"

"但是你没有变成那样。"

"我觉得，如果我也变得自我封闭，那不就等于输了吗？"

"输给这个世界？"

"我不想输给那些觉得只要是犯罪者的家属就可以随意欺辱

的人。"

菜菜子的眼睛里闪烁着好战的光芒。看来世人的指责和谩骂也许并不是毫无作用，至少它们塑造了眼前这名刚强的少女。

渡濑莫名地觉得有些开心。

"我明白你们母女为什么讨厌警察了。那么我答应你们，我们一定会保护你们的安全。也许你还不信任我们，但至少可以试着依赖我们。你可能觉得警察都是一群提线木偶，但是这样的团体只要受到命令也是能够发挥作用的。"

"……警察先生，你果然是个怪人。"

"常有人这么说。好了，言归正传，刚才你说因为有很多人憎恨着你父亲，所以你们有可能是'涅墨西斯'下手的目标。这一点我不反对，但是我也可以列举一个别的原因。"

菜菜子将好奇的目光投向渡濑。

"你说这几天一直有人跟踪你，你记得具体是哪几天吗？"

"七号、九号，还有今天十二号。"

"你记性真好啊。"

"这种事想忘也很难。不过，你为什么要问这些？"

"目前，推测是'涅墨西斯'犯下的案子有两起。两起案子的共同点有几个，第一是计划性，他挑选猎物时有一定的条件，而且需要事先查清对方的行动范围和生活作息。你觉得他要怎么样才能知道这些事？"

"跟踪对方一整天……"

"没错。对方会在几点钟回家、走哪条路，想知道这些事情，跟踪对方是最好的手段。而你也被人跟踪了好几天，这符合'涅墨西斯'的犯罪习惯。而且，这几起案件发生的地方都很分散。如果'涅墨西斯'不是那种走遍了整个首都圈的旅游狂魔，那他就必须事先对作案的地点进行考察。"

"他跟踪我也是一种事先准备，是吗？"

"他应该也没想到会被你发现吧。"

好在菜菜子对恶意有着极其敏锐的感知力。

"高崎警署这边我会去安排，你等一下也可以跟你母亲说，我们会保证你们的绝对安全，让她放心。就算你心里不相信我们，也可以这么告诉你母亲吧？"

"……你这种把人看透了一样的语气，真是讨厌。"

"如果我看错了，我可以向你道歉。"

"就是因为你没有看错，我才更生气。你还真是迟钝啊。"

少女虽然嘴上抗议着，脸上却没有多少怒意。

"那么，我这个迟钝的人要提出一个提议，不，应该说是请求。刚才你不是说了吗，不想输给那些没有正当理由就随意指责别人的傻瓜。"

"我可没说傻瓜。"

"说他们是傻瓜就算夸他们了。那些家伙全都是些胆小鬼，只会以义愤为由，发泄自己心里的郁闷，只会打着正义的旗号，不断地欺负那些没办法还嘴的人罢了。'涅墨西斯'正被这群胆小鬼热烈地支持着，在这样的旗号之下不断地进行犯罪。怎么样，这种事情也够令人生气的吧？"

“是啊。”

“你不想给那些自诩正义使者的家伙狠狠的一击吗？”

“的确非常想。”

“其实，我有件事想拜托你。”

2

"钓鱼执法？"

听了渡濑的话，栗栖惊讶地瞪大了双眼，而边上的八木岛只是挑了挑眉毛。

"是的。我们现在没有贴身保护今冈母女，而是选择与她们保持一定的距离，暗中提供保护，就是为了引诱'涅墨西斯'掉以轻心，在他动手的时候当场逮捕他。"

"渡濑，你知道你在说什么吗？"

"我当然清楚。我们已经派出了数百名警员加入搜查行动，但至今还是一无所获，不仅没有确定嫌疑人，就连凶器都没有找到。媒体都在指责我们搜查总部是没用的废物，一直袖手旁观的警察厅恐怕也快要忍不下去了吧。如果犯人的身份再没有任何眉目，我们县警的面子可就要挂不住了。但是就现在的情况看，我们的确没有什么有效的办法。"

栗栖无法反驳渡濑的话，只是沉默地盯着他。

"但是这次，我们终于有机会抓住犯人的尾巴了。'涅墨西斯'下一个下手的目标极有可能是今冈母女，我们绝不能放过这个机会。"

"就算是这样，我们也不能让市民置身于危险之中。这种计划要是被外面的人知道了，就算诱饵是杀人犯的家人，我们县警总部也会被舆论攻击的。"

这家伙又来这一套了。

以往已经见过很多次了，所以渡濑倒不至于生气，但正因如此，渡濑反而更觉得恶心。警察应该动用所有能够使用的手段，尽全力将犯人抓捕归案，但是负责指挥警察的人却总是只想着维稳。

警察组织的目的十分明确。在这样的组织里，实力就是发言权，一个人只要业绩好，自然会受到其他人的信任。

一味地维稳，只知道自我保护，这正是在表明这个组织业绩不行，正在失去他人的信赖。所以，每次看到栗栖的举动，渡濑都会明显感到警察组织的衰弱。

而且，刚才他把今冈母女称为杀人犯的家人，足以说明其实他自己才是那个把今冈母女视作弃子的人吧。

"就算是为了抓犯人，我们也不能不择手段。我们身为民主国家的警察，必须成为县内的带头模范，怎么能进行违法的搜查呢！"

"只要不说是钓鱼执法就行了吧。我们搜查一科的警员应今冈母女的请求为她们提供保护，在这个过程中正好抓捕了现身的'涅墨西斯'。这不是个挺好的计划吗？"

"那些记者可不会相信这么显而易见的谎话。而且，你的钓鱼不可能保证百分百成功吧？如果出了什么问题，那对母女的性命就会受到威胁，而我们搜查总部也会颜面扫地。你是想让我们都陪着你豪赌一场吗？"

渡濑突然想追问一句，既然是赌，又怎么可能毫无风险？慎重虽然重要，但这个男人简直是谨慎到了胆小的程度。

"这个世界上本来就没有百分百会成功的事情。计划总是有可能受不确定因素的干扰。我们这些指挥官不就是为了应对意外情形而设的吗？"

"你那些老掉牙的组织理论就不要拿出来说了，你给我重新想一些风险更低的方案来。"

"如果有这种方案，我早就提出来了。"

"你……"

"渡濑班长。"八木岛打断了栗栖的发言，"我问你一件事，你确定跟踪今冈菜菜子的就是'涅墨西斯'吗？"

"只能说根据现在的情况判断很有可能是。"

"如果是那个女孩子的错觉呢？你该怎么办？"

"不怎么办。如果只是个普通的跟踪狂，那就在他做出坏事之前逮捕他。反正抓了一个犯案未遂的跟踪狂而已，根本不会有人在意，甚至不会有人报道吧。"

"那如果真的是'涅墨西斯'呢？"

"各大媒体和新闻现在都知道，我们出动了大量的人手在监视犯人的家属。得益于人海战术，最终成功抓获了'涅墨西斯'，这个故事媒体应该基本都能接受。"

　　"基本的意思就是说，也可能会有意外吧。"

　　"比如说，像那个爆料出'涅墨西斯'的记者一般，这种意外确实有可能发生。不过，嗅觉再敏锐的记者，也无法对已经解决了的案子大加揣测，乱写一气吧？"

　　"也就是说我们必须严格保密，是吗？"

　　"对八木岛管理官您来说，应该是小菜一碟吧。"

　　八木岛显然看透了渡濑的心思，而且大概也知道，渡濑也已经将他急于立功的心理摸得一清二楚。正因如此，他们的互相试探才有意义。

　　而渡濑对自己揣测人心的能力从来都极有信心。

　　"现在关心'涅墨西斯'事件的已经不单是我们警察了，曾经起诉过轻部和二宫的检察厅、曾经审判过他们的法院也极为关注。不少人都认为，这个'涅墨西斯'是想对司法系统发起恐怖袭击。虽然有一定的风险，但是一旦成功，收获的回报也是难以想象的。而且……"

　　"而且什么？"

　　"万一有什么意外，到时候只用说是现场的指挥官擅自行动，各位所承担的责任顶多是监管不力罢了。"

　　为了利诱对方，渡濑做好了牺牲自己的准备。这没有什么大不了的，毕竟他准备做的事也和恐怖袭击差不了多少。

渡濑耐心等待着对方的反应。突然，八木岛勾起嘴角，说道：

"现在像你这样的警员可是不常见了啊。"

"关于这点，我倒是不否认。"

"前几天我听某位同僚分享了一些关于渡濑班长你的评价。他说，你就像颗原子弹一样，'既优秀，又好用，但是绝不能放在自己身边'。"

渡濑一听就知道，这话肯定是里中总部长说的。

就是不知道，对方心中究竟是哪方面想法占了上风——他是更希望自己这个"核武器"一直处于待命状态呢，还是更害怕自己爆炸呢？

"'涅墨西斯'事件中我们需要监视的对象实在太多了，我们实在难以预测下一个受害者会是谁。基于我们现在的人手状况，恐怕一些情况下确实只能依赖现场指挥官的临机应变。"

栗栖的意思是，会对渡濑睁一只眼闭一只眼，假装不知道这件事。不过这么做对渡濑来说倒是更加方便了。

栗栖死死地盯着渡濑，仿佛下一秒就要冲上来抓住他一样。但是栗栖如果真有这样的胆子，早就该调换手下的人员配置了，不会至今还把渡濑留在他麾下。

"那我回去了。"

扔下这句话，渡濑径直离开了房间。他似乎能清晰地听到栗栖在自己身后咬牙切齿的声音，不过，糊弄栗栖这种上司对渡濑来说简直轻而易举，所以他也不怕得罪栗栖。

剩下的难题就是如何说服今冈母女了。

在去今冈家的路上，古手川难得地保持着沉默。这个家伙心思单纯，一看就知道他此刻正想着今冈母女的事。

"你在想，万一我们失败了怎么办？"

渡濑直截了当地问道。

反正古手川应该也知道他自己不是个藏得住话的性子，最后总会忍不住向渡濑倾诉。

"我刚开始向今冈太太问话的时候，她一点也不信任我。"

果然猜中了对方的心事，渡濑反而安下了心。

"嗯，可以想象。"

"您是猜到了会这样，才把那位母亲推给我的吧。"

"她会这么不安，是因为她看出来你心里也在不安。我不强求你表演得多好，但至少不要那么轻易地被人看出真实的想法吧，你这家伙不管心里想什么都挂在脸上。"

"但是，那位母亲不信任的与其说是我，不如说是所有的警察。她似乎过去受过警察的伤害，至今也没能忘掉。"

这话说得倒是没错，渡濑想。从菜菜子的话里就可以想见，自从菅野被捕之后，美雪就成了女儿唯一的避风港。而那些袭击菜菜子的波浪，只会更为猛烈地拍打在美雪的身上。

在这个世界上没有一个可以依靠的人，该是一种什么样的感觉？光是想象一下就令人不寒而栗。渡濑过去也有过几次类似的艰难经历，但好在总有同伴陪在自己身边。而即使是这样，那种经历依然让人身心俱疲。

"班长，我想，让那对母女同意成为诱饵，应该是一项很难的工作吧？"

"事到如今你还在说什么梦话。"渡濑直视着前方说道，"这是让她们再一次经历那好不容易才遗忘的噩梦，她们怎么可能轻易答应。"

"即便如此，我们还是要勉强那对母女吗？"

"因为不这么做的话，我们就绝对无法解决眼前的难题。"

美雪的反对比想象中还要激烈。

"我绝不允许你们拿这孩子去冒险。"

美雪挺身站在渡濑和菜菜子之间。

"我们只是希望你们能按照平常的作息习惯，过和平常一样的生活罢了。我们一定会看好菜菜子，决不让她离开我们的视线。"

"我才不信你们的鬼话。反正你们警察只在乎抓犯人而已，菜菜子的安危才不在你们的考虑范围之内。"

对方简直油盐不进，渡濑只能先劝美雪坐下。

"夫人，我听您女儿说了您在四年前的遭遇。"

"你只是听说而已，就算是猫儿狗儿也能听人说话，你没有亲身经历过，又怎么会明白我的痛苦和害怕！"美雪仿佛控制不住自己一样，激烈地质问着渡濑，"你知道四年前那些警察是怎么对待我们母女的吗？"

"这一点我也听说了。"

"你是不是也觉得，杀人犯的家人不管遭到什么样的对待都是自作自受？你巴不得我们全都去死吧。"

"我们从来没有这么想过。"

"骗子。警察全都是骗子，而且又傲慢又野蛮，还恬不知耻。你们以前那样对我们，现在居然还指望我们协助你们？你到底怎么有脸开口啊？"

"我同意你的意见，警察确实是傲慢、野蛮、恬不知耻的骗子。"

"……啊？"

一瞬间，美雪身上恶毒的气息好像消失了，她张着嘴，一副目瞪口呆的样子。

"为了跟小偷、杀人犯、以谎言为生的诈骗犯对抗，警察也必须掌握一些坏人的手段。您说的这些都是真的。但正因为这样，我们才能和邪恶对抗。所以，我今天才会来拜托您。"

"真亏你能说出这样的话，真是无耻。"

"我们一定会负起责任来，保护你们母女的安全。"

"这句话是四年前的我最想听到的。"

美雪用怨恨的眼神看着渡濑。

"自从那个人被抓之后，整个世界都成了我们的敌人。只要出门，附近的那些人就会对着我们指指点点的，天黑之后我甚至不敢出门去买东西。我们家的门上和墙上都被人贴满了贴纸，写满了涂鸦。因为没有了收入来源，我只能出去找工作，但是所有的简历都石沉大海。有人把我们的照片和地址发在网上，有人偷偷朝我们的窗户扔石头。但是我还不是最痛苦的，菜菜子在学校……"

"这部分我听她本人说过了。"

"大人残忍，孩子却比大人还要残忍。我……我……我们，菜菜子她到底做错过什么？明明我们也是受害者。"

我们也是受害者，这话刺痛了渡濑的心。

伤害这对母女的人，恐怕不会有一丝一毫的罪恶感，他们甚至会觉得自己是在为死者报仇。因此，在她们的门上写下脏话也好，打威胁电话也好，都是出于义愤的高尚之举。高举正义的大旗，在复仇的大义名分之下，他们将今冈母女的地址和照片散播在网上。"替天行道"成了他们所有行为的免罪符。

一个人杀害了另一个人，因此一方是加害者，另一方是受害者，这本来是极其简单的关系。但是那些隐藏在市井生活中的恶意，却让事情变得无比复杂。他们戴上名为"正义"的面具，高呼着口号，袭击本来无辜的人和已经在赎罪的人。

渡濑时常觉得，世界上最为可怕的，莫过于无意识的恶意。因为无意识，人可以做下无比残忍的恶行；正因为看不到自己此时的样子，人才会暴露出丑陋的内心。

"我的娘家在高崎，所以我们搬回了这边。可是连娘家人也不愿意和我们住在一起……但是，我们总算有了一个安身立命的地方，这里不会有人对我们扔石头，也不会有人高声指责我们。真的，我们好不容易才能安定下来，为什么还有人要来打扰我们？"

"让人们已经遗忘的悲剧重新上演，这就是'涅墨西斯'正在做的事情。那个家伙，他是个以人们的恶意为养料的怪物。你们对他来说正是合适的猎物。"

"所以你就想拿我们当诱饵用吗？"

"'涅墨西斯'已经成功犯下了两起案子。您女儿所感受到的恶意恐怕不是虚假的。如果放任不管，可能成为受害者的就不只是你们，而是日本全国上下所有和你们处于同样的痛苦之中的家庭。"

"就算是这样，我们也没有理由一定要给你们当诱饵吧。"

美雪挑衅地望向渡濑。

这位母亲似乎有些神经衰弱，她过去受了太多的伤害，因此沉浸在痛苦的记忆之中难以自拔，痛苦使她的思考能力都受到了一定的损害。

"我们曾经被整个世界当成敌人，为什么直到如今还需要和代表世界恶意的人战斗？如果我们被你的花言巧语说服，答应帮你们抓犯人，那其他的人就会知道我们的身份，知道我们是那个菅野昭之的家人，以前伤害过我们的人又会盯上我们。这样的话，不是又回到从前的生活了吗？为什么我要接二连三地遇到这样的事啊？求你了，放过我们吧，把我们平静的生活还给我们吧。"

恶意的重现——如果说"涅墨西斯"代表了世人对加害者的家人的恶意，那么将这对母女再次暴露在这样的威胁之下，就等于是让她们再次经受曾经的苦难。

不用多加思考，也知道这是一件多么苛刻、多么恐怖的事情。

眼前的美雪，不正是因此才害怕得像个孩子一样吗？

一个警钟一样的声音在渡濑心中低语着：就此放弃吧。那个声音恐怕是他良心的化身。

但是，身为刑警的渡濑最终还是压下了心中的犹豫。

"一天抓不到'涅墨西斯'，你们就一天不可能获得平静。"

"那是你们警察的工作。"

"有的事只有你们才能做到。"

"我说了我们不愿意，你不要继续说了……"

"妈妈。"

一道冷静的声音突然插入了他们的对话之中。

"我能说几句吗？"

"……欸？"

"我想说说我的想法。"

一直在美雪背后保持着沉默的菜菜子，此刻站到了母亲身前。

"警察先生。"

"叫我渡濑就好。"

"你说一天抓不到'涅墨西斯'，我们就一天不会平静，这是什么意思？"

"如果你们中的任何一位被'涅墨西斯'袭击了，那些好事之人一定会看到新闻。那些戴着正义面具的人渣一定会咬着活下来的那个人不放，大肆宣扬你们是遭了报应，是自作自受。你们的照片和新地址也会被人曝光，还会有人来扔石头。你们应该知道，这些事是绝对有可能发生的。"

美雪抬起怯生生的眼睛。

"那，如果抓到了'涅墨西斯'呢？"

"你听过'疑心生暗鬼'这句话吗？"

"算是听过吧。"

"'涅墨西斯'虽然现在被那群混蛋奉为英雄，但是一旦他被抓起来了，人们就会发现他也不过是个混蛋罢了。我们警察就是要把这家伙的面具撕下来，让人们看到他是个多么平庸懦弱的家伙。那群混蛋看清了'涅墨西斯'不过是个骗子之后，他们的热情也就会冷却了。只要'涅墨西斯'上了法庭，人们就都会看到，那些以正义为名的恶行有多么愚蠢。任何稍微有一点判断力的人，都会耻于和'涅墨西斯'这样的人为伍。"

"也总有不知道羞耻的人吧？"

"那些家伙也总有一天会后悔的。人类社会的规则不会在一朝一夕间轻易改变，那些扭曲的主张也许能够盛行一时，但早晚会被驱逐、唾弃，消失在历史长河之中。"

"这也太理想主义了。"

"警察、检察官和法院的工作，就是把理想变成现实，这就是法律的正义。虽然有的时候也会有疏漏，也会伤害到个人的权利，但是我们追逐的目标是始终不变的。"

这些话一说出口，渡濑就觉得有些羞耻，但即使这样，他也不打算停下来。对着年纪不大的少女絮絮叨叨地说这些，他心想，自己还真是个奇怪的大叔。

但是正因为对面是个年纪不大的少女，这些话他才必须说。

"曾经遭到警察背叛、欺骗的你们，如今恐怕已经很难相信警察了。但是一味逃避的话，那些恶意只会追着你们不放。如果你们自己不肯主动出击，朝着那群人脸上狠狠揍上一拳，那你们面对的状况是不会改变的。"

菜菜子盯着渡濑的眼睛看了很久，终于垂下肩来，似乎失去了全身的力气。

"渡濑先生，你昨天是不是问过我，想不想给那些自诩正义的家伙点颜色看看？"

"啊，是问过。"

"我现在真的很想这么做。妈妈，虽然很不甘心，但是渡濑先生说得对，一味逃避只会重蹈覆辙而已。我已经不想再忍了，我不想再继续对那些以议论别人的痛苦来取乐的人装聋作哑了。是时候开始反击了。"

菜菜子再次看向渡濑时，她的脸上已经充满了勇气。

"我答应协助你们。"

"多谢。"

"菜菜子……"

"但是你们必须答应我，一定要保护好妈妈。"

"这正是我们来这里的目的。"

"一定要抓到'涅墨西斯'。"

"我答应你。"

"还有一点……"

"喂，我能答应你的就只有两件事，我们的工作量也是有极限的。"

"小气。"

"这是现实主义。"

"明明刚才还在大谈理想什么的。"

菜菜子露出了笑容。

这张脸笑起来还真挺讨人喜欢的。

3

　　第二天一早，以渡濑为中心的小组便匆匆开始商议"涅墨西斯"抓捕作战的策略。不过，由于这个策略没有得到搜查总部的公开承认，所以参与商议的只有搜查一科的渡濑班长和警卫部警卫科的一部分成员。

　　"但是，这么做真的好吗，渡濑先生？"警卫科的锦织班长跟渡濑是县警总部里的老熟人，所以他没有丝毫顾忌地直接开口问道，"如果在这种没有得到搜查总部公开认可的行动中有人受伤了，那这个责任该由谁来负呢？"

　　"这个你不用担心。总部不认可的只有钓鱼的部分而已，保护被'涅墨西斯'盯上的对象本来就是我们搜查方针中的一部分，八木岛管理官会替我们兜着的。他之前不也帮我们申请过人手支援了吗？"

　　"在保护对象的周边进行监视，确认有没有可疑人士出现。

什么钓鱼不钓鱼，说到底，我们做的事不都是差不多的吗？真是麻烦啊。"

"警察利用普通民众充当诱饵，上面的人可不会愿意承担这样的风险。你应该也明白才对。"

"明白是明白，但是接受不了。就是因为这群家伙老是当面一套背后一套，我们警察才总是被市民说三道四的。做事就不能简单直接一点吗？"

锦织虽然在抱怨，但语气听起来还是很快活的。这家伙从前就不喜欢动脑子，只喜欢肉搏战，警卫部的工作倒像是为他量身打造的。县警总部里没有一个人的格斗术能胜过锦织，他甚至不止一次拿过全国剑道大赛的冠军。

这样的猛将却和渡濑很合得来，也许是因为他们的性格正好互补。一个是智将，一个是武将，他们信奉的主张、办案的手法都天差地别，甚至因为相差得太大，两人反而都觉得对方十分稀奇有趣。

"不过，答应当诱饵的那位听说是个十七岁的少女，你又用你得意的花言巧语去骗人家了？"

"不是我骗来的，那是个坚强的女孩子。父亲在坐牢，母亲被世人的风言风语吓破了胆子，那孩子却握着拳头说，要向那些以别人的不幸为乐的人发起反击呢。"

"那可真是可靠，嗯，她毕业之后干脆把她挖来县警总部吧。"

"还是算了吧，不知变通也不知恐惧的傻瓜有一个就足够了。"

渡濑嘴里的这个傻瓜正和警卫科的其他警员一同查看着地图，似乎还因为警卫的配置产生了一些争执。仔细想想，古手川似乎是第一次和警卫科的同事合作，他此时也许心中有不少困惑和烦躁，但是他这个阶段多经历一些事总是没有坏处的。

"说正事吧。那位母亲要坐电车到南高崎上班，电车上只要安排两个人跟着她就行了。但是她去最近的北高崎站只有不到五百米的距离，那个小姑娘去上学的距离也不到两公里。这么小的范围内出动一科和我们警卫科的所有人手，是不是有点太浪费了？"

"虽然不是一定要使用人海战术，但我还是希望万无一失。'涅墨西斯'的惯用手法，是用杀人犯曾经使用的杀人手法去杀死他们的家人。你知道菅野是怎么杀死他的情人的吗？"

"砸烂了脸，切掉了十根手指头……"

"那是处理尸体的方法。死者直接的死因是脑损伤，伤口是用钝器在脑后造成的。也就是说，'涅墨西斯'会单手拎着凶器接近那对母女，我们只要有一瞬间的松懈，他就有可能得手。当然，他也有可能开车来把人掳走，然后在其他地方杀害她们，再毁了她们的脸。不管是哪种方式，他作案的时间都不会太长。"

听着渡濑的话，锦织的表情也逐渐凝重了起来。

"正因为我们不允许有一丝一毫的松懈，所以才会安排这么多的人手。比如说，小姑娘上学经过的三国街道，既宽阔视野又好，但是这个地方凶手有极多可以逃跑的路线，所以必须按点位布置人员。"

"要兼顾保护诱饵和抓捕凶手，的确需要人手。"

"老实说，我在考虑要不要出动狙击班。"

"狙击班……SAT（特种部队）的话，这附近只有千叶县警有了。但是，只有恐怖袭击或者凶手持有枪械的重大案件才允许出动 SAT 吧？"

"毕竟二宫辉彦案件是由我们和千叶县警合作搜查的，总能找到点关系。而且这次本来也是重大案件，也可以解释成对法治国家的恐怖袭击，也算是说得通吧。"

"就凭这点借口你就想指使千叶县警吗，你这家伙的手法还是一如既往地粗暴。"

"我在千叶县警里也有不少熟人，所谓熟人，就是用在这种时候的。"

"你说利用，不会是想直接去找千叶县警的高层吧？"

"我不会做这种越权的事。面子和业绩，有了这两个诱饵，不怕那些上位者不上钩。操纵上司的方法有这两样就足够了。"

锦织目瞪口呆地看向渡濑。

"以你的人脉和手段，至今居然还只是个警部，你真是个让人看不懂的男人。"

渡濑假装没听到锦织的话，埋头开始思考部署战略。如果说他对升职没有一点兴趣，那无疑是假话，但是至少此刻，他心里没有比抓到"涅墨西斯"更重要的事。

中午，渡濑刚回到刑警办公室准备午休一小会儿，他的手机就响了起来。

是岬打来的。

"现在方便说话吗？"

只听对方说话的语气，渡濑就知道他打电话来是关于这次的计划的。

"无妨，是为了抓人的事吧？"

"你怎么知道？"

"我向千叶县警请求了出动 SAT，我想县警那边应该会把消息传到你耳朵里。"

请求出动 SAT 的事渡濑已经通过八木岛告知了里中总部长，现在埼玉县警和千叶县警之间应该正在进行交涉。

"你跟总部长说的时候，就已经猜到了他们会泄露给检方？"

"如果这话传了出去，我就大概能猜到事情进展得顺不顺利了。"

这种请求，如果被拒绝了，就绝不会有任何消息传出去，反过来说，只要消息传了出去，就说明两边的县警还在认真考虑这件事。

"……我真是服了你了。"

"顺便拜托你一件事。请你帮我们事先做好准备，不要让钓鱼执法这件事被媒体泄露出去。"

"埼玉县警不想被认为是违法搜查啊。不过，这种事顶多算是保护目标的时候顺带的行为吧，警部你有必要如此费心不让媒体知道吗？"

"大家都知道这是违法搜查，我担心的是市民的眼光都集中在我们警察的办案手法上，反而认不清这件事真正的焦点。我需要让媒体清楚地报道出，容忍'涅墨西斯'伤害加害者的家人这件事有多么不人道。"

"我在记者圈里多少也有些熟人。只要我们顺利解决这件事，这些杂音自然就会消散了。"

以岬的立场而言，他无法公开答应渡濑的请求，不过他这话就是在暗示渡濑他会协助渡濑联系媒体。

"你出动SAT，是不是意味着抓捕犯人的工作已经进入倒计时了？"

"这一点就交给次席检察官你自行判断吧。"

"你这家伙真是的，才刚让我留下话柄，现在却要对我保密？"

正因为是岬，渡濑知道不需要多加解释对方也会明白自己，而且他也知道，岬不会为了这点事和自己生气。

"等这次的案子结束了，一起出来喝一杯吧？"

"那就要看这次的案子究竟是如何结束的了。那我先挂了。"

挂了电话，渡濑的心里总觉得有些难以言表的情绪。

那似乎是一种不祥的预感，但究竟是什么，渡濑再三思考也没有得出答案。

九月十三日晚上七点，菜菜子走出了校门。

天已经黑了，但是空气中仍然蒸腾着热意，菜菜子却感到背后传来一阵阵恶寒。

她小心地左右看了看。

"不要左顾右盼。"

突然，耳机中传来了渡濑低沉的声音。她身上的随身听实际上是为了听渡濑指示而进行过伪装的无线电话。

"你虽然不用刻意表演，但也不要看上去太有戒心，会把鱼吓跑的。"

别随便把人当鱼饵啊，菜菜子很想这么说，但可惜的是她不能随便出声。给我记住，她恶狠狠地想，等一会儿我要好好把这个长了一副坏蛋相的家伙说一顿。

"和平时表现得一样就行。放心吧，你的一举一动都有二十个警察在看着呢。"

一开始听到这个警卫人数的时候，菜菜子还以为对方在开玩笑。这架势，简直和保护某国的要人一样了。

她虽然觉得有些夸张，但也感到十分安心。有这么多警察在自己身边，自然不会让凶手为所欲为。

走过地铁站，前面就是三国街道。

仔细看看，这一带的景色的确相当不错。不过，渡濑他们到底躲在什么地方呢？菜菜子试着看向一家酒屋的门口。

平时几乎没什么人的店门口，此刻站着一个男客人。因为他此时站在道路斜对面四十五度角的地方，所以能够清晰地将菜菜子的身影收入眼底。这个人应该是一个警察吧。

"不是跟你说了不要东张西望吗？"

但是看一眼店门口应该也不是什么奇怪的举动才对。

"穿着制服的女高中生会关心酒屋门口吗？别做奇怪的举动。"

渡濑这么一说，菜菜子也觉得的确如此，于是收回了视线继续向前走。

那么，用余光偷看周围应该没关系吧？

洋装店里有一名女性，穿着挺拔的西装，和时尚的洋装店显得有些格格不入。

钟表店里有一名年轻男性在挑选商品。不过，最近的年轻人应该不太戴手表了吧？

鲜鱼店中全是些提着环保购物袋的大妈，想必这里面应该没有警察了吧。

中华料理店里，玻璃门背后的吧台上有个穿着工作服的男人正在喝酒，工作中的警察总不会喝酒吧？——不过也有可能杯子里装的实际上是麦茶。

菜菜子之所以会想着这些乱七八糟的事，并不是因为她心中轻松。相反，正因为心里并不轻松，所以她才强行逼自己想些别的事来分散注意力。

某个杀人犯正在暗中盯着自己。明知如此，她又怎么能若无其事？能像现在这样以正常的速度走向家里，她已经拼尽了全力。

她一边走一边在心里提醒自己，绝不能停下来。她不敢回头，是因为恐惧在她身后如影随形。但她仍然敢向前迈步，是因为渡濑他们正在守护着自己。

看到咖喱店的招牌时，菜菜子的心里不禁一阵动摇。这家店在附近来说算味道不错的，她是这里的常客。真想进去坐一会儿，让自己的心情平静一下啊！

"不要绕路，直接回家。"

那个警察怎么总是能抢先一步读出自己心里的想法？他不仅脸长得凶，头脑也像个魔鬼一样。

平常走惯了的路，今天看起来却仿佛隐藏着恶鬼一般。

啊，为什么偏偏这个时候他又不说话了？渡濑先生，随便说点什么也好啊！

正是这个时候。

啪嗒啪嗒。

脚步声响起来的瞬间，菜菜子一个激灵，感到一阵恶寒充斥着自己全身。

"别停下来。"

听到这话，菜菜子再次迈开了步伐，腿却忍不住开始颤抖。她假装平静地向前走去，那晚曾听到的脚步声紧紧地跟在后方。

啪嗒啪嗒。

啪嗒啪嗒。

从声音的大小和间隔，菜菜子能分辨出来，就是那天的脚步声。

她的心猛烈地跳动起来，虽然被明令禁止过，但她还是忍不住想要寻找警察的身影。但是，这条路原本就狭窄，两侧都是居民楼，看起来不像有什么能藏人的地方。

啪嗒啪嗒。

啪嗒啪嗒。

拜托了，渡濑先生，跟我说点什么吧。

有人在我后面。

那家伙离我到底有多远?

警察在看着我吗?

啪嗒啪嗒。

啪嗒啪嗒。

菜菜子强忍着几乎击溃她的巨大恐惧，继续向前走着，来到了一个三岔路口。转角处，除了民宅中散出的一点零星的灯光，便是一片漆黑。

"你走得太快了，会被人怀疑的，再慢一点。"

渡濑此刻应该是在远处监视着菜菜子，在这样的黑暗之中他也能看清她细微的动作，是因为菜菜子的背包上装有传感器。

他们能看见自己，自己却看不见他们，这还真是不公平，这不就跟"涅墨西斯"一样吗?

拐过三岔路，周围变得越来越黑了。

菜菜子怀疑自己的心跳声是不是大得连"涅墨西斯"都能听见。她努力想平复心跳，却无能为力，心脏跳得发痛，感觉简直快从嘴里跳出来了一样。

快跑，现在就要赶紧逃跑。

菜菜子的脑海中响起了警报。

但同时，她也在努力尝试安慰自己，不要慌，镇定下来。

如果发生什么意外，他们一定会采取行动的。他们一定会保护我们母女。渡濑答应过自己的。

每一秒都仿佛被拉长了十倍。

每一米都像十米那么远。

啪嗒啪嗒。

啪嗒啪嗒。

菜菜子终于到了公园。

那孤零零的一盏路灯，从没有像此刻这样，看上去让人心惊胆战。她快速地瞄了一眼四周，似乎没有看到警察的身影。

菜菜子突然感到一种莫名其妙的强烈不安。

是不是"涅墨西斯"不伤害自己，那些警察就不会动手？是不是要见到自己的血，他们才会行动？

渡濑说过，他们要当场逮捕"涅墨西斯"，那意思不就是要等对方对自己下手吗？

她的忍耐已经到了极限。

就在她忍受不了，准备叫出渡濑的名字的那一瞬间——

"你就是今冈菜菜子吗？"

黑暗中传来了一道冷静的声音。

菜菜子回头看向声音的来源，一道身影正站在自己身后。他穿着短袖衬衣，系着领带，但是看不清脸。

不，还有一样东西。

人影的手中拿着一根长长的棒状物。尖端摩擦着地面，发出了金属的声音，看来应该是钢管。

快跑。大脑发出指令，但极度的恐惧让她的下半身动弹不得。

"我一直想见见你呢。"

听声音是个年轻的男人。

嘎啦嘎啦。

嘎啦嘎啦。

伴随着钢管摩擦地面的声音,男人的身影慢慢出现在了路灯之下。

男人的脸看起来既不凶恶,也不刻薄。他看起来二十多岁,一眼看上去长得相当温柔。菜菜子不认识这张脸。

正因为男人的气质,他单手拎着钢管的样子就显得更加诡异。

菜菜子突然想起来——

"涅墨西斯"会模仿过去的杀人案。

而自己的父亲杀害情人时,正是使用钝器从背后一击致命的。

男人不紧不慢地靠近菜菜子。

但是,菜菜子的身体就像被人捆住了一般,一点也动不了。她的腿僵在原地,一寸也无法挪动。

"看来你害怕得动不了了啊。"男人语气温柔地说道,"我对你本人没有任何怨恨,要怪就怪你是菅野昭之的女儿吧。"

男人高高举起了钢管。在菜菜子的眼里,对方的动作如同开启了慢动作一般,被拉长、放慢。

"放心吧,我会让你死得没有痛苦的。"

渡濑先生。

救救我。

男人将钢管举过头顶。

292

就在这时，男人的表情陡然大变。

"混蛋！"

男人的背后、左右蹿出几道人影，死死按住他的四肢和躯体。钢管从他失去力气的手中脱落，掉在地上发出"砰"的一声。

菜菜子呆立在原地，一个人影站到了她的面前。

"干得好，你可是立了大功了！"

分辨出眼前的人正是渡濑之后，菜菜子双腿一软。

"喂。"

渡濑扶了菜菜子一把，让她不至于摔倒在地上。

"抓到了，抓到犯人了！"

远远地似乎听到了警察的声音，菜菜子知道一切终于结束了，她一下子失去了全身的力气。

"……渡濑先生。"

"怎么了？"

"来得太慢了，真过分。"

"抱歉，我可以任你骂上几句。"

"不，已经没事了。我……我有做好我的工作，对吗？"

"嗯，你的工作抵得上一百个老练的警察呢。"

"说得太夸张了吧。"

"才不夸张。如果放任那家伙继续在外面行凶，又会出现新的受害者吧。到那时投入的警察可就不止一百个了，所以你完全可以为自己骄傲。"

说着，渡濑放软了声音：

"你的父亲确实犯了罪，我知道你和你母亲心里都有负罪感。但是你今天立的功，已经足够抵消你的那些负罪感了。"

这家伙长着一张这样的脸，怎么能说出这么温柔的话。

古手川也赶了过来。

"班长，从嫌疑人身上搜出了身份证。"

看到古手川递来的身份证的一瞬间，渡濑的表情变得比平时更凶恶了。他放开菜菜子，靠近了那个被压在地上动弹不得的男人。

"啊，渡濑先生，我们还是第一次见面呢。"

菜菜子也听见了"涅墨西斯"的话，因此觉得心里混乱极了。

这个人怎么会知道渡濑的名字？

渡濑盯着"涅墨西斯"看了好一会儿，才唾骂了一句"混账东西"，然后走回了菜菜子身边。

"你说谁是混账东西？"

"全都是。"

和刚才完全不同，此刻渡濑的语气听上去冰冷极了。

"不是搜到身份证了吗？'涅墨西斯'的真实身份是谁？"

"他的名字是横山顺一郎，在东京地方检察厅工作，是次席检察官的附属事务官。"

4

晚上九点二十三分，于犯案当场被逮捕的"涅墨西斯"，也就是横山顺一郎，被押送到了搜查总部所在的埼玉县警处。

而现在，渡濑正和横山在取证室中相对而坐，一旁只有古手川负责做记录，再无旁人。

"我们现在开始给你录口供。我想你也知道，你所说的一切我们都会记录下来，你要做好准备。"

"多谢您费心。"

横山轻轻点了点头，向渡濑致谢。在押送车中他也是这副样子，看不出一丝悔意。

"我常听次席检察官提起渡濑警部的大名，我总想着什么时候能亲自跟您见上一面，没想到我们第一次见面却是这样的场景，实在是不好意思。"

"说实话，我现在坐在这里也觉得像做梦一样，没想到'涅墨西斯'竟然会是岬检察官的事务官。"

横山听了这话，看上去竟然有几分羞涩。

"这件事次席检察官已经知道了吗？"

"嗯，刚刚通知他，他正在赶过来。"

"给各位添麻烦了。"

"那么，我首先要问你最关键的问题。你就是'涅墨西斯'本人，没错吧？"

"'涅墨西斯'是你们根据现场留下的信息给我取的名字。我想您也知道，涅墨西斯是希腊神话中的义愤女神。我顶多算是涅墨西斯的使者吧。我想，那位女神也没有时间管每一起案子。这就是我留下那条信息的打算。"

"你搬出这位女神来，说明你的犯案动机果然是出于义愤吗？"

"是的。本来这些人都是应该上死刑台的犯人，却因为姑息养奸的律师和运气而逃脱死刑。而死者的家人却被法律和监狱阻挡了复仇的机会，只能每日哀叹哭泣。这难道不是很不公平吗？"

"你一直都是这么想的吗？"

"准确地说，是自从被东京地方检察厅录取之后，我就一直这么想。因为那里有大量真实细致的数据，我能看到的东西比在电视和新闻上更多。次席检察官让我看了几百起诉讼案件，在浏览的过程中，我逐渐觉得应该化身为涅墨西斯的使者，去惩罚这些逃过法律制裁的犯人。"

"但你的制裁并不是对犯人本人，而是针对他们无辜的家人，不是吗？"

"警部您真的觉得，他们是无辜的人吗？您错了。轻部亮一也好，二宫圭吾也好，将他们教育成那种人渣的家庭当然也有问题。人是会受环境影响的，正是因为他们扭曲的教育和感情，才促成了这些怪物的诞生。"

"你这话我无法赞同也无法否定，没有任何科学依据可以证明是家庭环境让那两个人变成了杀人犯。"

听到渡濑的回答，横山的眼里泛起了兴奋的光芒。

"啊，渡濑警部，您果然和次席检察官说的一样，手腕高强又理智，绝不会轻信那些毫无根据的谣言和蠢话。"

"你明知是蠢话，却还是以此为信条，不断犯罪？"

"就算我想对本人下手，但是他们都被关在监狱里，也没有办法嘛。那么，想要替死者的家属报仇的话，没有比把加害者的家人选为祭品更好的办法了吧？我想惩罚的是凶手本人，他们的家人只是代为受过而已。"

渡濑瞟了一眼正在打字的古手川，他拧着眉毛，看起来十分不能接受横山的理论。

"我倒不是自夸，不过，刺死户野原贵美子的时候也好，殴打二宫辉彦的时候也好，我都没有受到一丝良心的煎熬。你们之后一定会调查我的背景吧，那你们就会知道，我所受的教育都很正常，也没有什么思想偏激的友人。你们可以去问问我进东京地方检察厅时面试我的人，他可以证明我的精神非常正常。"

检察厅的录用考试中包含面试，事务官需要辅佐检察官进行委托鉴定等工作，因此面试时不仅要调查他的思想、背景，还会对他的性格进行彻底的诊断。所以，横山所说的话并没有夸张和谬误。

"你刚刚说你刺死了户野原贵美子，殴打了二宫辉彦。是殴打而不是打死？"

"这么一点微妙的差别居然都能被您察觉到，真是令人惶恐。这倒不是我的口误。我虽然用钢管殴打了二宫辉彦，但我对他是没有杀意的。本来我只想让他受重伤就行，但是不知道是运气好还是运气差，二宫辉彦死掉了。这件事我内心也觉得有些愧疚。"

"也就是说，你对户野原贵美子抱有杀意，是吗？"

"嗯，确实有。"

"户野原贵美子和二宫辉彦之间有什么差别，你有无杀意的标准是什么？"

"用一句话解释的话，就是犯案的凶残程度。二宫圭吾虽然纠缠、杀害了一名女性，但那也是因为他憎恨那名女性。而轻部亮一杀害的却是和他无冤无仇，甚至是素不相识的两名女性。轻部的家人被杀了也是罪有应得，但是二宫的家人却不那么令人憎恨。"

"你的理论我实在理解不了。"

"的确是很令人难以理解吧，这是信仰涅墨西斯女神的我个人的判断标准。不过，我可是真心的，证据就是，我只打了二宫辉彦一下而已。如果想要完美地再现二宫圭吾的罪行，那就应该反复殴打，直到将他的头打到变形为止才对。"

横山的解释极有条理性，虽然扭曲，但也不得不承认他有一套能够自洽的理论。

渡濑突然这么想。

这就是狂信徒心中的教义吧。

"那么，今天晚上你对菜菜子又有何打算呢？"

"她也一样，我对她没有任何杀意。我只想让她受点需要住院的程度的伤就足够了。"

"你刚刚在公园可是说，会让她死得没有痛苦的。"

"那只是嘴上说说而已。他的父亲只是因为感情纠纷而杀害了情人，这样的罪过还不至于非得让他的独生女偿命。"

"偏偏要提起罪过，你觉得自己是法官吗？"

"涅墨西斯是比法官更为上位的存在，只有同为女神的忒弥斯才能与她对抗吧。的确，在法庭上，法官是最为权威的人，但是他们的判断却不一定具有绝对的权威。如果法官下达的判决背离了世间的公德和常识，那也会招致世人的批评。就连轻部事件和二宫事件也一样，如果那位涩泽法官能够给出更加公正的判决，也就不会有之后的悲剧了。"

"借用神的名头做这种事情，你不怕遭到神罚吗？"

"我相信，我是受到了神的指示而行动的，怎么会遭到神罚呢。"

渡濑冷冰冰地盯着横山。

"哎呀，真吓人。被您用这么可怕的眼神盯着看，大部分的嫌疑人应该都会立刻说出实话吧。不过，您对我可用不着这样，您不用盯着我看，我自己也会全招出来的。"

"你态度上倒是挺配合的。"

"既然我已经被你们抓了，再隐瞒也没有什么意义。嫌疑人三番五次地改口供也只会让负责取证的人不高兴，在法庭上也可能会变得不利。我由于职务的关系已经见过几次这样的案例了。不过，我倒不是愿意配合各位，只不过是希望警部能够准确无误地做好我的笔录而已。"

横山的语气突然变得兴奋起来。

"我向警部您发誓，我是处于正常的精神状态和心理状态下犯下这些案子的，作案时也没有服用任何违法药物，更没有受到什么特殊的宗教团体或者政治团体的影响。我横山顺一郎基于正常的理智，杀死了户野原贵美子，但是我没有计划杀死二宫辉彦和今冈菜菜子，只是计划袭击他们而已。"

"简直想把这份供述当成模板给其他嫌疑人看看了。"

"我一直在想，万一被抓住了，就要像现在这么做。虽然给法律界的各位同人添了不少麻烦，但我身为在地方检察厅工作了一年多的事务官，还是有一些自己的骄傲的。"

渡濑深深拧着眉毛，这家伙的骄傲还真是扭曲。而且，这既不是骄傲也不是信念，他只是为了保全自己罢了。

"审判轻部事件和二宫事件的都是涩泽法官。你选择下手的对象时，有专门考虑这一点吗？"

"一开始我没有单独考虑涩泽法官负责过的案子，只是在挑选那些逃过死刑的犯人时，偶然发现他们两个的案子都是由涩泽法官主审的而已。不过，这也许并不是偶然，而是必然。毕竟那位'温情法官'经手的案子里，这样的事例可多得很，我会选中其中两起也很正常。"

"换个话题吧。你怎么看待岬次席检察官？"

横山似乎没有料到渡濑会问这个问题，一时不知道怎么回答。

"次席检察官是我非常尊敬的人。"

"你从进入检察厅开始就跟着次席检察官，做他的事务官。你跟着他、接受他的教导的结果就是化身'涅墨西斯'吗？这就是次席检察官教给你的正义吗？"

横山露出了极为受伤的表情，这是他被捕以后，第一次流露出脆弱的神色。

"这件事和次席检察官没有任何关系！这一系列的罪行都是我基于个人的伦理观、个人的判断所犯下的。"

"那么，你是承认犯下了杀害两人、一人未遂的罪行吗？"

"我承认，虽然有一个不是我有意杀死的。"

渡濑轻轻地叹了一口气，又重新将精神集中到审问上。

"那么，我要开始询问你关于每起案子的细节问题了。首先是八月八日，发生于熊谷市佐谷田的户野原贵美子遇害案……"

岬次席检察官驱车抵达埼玉县警处时，时间已是第二天的零点十三分。

渡濑已经结束了对横山的审讯，前来迎接岬。

"警部，我听说你们当场抓捕了横山顺一郎，是真的吗？"

岬一看便知是急匆匆赶来的，一向在意仪容的他此刻头发也乱了，连领子都没有翻好。

"很遗憾，我们在他正准备对第三名受害者下手时当场抓住了他。他已经承认了前两起杀人案。"

"他供认的内容和事实有没有出入？有没有可能是他胡说八道的？"

"关于这一点也很遗憾……关于'涅墨西斯'这起案子的事我虽然常常向检察官你报告，不过那都是口头上说的，从没有给你看过文件和数据，更没有将这些告知过横山事务官。但是他所供认的内容中，从遗体的损伤情况、状态到使用的凶器的形状等，都和实际相符，如果不是凶手本人，是不可能知道这些信息的。"

"他是怎么知道被害人信息的？"

"检察厅的数据库里有过去发生的案子的全部资料，里面也包括了案件相关人员的最新地址。当初我们以为'涅墨西斯'是从网上找到户野原贵美子的地址的，但是横山身为地方检察厅的职员，根本不需要那些不可靠的信息，也能轻易地找到猎物的所在。"

"是吗……"

岬的肩膀一下子垮了下来。

"是吗……"

他似乎从渡濑的态度中看出，继续反驳也没有任何意义。他飞奔到县警总部时的气势一下子烟消云散了，看上去消沉且疲惫。

"从前警部曾说过，'涅墨西斯'就藏在知道那两人信息的人之中……现在想想，你真是一针见血啊。"

"过奖了，那也只是缩小了嫌疑人的范围而已。"

"仔细想想，如果我们顺着那条线索仔细查下去，早晚会查到横山身上……我到底之前都在想些什么？"

岬的语气中充满了痛惜。

"动机呢，他这么做的动机是什么？"

"跟我们想的一样。他自诩为'涅墨西斯的使者'，想要代为惩罚逃脱死刑的犯人，让他们的家人付出代价。算是一种狂信徒吧。"

"他从进入东京地方检察厅开始就跟着我，这一年多一直待在我身边，但是我一点也没有看透他。"

"他事务官的工作做得怎么样？"

"他是个无论什么工作都能处理得很利落的人，才能出众，虽然不是那种适合当管理者的人，却诚实可靠。平时说话虽然有几分傲慢，但是工作确实无可挑剔。"

"他在受审讯的时候，也不忘记表达对你的尊敬之情。"

"是吗？"

"所以我问了他，受着检察官你的熏陶，怎么会做出这样的事。"

"横山怎么回答的？"

"他自称所有的罪行都是基于他自身的伦理观做出的独断，和检察官你没有任何关系。我也不得不接受了他的说法。"

"到底是什么让他变成了这样呢？他进检察厅的时候也接受过背景和思想的检查才对，平时的言行举止里也看不出有什么异常。"

　　"杀人犯平时也不会把'杀人犯'几个字写在脸上。这一点检察官你应该不会不清楚。"

　　"一个人如果心里有着扭曲的信条和反社会的思想，总会在什么地方露出一星半点吧？"

　　岬这副疑惑无助的样子，简直像一个迷路的孩子一般。

　　"这说明他有强大的自制力。就跟宗教一样，越是教义过激的宗教，其教众越不会轻易对外人开口提起。因为他们都深信自己的神只存在于教义之中，而外面的世界被异教的神支配着。打个不恰当的比喻，对他来说支持废除死刑的人正是异教徒，而涩泽法官则是异教的神官。"

　　"我对他来说也是异教徒吗？"

　　"那就不知道了。他对你的敬爱绝对没有虚假的成分，但是敬爱和信条，本来就是不同的东西。"

　　"你是在安慰我吗？"

　　"区区在下怎么有资格安慰次席检察官，我可不会干这种僭越的事。"

　　岬露出了略带寂寞的笑容。

　　"你真是，永远这么直接。"

　　"可能是我本性单纯吧。"

　　"给你添了不少麻烦，我也该告辞了。"

岬慢慢地站了起来。

"你不见见横山吗？"

"不，不用了。上一次被如此亲近的人背叛还是十年前的事，还真是令人沉重啊……我跟警部说过吗？我那个笨蛋儿子的事。"

"听人说起过，是叫洋介吧？"

"他已经考过了司法考试，成了实习生了，却突然说要搞什么音乐。当时我可是觉得遭受了巨大的背叛，没想到现在又尝到了同样的滋味。这是我平时没做好事遭到的报应吗？"

渡濑不知道能说什么。

"唯一的安慰是，至少他被送检的地方不会是我们那里。"

留下这句话，岬径直离开了。

之后，渡濑等人仔细搜查了横山的房子，在他的床下搜出了疑似两起事件中使用的凶器，一把出刃菜刀和一根钢管。交由鉴识科检查后，从上面分别检测出了属于户野原贵美子和二宫辉彦的血迹。另外，从户野原家找到的足迹，以及二宫辉彦被杀现场中找到的不明毛发，都被证实是属于横山的。

接着，他们对横山的不在场证明进行了调查，也得到了与他供词一致的结果。

首先是户野原贵美子被杀的八月八日，然后是二宫辉彦被杀的九月三日，以及菜菜子被不明人物尾随的九月七、九、十二日，这几天他都没有不在场证明。

这些证据就已经足够立案了，但是最后他们还发现了一些补充材料。

那就是横山本人管理运营的博客，名称是"有司法界才有法律！真的吗？"。博客名称虽然浅白，内容却十分认真。其中置顶的是这样一篇文章：

> 各位游客，欢迎你们。这里是身为司法界一员的管理人，对各种新闻自由地发表自己看法的地方，而且我谈论的新闻会以重大事件为主。有一件事需要说在前面，我支持死刑制度。如今，日本有超过八成的国民仍然支持死刑，但是那些知识分子一味地迎合所谓的世界潮流，开展一些毫无意义的运动，那些律师也用毫无理性的论调来支持废除死刑。管理员会彻底地驳斥、唾弃这些乱象，如果有游客对这一点感到不快，最好立刻停止浏览本博客。

就像置顶文中提到的一样，这个博客中充满了对死刑制度的拥护和对废除死刑论的否定，里面的言论过激，还经常点名批评一些出名的"废死论"支持者。这些内容虽然不能证明横山就是"涅墨西斯"，却可以佐证他的杀人动机。

由于横山已经承认了犯罪事实，所以他被先行送往了地方检察厅。之后，在他被拘留的十天以内，警方又陆续从他家中找到了数样证物，于是，负责的检察官正式以杀人及杀人未遂的罪名起诉了横山。

怨愤

"在那里，

我接触到了法律的女神忒弥斯，

她一手持着刑罚之剑，

一手拿着称量罪恶的天平，

是给予罪人相应惩罚的正义女神。"

1

十一月二十五日，关于被告横山顺一郎的最终辩论在埼玉地方法院召开。

在早上九点三十分的凛冽寒风中，备受世人瞩目的"涅墨西斯的使者"一案迎来了公审的最后一天。除了记者，很多普通市民也都挤在门口，希望能够获得一张旁听席的准入券。这些人里面肯定也有各大报社请来的兼职人员。

渡濑在远处粗略地数了一下人数，竞争率在一比二十左右。跟第一次开庭时一比四十的竞争率相比，也许会感觉公众对这起案子的关注度有所下降，但其实竞争依然激烈。

九点四十分时，每个人都被分发了一张抽奖券。抽中了的人可以凭抽奖券去交换旁听券，进入法庭所在的 A 栋。

渡濑想，他们到底会如何看待被告席上的横山呢？是复仇的代行者，还是少有的偏执狂？

横山被当场逮捕后的第二天，媒体和各大报社就开始大肆揣测他的杀人动机。被人称作"涅墨西斯"的横山虽然在口供中更正了这个说法，自称为"涅墨西斯的使者"，但到底没有太大区别。在横山被捕之前，还有一小部分人公开拥护着"涅墨西斯"，认为他这是为了"向温情判决发起抗议"，但是随着横山是跟随次席检察官的事务官这件事曝光，这群人也立刻销声匿迹了。

不过，这种情况只表现在传统媒体上，在网上，横山仍然是大多数人心中的英雄。他在法庭上的发言有部分被泄露给了外界，有不少人对他的理论表示了认同。

从他被逮捕到起诉，再到初公审、最终辩论，这一系列进程所花费的时间极短，在日本的司法界中是个极为特殊的例子。一方面是因这起案子实在没有什么有争议的点，另一方面也是因有舆论的关注在背后推动。以法务省为首的司法机关都希望能够尽快制止这种风气，让人们停止赞美歪曲的伦理观。

渡濑走在通往法庭的走廊上，思考着官司的发展和舆论的变化。横山被酌情轻判的可能性几乎为零。在渡濑看来，就算考虑到他是初犯，最低也会判无期徒刑。横山袭击那些本应逃过死刑的犯人的家人，如果他自己也逃脱了死刑，那还真是有些讽刺。

当然，审判长在量刑时应该也会把这些事情考虑进去，就算不会影响判决，恐怕也做不到完全无视民意。

这会是一场可以预测的庭审。即便如此，渡濑仍然来到了现场，因为他对横山的供词仍有不能理解的地方。

犯罪动机虽然异常，但也并非不能理解。凶器等物证也都齐备，没有不在场证明。口供中包含他如何发现被害人的住址等内容，可信度很高。既没有伪造，也没有遗漏，应该无论怎么看都没有可疑的地方。

但是，渡濑心中始终有一丝挥之不去的不安。他不知道这不安源于何处，因此就更加不安了。他来旁听庭审的目的也是想找到这份不安的来源。

渡濑进入 202 号法庭，在旁听席上等待开庭。他向四周看了看，果然岬今天也没有出现在法庭上。

过了一会儿，横山和辩护律师、高司检察官都进入了法庭，十点刚过，审判长等人也来了。三名法官和六名陪审员。审判长是长濑法官，他一向重视判例，绝不会做出像涩泽法官那样的温情判决。高司检察官今年才二十多岁，虽然年轻但是风评非常好，在渡濑看来他也是个相当有能力的检察官。

除了裁判席，法庭内的所有人都站了起来。书记官宣布开庭后，全员才能坐下。

渡濑将目光投向审判长两侧的陪审员。他们六个人此刻都面无表情，可能是受过了法官的提醒。渡濑从第一次庭审开始每次都会出席，他曾经几次看见陪审员在被告发言时频频蹙眉。想必法院在挑选陪审员时特意剔除了那些思想偏激的人，在此列席的陪审员都有着符合社会主流的价值观和道德观。

"今天将进行检方的论告和最终辩论，以及被告的意见陈词。那么，先请检方开始论告。"

高司缓慢地站了起来，看上去已经确信横山有罪，因此信心十足。

"被告横山顺一郎于今年八月至九月的一个多月内，接连杀害户野原贵美子和二宫辉彦两名受害者，又企图杀害今冈菜菜子。虽然最后一起事件没能成功，但是如果没有警察的制止，可以想见，还会出现第三名受害者。被害人的血亲过去都犯了杀人的罪行，被告的杀人动机便是认为过去的判决不符合他的价值观，以及向被害人寻仇。被告原本是东京地方检察厅的事务官，可以看出我们检察厅的教育制度有一定问题，因此我们甘愿受世人指责，但是绝不能够因为这一点而减轻被告所应承担的法律责任。"

高司暂停了一下，望向裁判席，似乎在确认自己所说的话有没有成功打动他们。他话里话外的意思都是，犯下这样的罪行都是横山自己的想法，与检察厅无关，但加上了"甘愿受世人指责"这句话，便巧妙地使人不会对他留下不好的印象。

"户野原贵美子案和二宫辉彦案中所使用的凶器分别是一把出刃菜刀和一根钢管，这两样凶器都在被告的房间内被警员找到。另外，案发现场残留的毛发和其他遗留品也被证明是被告留下的。而且，被告已经承认了自己的全部罪行，检方所提交的搜查资料全无任何遗漏。被告因一己之私残忍地屠杀了两名受害者，这样的罪行徒刑远不足以赎罪。因此检方希望法庭判处被告死刑。"

虽然刚开始公审时，检方就已经提出了死刑的要求，但是经过检方立证、被告人讯问等一系列环节后，再次听到死刑的要求时，这份要求的分量无疑显得更重了。六名陪审员也露出一副理应如此的表情，附和着点了点头。

"那么，请辩护律师发言。"

被长濑审判长点名之后，辩护律师站了起来。莲实律师从业二十多年，既不是所谓的"人权派"律师，也不支持废除死刑。虽然他不可能赞同横山那扭曲的想法，但看起来他也准备努力尽到自己作为辩护律师的义务，维护被告的利益。

莲实咳嗽了好几声，简直像是想打乱高司营造出来的气氛一般。

"刚才检察官阁下叙述的内容中，存在一点重要的谬误。那就是，被告在第二起事件，即二宫辉彦遇害一案，和第三起事件，即今冈菜菜子遇袭事件的调查阶段，一贯否认了自己是主观试图蓄谋杀人这一点。所以，针对第二起事件，辩方主张应该判处被告过失杀人。"

莲实和高司一样把目光投向了裁判席，但他不是为了确认自己的主张是否具有感染力，而是为了请求他们酌情减刑，

"本案的三起事件有一个共通性，那就是杀人的手法都是模仿以往发生过的案件，这一点被告在口供中也有进行说明。户野原贵美子的儿子轻部亮一用出刃菜刀杀死了两名女性，二宫辉彦的儿子反复殴打自己跟踪的女性导致对方死亡。但是实际上，被告只在第一起案件中完全模仿了曾经的杀人方式，而在第二起案件中他只打了死者一下。这与被告自称他只想让死者受点伤的口供是一致的，可以佐证他没有杀害死者的主观意愿。也就是说，被告所犯的罪行应该是一起杀人罪、一起过失杀人罪和一起伤害

未遂罪，检方要求判处被告死刑，实在有量刑过重的嫌疑。"

莲实依次看向裁判席上的每一个人，仿佛在无声地责问他们：当被告的生命消逝在死刑台上时，你们能承担这份罪责吗？

"正如刚才检察官阁下所说，被告曾被东京地方检察厅录取，担任了一年多的事务官。我们先不讨论检察厅内的教育制度究竟有何问题，但是，正因为检察厅没能矫正被告那不成熟的伦理价值观，才导致了今天的事件的发生。伦理观的矫正和人格的养成绝不仅仅是本人的责任，我们在其他法庭也见证过，恶劣的教育环境成为酌情减刑的考虑因素，而且过去也有大量的判例可以用作参考。另外，被告在公审开始之前，对他杀害的两名死者都表示了后悔之情和谢罪之意。因此，辩方希望法庭能够对被告予以酌情轻判。"

横山吐露了后悔和歉意，这是事实。在任何一个需要他发言的场合，他都绝不吝于表达自己的后悔之情，简直和当时在取证室内跟渡濑辩论的样子判若两人。这也许是辩论律师为了替他争取减刑而采取的策略，但是也证明横山精神上的异常性得到了一定程度的缓解。

长濑审判长用锐利的目光看了一眼莲实，然后将目光投向了横山。

"那么被告，法庭的审理到此结束，你最后有什么想说的吗？"

"是，请让我说几句话。"

横山的一句话让整个法庭安静了下来。

“请吧。”

全程低头沉默无语的横山突然抬起头来，他脸上的表情让渡濑觉得十分熟悉——他被捕后在取证室里展露出来的，便是这样一副坚信着自己心中扭曲的法律的神情。

“我被东京地方检察厅录取之后，进入了初等科进行研修。在那里，我接触到了法律的女神忒弥斯，她一手持着刑罚之剑，一手拿着称量罪恶的天平，是给予罪人相应惩罚的正义女神。但是实际上，当我接触检察厅的工作之后，我经常产生这样的疑问：每一起案件，所有的被告，真的都得到了正义、正确的处罚吗？就连今天在座的各位，应该也都不止一次地见证过法庭的判决不符合民意的例子吧。心态还十分不成熟的我，接受不了这样的法律，觉得只有矫正这样的判决，法律的正义才能够真正实现。”

横山公开承认了自己的心态不成熟，但他的话仍然能让司法界动摇。这些话原本不是被告有资格说的，但他真挚的语气让人无法对这些话感到不悦。

“但是如今站在被告席上，我一想到被我杀害的两名死者，就觉得心里充满了愧疚。我曾经受检察厅教导，如今却被检方起诉，我心里满是羞愧。如果可以，我也想模仿古代的武士，当场切腹谢罪。但同时，我也觉得如果我就这么轻易死掉，也太对不起两名死者了。像我这样愚蠢无知的人，就应该一直受到痛苦的煎熬，最终在痛苦中死去。”

横山短暂地停了下来，注视着长濑审判长。

“各位法官阁下，我请求给我判处无期徒刑，让我受到永远的惩罚吧。"

横山的这番意见陈述恐怕会成为永载史册的名言，渡濑这么想。实际上，坐在渡濑身旁的年轻女性听了这番话已经感动得忍不住掉下了眼泪。

而裁判席上的各位似乎也深受感动，有好几名陪审员都用热切的眼神注视着横山。

长濑审判长轻轻地叹了一口气，环顾了一圈法庭之后，开口说道：

"本案的庭审到此结束，将于十二月九日上午十点宣布判决。退庭。"

听到这话之后，旁听席上有好几个人立刻站了起来，准备离开。同时，横山也被看守押送着离开了被告席。

他在离开的途中碰巧与渡濑对上了眼神。

横山一脸深沉地对渡濑点头致意，然后低下头顺从地跟着看守离开了，看上去是一副忏悔自己罪行的模范犯人的样子。

但是，渡濑心中的不安依然存在。

横山表现得越是安静顺从，渡濑心里的阴影便翻涌得越是剧烈。

你到底在担心什么？——无论问自己多少次，他都找不到答案。

等回过神来，旁听席上已经只剩渡濑一个人了。

宣布判决的第二天，岬来到了埼玉拘留支所。他还在埼玉地方检察厅时曾经来过这里很多次，但今天这里让他觉得十分陌生。

岬身为东京地方检察厅的次席检察官，论理不需要复杂的手续也能见到犯人，但岬还是到申请窗口填写了申请。负责人看到姓名栏中的名字时，露出了十分惊讶的表情，但是手续倒是很快就办好了。

岬在等待室中等了十五分钟，直到告示板上显示出他的号码。他给工作人员确认之后，就进入了会面室。

横山熟悉的脸已经出现在了亚克力板的另一面。他们应该才三个月左右没有见面，但岬却觉得对方的脸令人十分怀念。

"次席检察官，实在不好意思，因为您这次申请的是一般会面，麻烦您将说话的时长控制在三十分钟以内……"

岬单手示意自己明白了，看守见状显然放松了许多，打开门离开了房间。

横山只是低着头，看上去并没有多少羞愧。

"好久不见了，次席检察官。"

看着横山爽朗的笑容，岬越发困惑了。长相也好，声音也罢，横山都和他做事务官的时候一模一样。如果一定要说他们之间跟过去有什么不同，那就只有隔在他们中间的那道亚克力板了。

"抱歉，我一直想来看你，却总是抽不出时间。"

这是谎话。

他有的是时间，之所以一次也没有去法庭，一次也没有来看横山，只是因为他不敢来罢了。他害怕见到横山，害怕从横山身上看到自己的失败。

这种感觉似曾相识——是了，就像是看到自己的儿子做了坏事的老父亲一样。

"你看上去还不错。"

话一出口，岬就后悔了，为什么自己总是这么不会说话？

"我感觉我比进来之前更加健康了呢，看来监狱里的饭有助于减肥的说法是真的呀。"

"是吗，我也接近肥胖体形了，看来得找个时间和你一起吃上一顿啊。"

"这笑话可不好笑。就算天塌下来，您也不会进监狱的。"

"我曾经觉得你也是这样的人。看来我老了啊，看人的眼光也不行了。"

"不是的，是我的演技太好了，绝对不是您的错。"

说完，横山再次深深地低下了头。

"我给您添了许多麻烦，现在向您认错也改变不了什么，但还是请允许我向您谢罪。"

"你搞错道歉的对象了吧？"

横山没有回答这个问题。

"怎么了？你不会觉得自己没有错吧？"

"不是的。我的所作所为是毫无疑问的犯罪。刚拿到的判决书的内容，恐怕也会让被我杀害的死者相当怨愤吧。"

"我倒觉得这份判决非常适当。不，应该说大部分司法界的人都这么觉得。"

这句话倒不是假话。事实上，包括律师协会的机关在内，大多数律师都对这份判决的合理性表示了赞同。

横山顺一郎获得的判决是无期徒刑。检方也有八成左右的人觉得这份判决比较合理，基本参考了过去的判例，十分具有说服力。虽然横山的杀人动机异于常人，但是法庭无法审判人的思想，只能审判人的行为。只看横山的行为的话，长濑给出的裁决无疑是基于以往的判例做出的合理判决。

检方虽然提出了上诉，但是他们也知道量刑其实比较合理，推翻一审判决的可能性非常低。因此，横山的最终判决是无期徒刑的可能性非常大。

"但是老实说，我虽然能理解这份判决，感情上却难以接受。"

"这是为什么呢？"

"你实在太年轻了。如果你现在是我这个年纪，那你服刑的时间也不会太长。但是以你的年纪，你至少也要服刑三四十年，如果你长寿，可能要被关六十多年。你是打算打破平泽贞和尾田信夫的收监时长纪录吗？"

"最后死在医疗监狱里吗，如果能这样也不错呢。和平泽不一样，我已经全盘认罪，是彻头彻尾的罪人，我想我一定不会被原谅的吧。"

"谁不会原谅你？"

"忒弥斯女神。"

横山一副理所当然的样子。

"你不是说，忒弥斯的正义并不是真正的公平吗？"

"次席检察官知道我的意见陈述吗？我记得那天在法庭上没有见到您啊。"

"我听一位旁听了公审全程的熟人说的。"

横山无言地点了点头，这位熟人是谁看来不需要多加说明了。

　　"那个时候我的想法还太浅薄了。我现在才知道，和研修中学到的一样，忒弥斯的天平其实是精确无比的，只是让天平平衡下来需要一定的时间而已。俗话说，天网恢恢，疏而不漏，正是这个道理。"

　　"你的心境怎么会改变的？"

　　"可能是因为待在这里有许多时间可以用来思考自己的案子吧。我当事务官的时候，处理的都是别人的案子呢。"

　　对方若无其事的语气和表情，让岬心中十分担忧。

　　"我可以问你一个难以回答的问题吗？"

　　"对着您我没有什么话是难以启齿的。"

　　"那我就问了。你说你的杀人动机是义愤，所以你才自称'涅墨西斯的使者'。但是，这是真的吗？你真的百分之百是出于义愤吗，没有一丝沉醉于替人主持正义的快感之中？"

　　"您问这些想干什么呢？再次领悟到我的愚蠢浅薄，以此取乐吗？"

　　"我没有这种无聊的爱好，只是想让自己稍微安心一点吧。如果你只是像小孩子一样逞英雄，那还有酌情减刑的余地。但是，如果你是置身于司法界，近距离地观察了我这个次席检察官的做事方式，却仍然基于自己坚定的信念而做出这些事情，那就是我没有给你带好头。你明白了吗，是我自己想要获得酌情减刑。身为你在法律方面的引导者，我却没能给你做一个好榜样，这是我的罪过。"

岬一口气说了一大串话。这些忏悔的话，一旦被打断，他恐怕就再也说不出口了。

"你可以尽情地嘲笑我，横山君，但是我真的很害怕。我作为一个检察官，至今为止所做的事情真的都是正确的吗？我一直信奉着法律并以此为傲，但是这真的是对的吗？我已经无法判断了。"

这些话不假思索地从岬嘴里接连冒出。

然后他突然想了起来。

洋介背叛自己的期待，宣布要走上音乐道路的那天，岬也感到了和现在一样的恐惧。但如果承认它的存在，就等于否定了自己作为父亲的权威和至今为止他对洋介的所有教育，因此他顽固地隐瞒着这一切。

横山哀伤地看着岬。那眼神看起来像是怜悯，但又不像是。和他相处了一年多的岬知道，那眼神里既不是怜悯也不是同情，而是满满的罪恶感。

"次席检察官，您做的事永远是对的。"

他的话尾不自觉地带上了颤抖。

"直到现在，您也是我的指路明灯。所以，请您不要再说这样的话了。"

横山说了这句话后，他身后的门就被人敲响了。

"到时间了。"

"横山……"

"恐怕我们再也没有见面的机会了。次席检察官，还请您务必保重身体。"

看守打开门，看起来有些苦恼地看了看两人，最后还是将横山带了进去，并对岬深深地行了一礼。

房间里只剩下了岬一个人。

他发自肺腑的忏悔有没有传递给对方呢？——他对自己的悲伤自嘲地笑了笑。

他准备从房间内的便宜椅子上站起来，却觉得腿有些发软。

身体也突然变得很沉重。

真是可悲又可笑。

不只是亲生儿子，自己在职场上当成儿子疼爱的人，如今也成了这个样子。横山虽然说了那些话，但是，他已经失去了做别人指路明灯的自信，又有什么用呢？

岬浑身无力地走在走廊上，等他回过神来时才发现已经走到了外面。拘留所的附近是法院的办公楼和少管所，都是些看上去令人生厌的建筑物。

他将外套的领子拉紧，却仍然觉得抵挡不住刺骨的寒风。

2

到了一月，监狱的格子窗外也覆盖上了积雪。怪不得这么冷啊，相良一边裹紧身上薄薄的被子一边想道。

外面的寒冷让人简直不想离开被窝，只是身为囚犯，他没有资格这么想。体内的生物钟正提醒着他，起床的时间就快要到了。

早上六点三十分，房间里的广播响起了铃声。

身体养成的习惯真是可怕。不管多冷，在听到铃声的一瞬间，他就条件反射地跳了起来，换上工作服。他觉得自己简直像个定时的人偶，或是听到声音就会起舞的玩具。

"报数！"

"二千三百五十四号！"

七点整，犯人们按照编号排着队前往食堂。相良坐下前偷偷看了一眼桌上。今天的早饭是麦饭、味噌汤、佃煮①和海苔。不知道最近是不是考虑到年长的犯人变多了，菜里的盐放得都很少，味噌汤和佃煮尝起来都没什么味道。搭配海苔的酱油也只有小手指一般大小的一小袋，实在无法让人满足。而且这么冷的天，味噌汤却是温的，并不怎么热。

但是即便如此，犯人也不能抱怨一句，否则便会遭受惩罚。犯人们只能机械性地把饭菜放进嘴里，再机械性地咀嚼。相良常想，所谓的"味同嚼蜡"应该就是这么一回事。

一口气喝干碗里的味噌汤，相良突然注意到一件有趣的事情。

坐在自己这桌对面的男人看起来有些奇怪，他像在躲避什么似的将脸从右往左偏着。相良还以为他是有什么疾病，伸长了脖子看了看才发现原因。

那个男人对面的人正在对着他吐唾沫，似乎还夹杂着味噌汤，所以男人的脸上满是脏兮兮的唾液和味噌汤，甚至顺着他的下巴滴落了下来。

那个男人似乎是新来的，看起来很明显是在受人欺负。

周围的犯人都一边讥笑着一边围观他狼狈的样子，没有人上前阻止。在远处围观的相良非常明白他们在想什么。

这么有趣的事情，谁会去阻止啊。在没什么娱乐活动的监狱里，这么让人愉悦的娱乐项目可不多见，既能满足他们心理上的虐待欲，又不用脏了自己的手。看着那张充满痛苦和屈辱的脸，

---

① 在小鱼或贝类的肉、海藻等中加入酱油、调味酱、糖等一起炖制成的小菜。

他们心里充满了黑暗扭曲的喜悦。

"那边的，干吗呢？"

看守察觉到了这边的异样，立刻赶了过来。那个朝人吐唾沫的男人小声说了句什么。

"二千四百七十五号，你小子，你脸上是怎么了？"

被看守点名之后，脸上沾满了味噌汤的男人摇摇晃晃地站了起来。他看起来十分瘦弱，一副温文尔雅的样子，不知道做了什么坏事才会被关到这里来。

"我……"

"什么？"

"我在用味噌汤洗脸！"

听到这个回答，看守的脸色一变，而周围的犯人都忍不住大笑出声。

"二千四百七十五号，你过来。"

二千四百七十五号准备用工作服的下摆擦一下脸，却遭到了看守大声喝止。

"混蛋，你准备弄脏国家分发给你的物资吗？给我就这样过来！"

"是……"

二千四百七十五号用小得几乎听不到的声音回答道，然后便跟着看守离开了食堂。那个家伙会被关进惩戒室，最起码两天不能到外面来——一想到这一点，相良便打从心底里觉得愉悦，不自觉地露出了笑容。

惩戒室这个名称是犯人之间的黑话，在看守那里它叫作镇静室，但实际上它就是为了惩戒犯人而设的。里面没有铺地板或者榻榻米，只有冷冰冰的水泥地。今天天气这么冷，犯人身上穿得又单薄，在那里就更难以度日了。更何况，那间房子近乎封闭，只有天花板上有一个换气扇，不停地将外界的冷气吸进来。厕所也不能冲水，甚至没有被子，只有七张薄薄的毛毯。

　　待在里面的犯人，只能在寒冷和自己的排泄物的臭味中，度过无眠的夜晚。相良一想到那个人要受到如此悲惨的待遇，就觉得自己简直能多吃一碗饭。

　　相良对那个二千四百七十五号充满了好奇，而最能清楚掌握这些最新消息的，无疑是隔壁牢房的长谷川。

　　"二千四百七十五号的本名叫横山顺一郎，就是那个'涅墨西斯的使者'。"

　　相良吃了一惊，这个家伙他以前也曾听长谷川提起过。他似乎会对逃脱死刑的犯人进行报复，杀害他们的家人，替曾经的被害者报仇雪恨。听上去实在是很新鲜的一件事。

　　那个看起来温文尔雅的家伙居然是复仇的代行者吗？

　　"他杀了两个人，在准备杀第三个的时候被警察当场抓了。"

　　"那家伙看上去可不像会杀人的样子。他戴上领带的话就像个标准的社会精英啊。"

　　"你说得也没错，那家伙可是东京地方检察厅的事务官。"

　　"东京地方检察厅的事务官？"

　　相良惊讶地重复了一遍。这种社会精英怎么会沦落到这种地方来，不会是搞错了吧？不过，所谓的东京地方检察厅事务官这种职位他也是第一次听说。

　　但是，既然他是检察厅出身的人，那犯人们对他会有何想法也就可想而知了。本来，他们都是被检察厅的人送到这里来的，可以说检察厅就是他们的天敌，他们自然会把平日里的愤懑都发泄到这家伙的身上。

　　"所以，在食堂他们才会那样啊。既然他是检察厅出身，那对我们来说真是个合适的出气筒啊。"

　　"笨蛋，不是这样的。"

　　"那是怎么回事？"

　　"在食堂朝他吐味噌汤的那个是一千二百七十五号轻部亮一。横山在第一起事件里杀掉的就是轻部的母亲。也就是说，那家伙是轻部的杀母仇人。"

　　"啊……是这么回事啊。"

　　"哈哈哈，很好笑吧？自诩正义、要替死者家属报仇的男人，现在却变成了别人报仇的对象。还有比这个更讽刺的事吗？"

　　长谷川笑容满面，似乎这件事令他心情十分愉悦。相良也忍不住笑了出来。

　　"的确，和杀母仇人待在一个监狱里，肯定每天都想干掉他吧。如果是我，也会想这么做。"

　　"不……实际上好像不是这样。"

　　长谷川看起来似乎不知道该怎么形容这件事。

　　"那家伙可是轻部的杀母仇人，不管轻部对女人下手的方式有多残忍，按常理来说人应该对自己的母亲多少也是有感情的吧？"

"是吧。"

"但是，轻部那个混蛋好像只觉得他母亲是个坏女人。他一开始听说杀了他母亲的人要进这个监狱里的时候，简直高兴得像他的好兄弟要来了一样，还说了什么'来得好，我要好好欢迎他一下'之类的话。"

"这不是那个吗，就是会好好'招待'他之类的狠话？"

"不是不是，轻部是真心地欢迎那家伙。他觉得那家伙杀得好，反正他也很憎恨他母亲。"

"不会吧？"

"他觉得自己变成这个样子都是他母亲的错，是因为他母亲没有给他母爱。所以被关在这里的不应该是他，而应该是他母亲。这是他亲口说的。所以，对他来说横山简直不是仇人，而是恩人才对。"

"等……等一下。"

相良觉得脑子都混乱了。

"虽然把杀母仇人奉为恩人的家伙脑子肯定有点问题，但是既然如此，他为什么还会那样对待横山啊？这和你说的不一样啊。"

"关于这个也很奇怪，轻部说，虽然他很感谢横山杀了他母亲，但是他又认为他有权利欺负甚至杀死横山。"

这下相良就明白了，轻部在想什么他心里清楚得很。

"他就是想要一个祭品罢了。一个满足自己的欲望、供自己取乐的牺牲品。"

"反正差不多就是这么一回事吧。所以，虽然现在横山是我们全员的出气筒，但是轻部对他享有优先权。我们就暂时在一旁看看这出好戏吧。"

长谷川再次露出了满足的笑容。

了解了事情的背景后，相良再次观察轻部和横山时还是觉得很有趣。这两个人的牢房隔得很远，因此彼此并不常碰面，只有在食堂、厕所还有运动场上偶尔能够碰到。

轻部非常善于掩人耳目。他总是趁看守不注意时过来踢横山一脚或者朝他吐点唾沫之类的，做些小动作。他一瞬间的攻击想必也用了很大力气，渐渐地横山的脸上就开始遍布瘀青。

看守对横山的变化一定也有所察觉，但他们似乎不打算干预。也一点也不奇怪，看守之所以要限制犯人的行动，纯粹是为了维持监狱内的秩序。换句话说，就算有犯人对其他犯人施行暴力，只要他没有反抗看守的打算，看守就会对他睁一只眼闭一只眼。也许里面也有横山曾经当过检察厅事务官的原因。对许多看守来说，检察厅就像高岭之花一样，他们心里隐藏着的嫉妒心恐怕也会转化为施虐欲。

更巧的是，横山和相良都被分配到了制作各种印刷物的工作车间。也许是因为横山当过事务官，所以上面的人觉得他适合做印刷相关的工作，而横山也确实对印刷机有一定的了解。

车间里的工作很单调，每个人工作的位置距离其他人都不太远。不过，除非工作中有必须传达的事项，看守不允许犯人随意说话。所以，相良只能时不时地偷看一下横山的脸来满足自己的好奇心。

再怎么迟钝的人，经常被人这样偷看也会有所察觉。不久后，横山就开始常常和相良视线相对，还会对他稍微致意。

相良简直想放声大笑。

检察厅看来真的是个极讲究礼仪的地方。这个男人到了监狱里还在讲究论资排辈那一套，还在遵守着礼仪。

这样的视线接触逐渐成为常态。某一天，相良偶然获得了接近横山的机会。九点四十五分，正是休息上厕所的时间。

相良正在小便，横山站在他隔壁。

"你好。"

看守不会在休息时间跑到厕所来监视犯人，所以在这里倒是能够闲聊一番。相良看着对方一直低着头的样子，一直压抑着的好奇心也忍不住冒了出来。

"你真是不容易啊，一天天的。"

相良用一副跟对方很熟的语气搭话道。想要骗人的话，就需要先用亲切的话语获得对方的信任。

"什么？"

"别装了，我在暗地里都看到了。你不是总被轻部那个混蛋欺负吗？"

"啊，毕竟我也对不起他……"

"杀了他母亲的事吗？"

"嗯，差不多吧。"

"那毕竟你也是出于义愤吧。"

"在法庭上，以前的熟人说那不过是幼稚的正义感罢了。"

"嗯？为了正义杀人，听起来挺帅的嘛。"

"你不觉得，每个人心中多少都会有正义感吗？"

横山看起来一点也不兴奋，但是也不显得卑微，只是平淡地说道。

反而让人觉得新鲜。

监狱里最常聊的话题，就是大家各自是怎么被抓进来的。而一般人此时不是夸夸其谈就是大吐苦水，横山却两者都不是。

"不好意思，能问一下你的名字吗？我叫横山顺一郎。"

相良已经很久没有被人这么礼貌地对待了，甚至有些不知所措。

"相良，相良美津男。囚犯编号是两千三百五十四。"

"相良先生，如果可以，我们可以成为朋友吗？"

相良愣住了。

他在背地里以这个人的痛苦为乐，对方却诚恳地要求和他做朋友。这是他实在没有想到的事。

"毕竟我之前做的是那样的工作，这里大家应该都很讨厌我吧……你放心吧，我绝不会要求你帮我的忙什么的，那样就太为难你了。我只是希望，我们能偶尔这样见见面、聊聊天什么的。"

这家伙都在说些什么令人羞耻的话，现在的中学生都不会说这些话了吧。我要狠狠地嘲笑他一顿吗？

但是，相良没有发出嘲笑，而是给出了连自己都觉得惊讶的回答——

"如果你不介意的话……"

"真的吗？太感谢你了。"

横山高兴地说道，然后又深深地低下了头。

"别……别丢人了！被其他人看到了会误会的。"

"误会什么？"

"就是那个，两个男人之间的那个。监狱里有很多人会这样凑在一起的。"

"啊？啊，啊！是这样吗？对不起，我完全没往这方面想。今后我会注意的。那么，再见了。"

说完横山就匆匆忙忙地从厕所离开了。

哼，真是个奇怪的家伙。

相良回顾了一下和那家伙的对话，觉得奇怪极了。

但是，绝没有令他觉得不快。

他思考了很久之后，终于找到了原因。

自己三十五年的人生里，只有人不断地跟他说，我不想跟你这种人做朋友，这还是第一次有人反过来想和他交朋友。

羞耻感和奇怪的优越感在他心中交织着，让他心中胀满了温暖的情绪。

很奇怪，当对方传递着好意靠近自己时，就算对方是个男人，他也不会觉得不舒服。跟对方交流了几次之后，相良逐渐觉得横山倒不令人讨厌。相良绝没有同性恋的倾向，所以他觉得这就是男人间纯粹的友情吧。

　　如果他俩每次休息都跑去厕所见面，一定会被其他人怀疑，所以他们定好了每三天见一次面。他们似乎拥有了什么共同的秘密，这甚至让相良觉得心情相当愉悦。

　　即使熟悉之后，横山对人依旧很有礼貌，相良在以往的人生中从来没有见过这样的人。平时听横山说话，他也不像那种精神扭曲的人，而是认真又坦率，简直和整个监狱格格不入。他和相良是完全相反的两种人，因此相良觉得他十分稀奇，也开始对他越来越有好感。

　　横山还是一个优秀的听众。相良不知不觉中就对他敞开了心扉，将自己进监狱前的人生经历全都告诉了他。相良本来不是一个健谈的人，所以他只能把这点归结于横山自己与生俱来的天赋。相良以前几乎从来没有这样毫无遮拦地跟一个人说过心里话，因此他越来越被横山这个人的性格所吸引。

　　"我真想三年前就认识你啊。"

　　"为什么？"

　　"如果我三年前就认识了你，我可能就不会来这种地方了。我也不会去抢劫，可能会找个正当的工作，过着正经的生活。"

　　"这一点我也一样。如果我有一个能够说真心话的好朋友，我一定不会逞英雄跑去当什么'涅墨西斯的使者'。"

　　在敞开心扉的交流中，相良和横山的关系越来越亲密，简直像是认识了十来年的好友一般。

　　正因如此，相良对横山身上的瘀青和擦伤越来越介意。

"轻部还在针对你吗？"

"我被他欺负也是应该的。"

"亏你还受得了啊。"

"这个……最近我也感觉快要撑不住了。"

横山的声音听起来比平时更为低沉。

"怎么了？"

"他越来越过分了，昨天他还掐了我的脖子，掐到我快要断气了，再松开，然后继续掐……一直反复这样做。"

"你早晚真的会被他杀掉的。"

相良忍不住小声说道。

"虽然外面一般都不知道，但是监狱里犯人因为生病以外的理由死掉的事可是经常发生的。就算发生了，监狱一般也就会当成病死来处理。必须想个办法摆脱那家伙。"

"对轻部来说，我就像是个玩具。他喜欢的玩具，不玩坏了他是不会放手的。"

横山的脸笼罩在一片荫翳之中，

"相良，你能帮忙弄到一些刀具吗？"

"什么？"

"我已经忍受不下去了。至少要让他知道，我也是有危险性的。不然的话，我有预感，我很快就会被他杀掉的。我需要一些防身的武器。"

"弄得到……可是……"

"我没有打算杀掉轻部。我只是打算对他亮一下刀子，让他害怕就行了。不管发生什么，我都绝对不会透露是你帮我弄来刀子的。"

"那是当然了，你们要是动起刀子来，那可是要被长期关在惩戒房里的，你也知道那个地方有多可怕了吧？"

"再可怕也没有死可怕。我要是再被那个人骚扰下去，是一定会死的。"

横山突然握住了相良的手。他的手柔软又冰冷，简直像女人的手一样，

"拜托了，相良，救救我吧。除了你我已经没有任何人可以依靠了。"

对方热切的眼神让相良几乎无法动弹。

"……你真的绝对不会把我供出去吧？"

"就算杀了我，我也不会说的。"

他的眼神澄澈，实在看不出一丝一毫的虚假。

"等我两个星期。"相良终于还是说道，"如果你能等这么长时间，我虽然不可能给你搞到什么瑞士军刀，但是也足够让你击退野狗了。"

"我一定会报答你的恩情……"

"你不用这么记挂着，只要不说出是我给你的就行。"

能够当作凶器的东西恐怕也只有车间里才有了。但是监狱里除了厕所和淋浴间，都有看守二十四小时盯着，绝不可能让犯人把类似刀具的东西带出去。原本为了防止犯人携带凶器，监狱里

连叉子和勺子一类的餐具都是塑料的。所以，这些东西恐怕只能自制了。

千叶监狱里有的车间里配备有旋盘，在那里的话是有可能手工制作出刀具的。反正只需要将金属片的一边研磨得极薄就可以了。但是必须在进行本职工作时小心地背着看守一点点加工，所以一天只能完成一点点。

将加工中的凶器藏在哪里，这是个大问题。每次结束工作时，看守都会检查工作台上有没有可疑的东西。犯人每次回到牢房也都要接受搜身检查。

但是不管什么地方都总有空子可以钻，也总有人绞尽脑汁地去寻找漏洞。

在旋盘边工作的男人想到的办法是，一点点地削掉金属片，然后每次都将半成品放到没有人监视的厕所中。负责清扫厕所的也是犯人，只要买通了他就不担心会被看守发现了。

相良给了那个男人一盒烟作为订金，正好两周之后便收到了自己定的东西。那是一片全长二十厘米左右的金属片，两边都开了刃，为了方便握住，还特意在刀柄处缠上了胶带。虽然一看就是外行人造出的东西，但是相良用印刷物试了试，这把简易刀具倒是还算锋利。

那天的九点四十五分，一到休息时间，相良就示意横山去厕所见他。

一小会儿之后，横山就来了。相良看了看周围，既没有看守，也没有其他的犯人。

他走到最里面的马桶边，把手伸到马桶背后，触摸到了一样坚硬的东西。

"你看。"

相良将手工打造的刀递给横山，对方的脸上洋溢着喜悦的光芒。

"哇，太感谢了！"

横山用手指爱抚着刀刃的部分。

"我可是付出了一整盒烟，你早晚要还给我。"

说完这句话的下一瞬间——

持刀的横山突然将手伸向了相良的腹部。

伴随着令人不适的压迫感而来的，是激烈的疼痛。相良感觉到，是有人在把刺入他身体的刀刃来回转动。

"不用等早晚，我现在就可以还给你。"

横山一边这样说着，一边拔出了刀。立刻，大量的鲜血从伤口中喷涌而出。不，喷涌而出的不仅是血，还有相良全身的力气。

相良弯下膝盖，跪在了地板上。

"你……为什么？"

"为速水优子报仇，这么说你就能理解了吧。"

好久没有听到过这个名字了，那是三年前，他入室抢劫时殴打、凌辱，最后将她奸杀了的那名女性的名字。

"这是'涅墨西斯的使者'的最后一项工作。"

话音刚落，横山就用刀在相良的喉咙上利落地横切了一道。相良的手正按着自己腹部的伤口，因此甚至没有用手去阻挡一下。

他眼睁睁地看到了自己的血喷涌而出。

他发不出任何声音，无力继续支撑自己的上半身。他倒在了厕所的地板上，眼前有一摊溅出来的小便。

这就是相良在人世间看到的最后一幅画面。

3

这小子真行啊。

渡濑带着满腔无处发泄的愤怒走进了千叶监狱的大门。

发生在监狱内的事件，其搜查权应该归属于监狱，但是渡濑是"涅墨西斯"事件中搜查总部的现场指挥官，又是亲手抓住了横山的人，因此他开口后，监狱很快把搜查权委托给了他。

横山被关在独立的牢房内，双手被手铐铐在背后。牢房门边有两名看守在盯着他，但看他的样子也丝毫不像有逃跑的打算。

"您果然来了啊，渡濑警部。"

横山缓缓地抬起头，脸上全是瘀青和擦伤，但是跟在县警的取证室那时相比，他简直变了一个人，就像魔鬼终于从他身上离开了一样。

"这才是你原本的目的吗？"

渡濑在他对面坐下，开口说道。

"本应被处以死刑的犯人借助律师的帮助逃脱了死刑，但是他们身处监狱之中，因此无法报复他们……这是你在搜证阶段交代的杀人动机，对吧？"

"是的，我确实这么说过。"

"这的确是你的动机，但你的目的却不是帮别人复仇，而是实现你自己的复仇。这一切都是为了杀死那个杀害了你恋人的男人。"

横山听得很认真，不时还配合地点点头。

"以警部您的手腕，应该已经彻底查清楚了吧？"

"三年前，大田区的一间民宅里发生了一起入室抢劫杀人案，入室抢劫的强盗杀害了屋内的速水志津和优子母女。检方虽然要求判处凶手死刑，但审判最终还是以十六年的有期徒刑告终。遇害的速水优子当年二十岁，上大学二年级。听她同班同学说，她和一名高她两年级的学长正在交往。那个人就是你，横山顺一郎。"

"当初是我先向她打招呼的。"

横山微微弯起了眉眼，看上去十分怀念。

"当时我正在拉新生加入社团，对刚入学的她一见钟情，她站着的地方简直像是开满了花一样。我在恋爱方面迟钝得很，但我现在还觉得，如果那个时候没有跟她打招呼，我恐怕会后悔一辈子。"

"你没有去参加相良的庭审吧？不，如果你去了，是有可能被相良记住长相的。"

"那个时候已经启动了被害者参加制度，所以她的父亲可以参加庭审，但很遗憾，我不是她的亲人，所以不能去现场。我也没有抽到旁听券，直到庭审结束也一次都没能进去。不过，因此相良才不知道我的长相和身份，从结果来看倒是件好事。"

"你是从什么时候开始计划杀掉相良的？"

"还用说吗？从一审判决出来，二审确定了相良的刑期之后，我就一直在计划。"

"上次审讯时，你说你是在进入东京地方检察厅之后才开始策划这些杀人案的。但其实，你是为了报仇才会参加考试的吧？"

"理由其实跟上次和您说过的一样。因为我需要知道那些新闻和网络都查不到的关于加害者的家人的信息，所以我必须进入法务省相关的机关中工作。以前我的求职目标是外资企业，为了通过检察厅的考试，我拼命地学习跟我本专业毫无关系的司法知识。我这辈子都没有那么拼命地为了考试学习过呢。"

为了替恋人报仇而赌上自己的一生。

渡濑想，这是只有年轻人才会产生的想法，也是只有年轻人才能做到的事。

"因为想报复的对象在监狱里，所以选择在监犯的家人下手……这不过是你的伪装。你真正想要报复的人在监狱里，所以你只能自己进来。那两起杀人事件和一起未遂事件，都是你为了进监狱而做的准备罢了。"

一直若无其事地在一旁听着两人对话的两名看守，此刻也吃惊地瞪大了双眼。

"警……警部阁下，您刚说的是真的吗？"

"这个家伙就为了这种事而杀了好几个人？"

横山不高兴地看了一眼两名看守。渡濑也望向两名看守，开口替横山解释道：

"千叶监狱是专门关押 LA 类^①囚犯的地方，想要被收监，就必须犯下相应程度的罪行。"

"但是十年以上有期徒刑的罪行，应该也有不少，不必非得杀人吧？"

"的确。间谍罪、放火罪、水体投毒致死罪……的确不少。但这只是法条的规定，实际的判决中则未必如此。初犯可以酌情减刑，而且审判长和陪审员的想法也不可预测。一个刚出大学的年轻人，想犯间谍罪也不知道上哪儿犯去。因此想要保证无期徒刑或者十年以上的刑期，他最保险的选择就只有杀人了。放火罪虽然罪行也很重，但是一个不小心就会烧毁房屋，或者让火势蔓延到四周，那就又会多出不少牺牲者。他虽然一心想要复仇，但也不想对完全无辜的人下手。所以他能选择的选项就只剩下了犯下一件以上的杀人罪。"

"怎么会……为了给自己的恋人报仇，居然能对毫无瓜葛的人下手。"

"并不是毫无瓜葛。"这次，横山自己开口反驳道，"教育出那种怪物的家长，也不是毫无责任吧？"

两名看守一时语塞。

---

① 是一个专门的分类，对应的是初犯且刑期在十年以上的犯人。

"对那两名死者来说，你的杀人动机恐怕令人很难以接受。"

"是吗？对我来说，相良杀了优子和她的母亲，还能在监狱里好好活着，这才是最难以接受的。"

"所以，你计划杀死户野原贵美子，但是就像你之前供词中说的那样，你只打算让二宫辉彦受重伤。"

横山沉默不语，渡濑却自顾自地继续说道：

"和你计划的不一样，你一时失手，导致你杀了两个人。本来这个时候如果你被抓住，就毫无疑问可以获得长期徒刑，但不知道是你做事太干净利落，还是搜查总部太无能了，总之警察一直没有察觉到凶手跟司法系统有关系。当然你也可以直接自首，但是那样挑衅警察的'涅墨西斯的使者'如果轻易自首，可能会被人怀疑你到底是不是想要报复社会、质疑温情判决，也可能会暴露你的真实目的。因此你必须犯下当初没有计划的第三起案子，为了被我们当场逮捕。"

两名看守再次目瞪口呆。

"在下手之前，你反复跟踪今冈菜菜子，明知道有那么多人在监视她却仍然动手了。甚至，你在追她的时候，还特意给我们留下了追上来的时间。跟前两起案子比起来，你简直漏洞百出。在想明白了你的目的就是被抓之后，这一切才变得合理了起来。你在被捕、被送检之后，一直坚持声称你后两起案件并非故意杀人，这也是为了在之后的庭审上留下一条命来。如果法官认为你的两起案子都是故意杀人，断定你没有改造的价值，那你要去的就不是收容 LA 类囚犯的监狱，而是收容死刑犯的拘留所了。你在法庭上的后悔、反思，也都是为了进入相良所在的收容 LA 类囚犯的千叶监狱。身为检察厅的事务官，每天处理着大量的审判资料的你，对现行的判决标准应该也心中有数。怎么样，你有什么要反驳的吗？"

横山满脸沉重地看着渡濑，沉默不语。

"但是，警部阁下，"一名看守再次插话道，"不好意思，收容 LA 类囚犯的监狱除了千叶，还有山形、长野、冈山、大分这几个，横山会为了这么低的概率赌上自己的一生吗？"

"这就是关键了。"

渡濑一副"问得正好"的表情，猛地一下把脸靠近了横山。

"这个计划需要一个共犯，一个保证他在被捕、送检、被判十年以上有期徒刑之后，一定能够被送到千叶监狱中的共犯。"

"但是警部，有这样权限的人除了法务大臣，就只有法务省里的……"

渡濑单手制止了看守的质疑，端详着横山的反应。

"横山君，现在已经过了下午三点了，你在监狱里杀掉相良之后到现在已经超过二十四个小时了。你觉得我在这段时间里就只是在玩着手指头浪费时间吗？在来这里之前，我出差去了一趟川越。"

横山的脸上慢慢浮现出了不安的神色。

"莫非……"

"就是你想的那样。我去了川越少年监狱，拜访了一下心理技官速水翔市。他全都告诉我了。他是比速水优子大两岁的亲哥哥，和你是同班同学吧。"

听到速水翔市这个名字的同时，横山脸上那张冷静的面具彻底粉碎了。

"关注到速水优子的案子之后，找到他实在是易如反掌，我还发现了他和你的关系。对速水翔市来说，残忍地杀害了自己的母亲和妹妹的相良，是他无比憎恨的仇人。这次的事件，对你们两个来说都是神圣的犯罪。你俩都拒绝了外界的一切诱惑，拼命学习，最终，你加入了检察厅，而速水翔市成为负责分配犯人的心理技官。顺便一提，你选择户野原贵美子和二宫辉彦下手的原因，除了因为他们两个人的孩子都是因为温情判决而逃脱死刑的犯人，更重要的原因是，他们都居住在东京管区内。只要都在东京管区内，川越少年监狱的心理技官就可以插手囚犯的分类工作。考虑到作案需要的准备时间和杀人的时间，你在东京管区内重复作案是最为方便的。"

横山低下了头，肩膀也忍不住开始颤抖。

"心理技官不仅可以决定囚犯被关押的监狱，也可以决定囚犯在监狱内所受的待遇，说不定还可以修改犯人的数据。你能够正好被分配进千叶监狱，又正好和相良在同一个车间里工作，这一切都不是巧合，而是你们事先的算计。接着，你利用了同样被关在千叶监狱里的轻部亮一。你假装无意地接近被你杀害了母亲的轻部亮一，然后故意诱导他虐待你。不，应该说是引导周围的人认为他在虐待你。你脸上的瘀青和伤痕有不少都是自己弄上去的吧？至于你的目的，就是伪装成受害者的样子接近相良。因为监狱里到处都是看守,所以想要在监狱里杀人就需要比在外面更加谨慎。直到相良完全放下戒心,最终被你杀死的那一瞬间为止,你一直都在演戏。好了,你说说看,我刚才有什么地方说错了吗?"

横山缓缓地抬起了头。

"警部真是慧眼如炬,一切都和您所说的一样。但是,既然您对您的推理如此自信,又何必来问我一遍呢?"

"那可不行。我有必要向外界准确地报告事情的经过和你的口供,不仅是向搜查总部,也要向你的前上司报告呢。"

"……次席检察官会怎么想呢?出于义愤而杀人的我,和为了报私仇而杀人的我,哪一个会更让他失望呢?"

"你在他身边待了一年多,连这一点都不知道吗?"

"啊?"

"不管有什么理由,岬检察官都绝不会原谅一个触犯法律、伤害他人生命的人,不管这个人是他的下属还是血亲。他也许会对你的所作所为失望、后悔,却不会动摇他心中的正义。如果你背后站着的是涅墨西斯女神,那么岬的心中一定也有着忒弥斯女神的身影。你的担心既没有意义,也是对岬检察官的一种侮辱。"

"是……这样吗?"

横山略带寂寞地笑了,继续说道:

"那么警部,我想拜托您一件事。请您把我接下来这段话转达给次席检察官,就说是我拼尽全力的解释。"

"你说吧。"

"我和速水的计划，在警部和次席检察官看来应该是扭曲、愚蠢的吧。但是我们也有我们的理由。杀害了两个无辜的人，事后也毫无悔改之意的人，为什么不能被判死刑？我们国家明明有死刑制度，为什么却能凭法官一个人的心意随随便便地让人逃脱死刑？渡濑警部应该也跟轻部亮一案和二宫圭吾案中的被害人家属接触过吧，您应该知道他们有多么痛彻心扉，有多么痛恨犯人还活在监狱中这个事实。犯人逃脱死刑对被害者来说等于是第二次死亡。正因为没有给予相良适当的处罚，我们才会选择用法律以外的手段实现自己的正义。被害人和他们的家人到底要受多少苦？伤害别人的人和其家人受到优待，而受伤害的人和其家人则不断被侮辱，这就是法治国家应有的样子吗？"

　　横山发出了低低的呜咽声。

　　看着他的样子，渡濑心中的怒火却丝毫没有平息。就算搞清楚了他们谋划的所有事情，也改变不了这次是渡濑彻底输了的事实。

4

　　东京高级法院刑事部法官办公室。

　　听岬说明了"涅墨西斯"事件的始末后，涩泽突然露出了讽刺的笑容。

　　"是叫横山对吧，那家伙还真是绕了个大圈子啊，但是确实是个可行性很高的办法。虽然当上监狱的看守也有可能接近相良，但是这样的话他的共犯就非得身处相当高的职位，才能够插手狱警的人事任免。虽然看起来是绕远路，却是踏实可行的办法。这种手法不会是受岬检察官熏陶培养出来的吧？"

　　涩泽的嘲讽岬早就不是第一次听了，如果是以前，他只会苦笑一下，不会往心里去，但这次岬觉得心中一堵。

　　"失去亲近之人的痛苦，会使人偏执到这个地步啊。"

　　"的确如此，我站在法官席上，曾经好几次在宣布判决之后，看到那种充满偏执的眼神。俗话说，怨鬼也怕有怨气的人，说的便是那副样子吧。"

说得轻描淡写的，岬暗自气恼于对方的态度。

"但是，岬检察官，你为什么要特意来告知我这件事的最终结果？"

"毕竟因为这件事之前让您受了不必要的惊扰。"

"啊，那件事还要谢谢你呢。不过，你不会是准备来提醒我，这件事的起因是我下达的判决，让我自我反省一下的吧？"

对方果然也想到了这件事。

这起案件的起因，是涩泽让相良逃脱了死刑，而且涉及的轻部案件和二宫案件也都是由涩泽审理的。虽然根据渡濑的调查，横山选择涩泽负责的案件的相关人士作为目标是出于偶然，但是如果涩泽没有屡屡做出温情判决，这次的事件可能根本不会发生。

"怎么会呢，我没有资格责备法官您。"

"嗯，这是谎话。让凶手待在身边一年多都没有发现对方的本性，被这样的检察官阁下批评，老实说我也不是很愉快呢。"

虽然对方总是故意戳自己痛处，但是岬没能看透横山的本性这一点的确是事实，因此他也无从反驳。就算反驳，也只会显得自己更加可悲。

但是，自己被怎么说都无所谓，必须把横山的想法传递给眼前的人。这是对那位通过渡濑向自己吐露真心的前下属最起码的尊重。

"的确，我的教育是失败的。但是也请您理解，横山和速水翔市两人除了这么做，没有任何办法可以替速水母女报仇。他们都是年轻人，不能充分理解什么是法治国家以及个人和国家之间的关系。虽然这跟他们的性格也有一定关系……"

"我没必要理解这些事情吧？"

涩泽说话的声音十分柔和，语气中却不含一丝温度。

"他们两人都隶属于法务省管辖的机关，不用别人教，自己也会受到工作中的见闻的影响。但他们之所以没有改变，是因为他们的本性中本来就有缺陷。检察官，更何况我根本没有必要理解他们的心情，也没有必要为他们有任何负罪感。而且，他们两个根本没有真正理解我判处相良有期徒刑的目的。不，不只他们，连检察官你不也一样没有理解吗？"

又准备发表自己的哲学理论了吗？——岬觉得有些无力，他开始认识到，跟这个男人争辩根本是没有意义的事。

"觉得死刑就是人世间的极刑，这种伦理观实在是太幼稚了。"

他在说什么？岬想。

"检察官你可能会让我想想被害者家属的心情，我当然理解他们的心情，毕竟我也曾亲眼看着杀害自己外孙女的人得意扬扬地觉得自己逃过了死刑。"

岬突然想起，在论证不应该被死者家属的感情左右判决时，涩泽曾经举过自己的例子。

"死刑是对犯人的一种处罚，不是为了替谁报仇。就算杀人凶手上了死刑台，死者家属心中的怨恨也不会就此烟消云散。犯人死了之后，人们对他的仇恨就会渐渐消散，犯人本身也不会再受苦。这种惩罚根本称不上是惩罚。岬检察官，犯罪事件中的六成是由曾经出狱的犯人再次犯下的，你怎么看待这件事？"

"是由于监狱能收容的人数有限和世人的偏见吧。"

"在我看来这种看法实在太过浅薄了。长期被关在监狱里的人，会一点一点变得不适应社会。所谓的徒刑，会从内部一点一点将人的人性杀死。犯人既没有社会常识，也会和没有任何犯罪前科的人产生精神上的隔阂。他们虽然还是人，却又已经不像人了。只要犯人一天还活着，他就会受到死者家属的憎恨。如果犯人还有一点点良心未泯，那他心中也会一直受到煎熬，只是把痛苦的时间拉长而已。所以，刑期越长越好，我希望那些犯人都能一边感受着自己逐渐变得不像人的痛苦，一边在绝望和自我诅咒中死去。"

岬听得大脑一阵眩晕。

涩泽之所以一直给出"温情判决"，不是为了让被告可以重新做人，相反，他是想让犯人永远活在炼狱之中。

"向夺去他人生命的人，赐予和被他杀死的人同样的死亡，这是一种慈悲，既不让他们长久地遭人怨恨，也不让他们感到痛苦。这个世界上有比死更恐怖的刑罚，所谓的极刑并不是死刑。那些看不透这一点的蠢货认为我支持废除死刑，他们之所以会有如此滑稽的想法，大概是因为他们没有经历过真正的痛苦吧。你不觉得他们很愚蠢吗？"

涩泽一脸满足地笑了。

岬感到自己胸中，是一片可怕的冰凉。

走出办公楼，一个熟悉的脸孔正等在外面。

"辛苦了。"

渡濑那没有表情的脸，此刻却不可思议地让人心情好了不少。

"你好像知道涩泽法官对我说了什么？"

"我大概能猜到。涩泽法官被人叫作'温情法官'，是他外孙女出事之后不久的事吧？不管是温情也好，冷酷也好，他心里的价值观都已经发生了严重的扭曲。"

"你不觉得可悲吗？"

"每个人的痛苦都不一样，那么下达刑罚的标准也总是不一样的。"

"你还真看得开，你是去哪座庙里修行过吗？"

"不巧，我跟宗教可以说是毫无瓜葛。"

"是吗？"

"警察工作不是追究别人的罪责。"

渡濑的话莫名地让岬觉得心中好受了许多。

"果然，警部你心中的信念永远不会动摇，真让人羡慕啊。"

"别拿我开玩笑了。"

"也有一部分是真心的。我曾经向你坦白过我的过去。总是犯同一个错误，我多少也有点自我厌恶了。有时候真怀疑，我迄今为止积累的知识和经验，是不是全都是无用的？"

渡濑也沉默了，过了一小会儿才像想起了什么似的说道：

"我也有过自我怀疑的时候。而且我犯下的，是最严重的错误。那是很久以前的事了，我曾经冤枉过一个无辜的人。我刚当警察的时候，曾经把一个无辜的人当作凶手抓了起来。当我知道那个人是清白的时候，他已经死在监狱里了。我生下来第一次感受到那种懊悔，如果我再争气一点，就不会害死一个无辜的人。我绝不是什么值得夸奖的人，也不是一个堂堂正正问心无愧的人。"

这件事岬是第一次听说，但是，了解到这个男人也会犯错，岬觉得对他又生出了几分亲近感。

"即使如此，你还是继续当了警察。"

"因为我发誓绝不会犯第二次错误。"

"是吗……可我已经犯了第二次错了啊。"

"那就不要犯第三次了。"

看着对方那张万年都没有表情的臭脸，岬觉得心中的郁闷似乎消散了一些。

岬深深地吸了一口气，冰冷刺骨的空气似乎替他驱散了身体中的郁气。

说起来，他好像还一次都没有和眼前这个男人一起喝过酒。

"警部的酒量应该不错吧。"

"你不乱发牢骚的话，我可以陪你喝几杯。"

"你不愿意听我发牢骚吗？"

"哪有人随便对后辈发牢骚的。"

"说得也对。算了，走吧。我知道这附近有一家不错的店。"

两个男人并肩迈步，朝着日比谷公园的方向走去。